GAEA

GAEA

Gaea

Gaea

乩身

The Oracle Comes 9

〔冥船〕

星子——著

乩身

〔冥船〕

目錄

楔子

黃有孝揉揉眼睛，自床上坐起，望著窗外田野遠方天際微微泛白。

天要亮了，這幾天天氣好，黃有孝的心情也好。

其實黃有孝的心情大多時候都是好的。

除了很多年前阿公過世時，他一連哭了好幾天。

除了偶爾夜深人靜時，聽阿嬤講他離家多年至今生死未卜的老爸、講他出生不久就跟人私奔離家的老媽、講阿公生前病痛難受，講得老淚縱橫、唉聲嘆氣時，他陪著阿嬤感傷難過之外，他的臉上一直掛著笑容，和每個人說話都笑笑的。

他陪阿嬤感傷，與那已經沒什麼印象的老爸和老媽無關，純粹是因爲阿嬤難過，他也跟著難過。

只要阿嬤開心，他也開心。

他跟阿嬤說，自己以後要當一個很厲害很厲害的人、要當有錢人、要當大博士、大英雄——他其實分辨不太出有錢人、大博士、大英雄之間的細節差異，在他的認知中，這樣子的人通常都很厲害，都能夠讓身邊家人朋友幸福快樂。

他希望阿嬤幸福快樂，永遠健康開心。

所以他要當個很厲害的人。

最近他心情好，因爲最近阿嬤心情好，因爲最近天氣好。

阿嬤這陣子每天一早起床第一件事，就是推門走出自家小院子扠著腰看天，看看三合院內埕空地上那棵大榕樹——

那棵大榕樹是他阿公的阿公親手種下的，從幼苗長成能夠遮住大半院子的大樹，替他黃家遮陽擋風好多年，是他黃家的守護神。

阿嬤會拍拍大榕樹壯碩樹幹、拔拔樹根間隙雜草，然後望著繫在老榕樹粗壯枝幹上那面紅布條，得意洋洋地和大榕樹說說話。

那紅布條上印著精美圖案，也寫著些字，黃有孝自豪自己認得上頭許多字，他老是扠著腰、挺著壯碩胸膛，嚷嚷唸出那些字——

風調雨順國泰民安

他唸得洪亮，阿嬤聽得開心，時常說「用咱這支寶艕造王船，一定漂亮得不得了」。

阿嬤說，寶艕是王船的龍骨；龍骨堅固，船才堅固。

鎮上大廟每隔三年，就會聚集信眾代表，從四周鄉里一棵棵大榕樹裡，選定幾條粗壯枝幹，擲筊讓神明決定用哪條枝幹來造王船。

阿嬤說，上天不忍凡間百姓受疫病惡鬼侵害，定時派王爺下凡代天巡狩，驅除疫病惡鬼、庇佑鄉里；百姓們也會建造華美王船，舉辦盛大儀式，恭迎媽祖、王爺等諸神到訪，刈香繞境，最後讓王爺乘著王船，押解四方惡鬼疫病，隨著烈火駛上天河。以求風調雨順、國泰民安。

阿嬤說，阿公生前是個木匠，不僅歷年造王船時都無償支援建造，甚至在臨終前，要她將他骨灰撒在自家大榕樹下，他要親自守護這棵大榕樹、只盼有朝一日被神明選上，作爲王船寶槮。

今天，就是鄰近村鎮十餘間宮廟代表，共同來訪截取寶槮的日子。

這兩天，阿嬤不但準備了豐盛茶水點心招待代表和觀禮村民，還特地替黃有孝準備了一套新衣，要他記得到時候要乖、要有禮貌、要記得笑、記得喊人——這樣說不定村民叔叔阿姨們，看在他懂事乖巧的分上，將女兒介紹給他，讓阿嬤抱個曾孫過過癮。

黃有孝難得和阿嬤唱反調，說不會有人想把女兒嫁給他這種笨蛋。

阿嬤說他不笨不傻，只是沒那麼聰明，要他別老說自己笨，說久了眞要變笨了。

黃有孝說不是他自己說自己笨，是鄰近鎮上大人小孩們都說他笨，他們不但說他笨，還說他智障白痴低能喜憨兒，笑他連九九乘法都不會背、連智慧型手機都不會用，只會幫阿嬤種地瓜，吃得高高壯壯，身體把大腦的營養都搶光了，所以那麼笨。

昨晚阿嬤聽黃有孝這麼說，氣得抄起掃把要去找那些壞嘴小孩們算帳，但剛踏出院子，見到大榕樹，又哭哭啼啼地倚在樹下要阿公顯靈主持公道。

黃有孝花了好大勁，才把阿嬤勸回家睡覺，他說自己一點也不氣那些孩子，說他們只是和他說笑玩鬧而已，他說自己不會背九九乘法表，可能當不成博士，但是還是可以當超人或是有錢人，讓阿嬤過好日子。

阿嬤說不當有錢人、博士、超人什麼的也無所謂，只要平平安安就好。

黃有孝坐在床邊發呆，見天空又亮了幾分，不禁有些期待今天的取寶飻儀式了，不但阿嬤準備的零食糖果都可以吃，且儘管機會極小，但說不定眞的有哪位伯伯阿姨什麼的，要介紹老婆給他了。

他想到這裡，忍不住望了望床邊小櫃上，那套阿嬤替他準備的新衣。

喀啦——

喀啦啦——

房外傳出聲響，似乎是阿嬤起床了——黃有孝知道阿嬤每天都很早起床，但天還沒全亮就起床，也挺稀奇。

他下了床，想去問問阿嬤，取寶飻的村民信眾什麼時候來、零食糖果什麼時候才能吃。

他剛穿上拖鞋，便從窗子見到阿嬤已經走到了內埕空地，扠著手站在大榕樹下。

一輛黑漆漆的大卡車，無聲無息地停在院子外。

下來好多人。

不知怎地，那些人、那輛卡車，都令黃有孝感到有些不舒服。

他覺得他們有些怪，說不上來哪裡怪，全身上下黑漆漆的、表情有些嚇人。

像是阿公死去那時一樣。

幾個黑漆漆的人舉著斧頭、電鋸，來到大榕樹下，揚手和阿嬤打了招呼，跟著七手八腳地鋸起大榕樹。

阿嬤扠著手，站在樹下比手劃腳，像是指揮一樣。

黃有孝站在窗旁呆看半晌，更覺得古怪了，天不是還沒亮嗎？取寶艣是這樣取的嗎？阿嬤不是說還要擺桌燒香嗎？觀禮的村民呢？會介紹老婆給他的叔叔阿姨呢？

他連忙換上新衣新褲，來到內埕空地，拉拉阿嬤衣袖，問出他那堆積滿腹的疑問。

阿嬤眼睛陰森森的，隱隱透著青光，沒理會黃有孝的詢問，甚至看也沒看他一眼。

黃有孝覺得這時的阿嬤看起來有些可怕，和那些圍在榕樹下，舉著大斧電鋸，忙碌鋸樹的怪人們一樣可怕。

黃有孝啊呀一聲，注意到眼前其中一項怪異之處了，那就是這些人持著大斧電鋸，劈枝鋸樹，竟沒發出一點聲音，像是電視按成了靜音一般。

跟著，黃有孝隱隱聽見大榕樹似乎發出了聲音，那是熟悉的聲音。

是阿公的聲音。

阿公的聲音聽來像是在怒罵，又像是在悲鳴。

有個黑漆漆的傢伙，取出了像是符籙般的大紙，貼在大榕樹身上。

阿公的聲音立時消失了。

這批傢伙動作極快，不出二十分鐘，就將這大榕樹上幾條粗壯枝幹連同主幹全鋸下，扛上大卡車，留下滿地斷枝殘葉。

和那面寫著風調雨順、國泰民安的紅布。

怪人們登上載著榕樹枝幹的巨大卡車，沒發一點聲音地駛遠了。

阿嬤站在院子中央，身子搖搖晃晃，差點跌倒，黃有孝扶住了她，將她攙回家、扶坐上藤椅，要倒水給她。

他才倒好一杯水，回頭卻見阿嬤叫嚷著踉蹌奔到院子，瞪大眼睛瞧著那面目全非的榕樹殘根和遍地枝葉，驚駭哭叫尖嚎起來。

壹

深夜時分，醫院外飄著細雨，林嬌躺在病床上，老邁臉龐雙眼周圍猶自發腫。

黃有孝坐在病床旁的陪伴床沿，茫然望著床上阿嬤疲憊睡容。

一整天折騰下來，林嬌終於睡著了。入院幾天以來，她每天不停地哭，警察來做筆錄時她哭、宮廟主委們探望時她也哭、醫生巡房時她也哭、護理師送藥時她也哭、聽見隔鄰病床那年紀相仿的老太太家屬來探病時，與老太太聊到過世丈夫時，她哭得更傷心了。

林嬌沙啞地對黃有孝說，她覺得自己時間不多了，但是她沒臉下去見有孝阿公，因為她沒能替有孝阿公守住那棵大榕樹，她說阿公要是知道大榕樹終於被選上作為王船寶艂，卻在取寶艂當天，被群怪人砍走，一定氣壞了。

黃有孝說阿公生前那麼疼愛阿嬤，不會為了一棵樹責怪阿嬤的。

林嬌說要是阿公不責怪她，那她更難受了，她知道阿公把那棵大榕樹看得比自己性命還要重要，如今樹沒了，王船造不成了，說不定連神明也要怪罪她了。阿嬤說到這裡，更加傷心了，直呼神明真怪罪她也罷，但要是罪責株連到黃有孝身上，那她真該下十八層地獄了。

黃有孝閉眼祈禱，只盼神明大發慈悲，別因為一棵樹，就將阿嬤打下十八層地獄，對他來說，阿嬤比樹重要太多太多了……

□

「有孝、有孝！天亮啦，起床啦——」

窗外天空艷陽高照，黃有孝在林嬌的呼喚聲中睜開眼睛，從窄小的陪伴床上撐直身子，見林嬌站在床邊，迷迷糊糊中以爲阿嬤想上廁所，連忙下床攙著林嬌胳臂往廁所走，沒走兩步，卻被林嬌拽著往病房外走。

「阿嬤？妳去哪？妳不是要尿尿？」黃有孝這麼問。

「早尿過啦！」林嬌聲音聽來中氣十足，和前兩天奄奄一息的模樣大相逕庭；她一手提著大包小包、一手挽著黃有孝胳臂，來到護理站，在護理師們驚訝關切下，堅持辦了出院手續，帶著黃有孝搭計程車回家。

計程車上，黃有孝滿臉疑惑，直問阿嬤怎麼了。

林嬌說，太子爺託夢給她，說感念有孝阿公生前奉獻，要替黃家主持公道，會派使者來訪，調查大榕樹失竊一事。

「太子爺……」黃有孝依稀記得阿公生前在大榕樹下，和他講述三太子哪吒的神話故事。

他遠遠透過計程車擋風玻璃，見到自家三合院外停著一輛租賃機車，機車旁站著一個身穿T恤牛仔褲的男人，拿著手機朝三合院裡探頭探腦。

計程車停在三合院前，林嬌拉著黃有孝下車，來到男人身旁。

「先生……」林嬌本來興沖沖地來到男人身旁，但瞥見男人袖口胳臂上微微露出的一小截刺青，有些害怕，滿肚子話全吞了回去，怯怯地問：「你……你找哪位？」

「請問一下——」男人抓抓頭，指著黃家三合院內埕空地那遍地殘枝落葉，問：「這戶人家是黃吉老先生家對吧？前幾天是不是有棵榕樹被砍了？」

林嬌望著男人，不敢相信地問：「你就是……太子爺託夢……說會來我家調查的乩身使者？」

「是，我叫韓杰。」韓杰點點頭，客套擠出微笑。「妳是……」

「啊呀！我是阿吉老婆啦……」林嬌不等韓杰說完，一把揪著他胳臂，將他往三合院裡拉，啊呀呀地講述那天清晨發生的事。「我眼睛睜開來時，就見到院子裡的樹沒啦！只剩下滿地樹枝葉子啦！這大榕樹是黃家護家樹、是我們家守護神啊……太子爺乩身大人呀，您一定要替我黃家作主啊！嗚啊——」

韓杰被林嬌拉進三合院內埕空地，跨過滿地斷枝，只聽林嬌話講得七零八落，講到後來還哭得泣不成聲，完全聽不懂講什麼，無奈拍拍她的肩，說：「喂喂……阿嬤妳別急，先把東西放下，喝口水，好好講話。」

「是是是！」林嬌吸著鼻涕、抹著眼淚，提著大包小包、加快腳步往屋裡走，嘴裡還喃喃碎唸：「阿吉呀，太子爺派乩身來替黃家主持公道啦……」

黃有孝招待韓杰進了正廳入座，替他倒了杯茶，不忘提醒。「小心燙……」

「謝謝。」韓杰瞥了黃有孝一眼，接過茶，隨口問：「你是黃吉的孫子？」

「是，太子爺！」黃有孝向韓杰鞠了個躬，自我介紹：「我叫黃有孝，黃是黃色的黃，有是有沒有的有，孝是孝順的孝……」

「呃……」韓杰見黃有孝身材高大，五官端正，但神情有些傻愣、語氣像是孩童，且竟喊他太子爺，不禁有些莞爾說：「我不是太子爺，我是太子爺的乩身，我叫韓杰。」

「乩身……」黃有孝呆愣愣地問：「什麼是乩身？」

「嗯，就是替神明做事的人……」韓杰這麼說，見黃有孝神情困惑，也不曉得懂是不懂，便進一步向他解釋：「例如妖魔鬼怪偷砍你家的樹，神明就派我來抓那些壞蛋。」

「哇！」黃有孝豁然開朗，驚喜地說：「神明派你來抓妖魔鬼怪？」

「對啊。」韓杰點頭。

「你怎麼抓妖魔鬼怪？」黃有孝興致勃勃地問。

「嗯。」韓杰想了想，豎起拳頭。「通常用揍的，揍不贏的話，我就出絕招。」

「絕招，什麼絕招？」黃有孝瞪大眼睛，亟欲知道韓杰用來降妖伏魔的絕招。

「絕招不能隨便用啊。」韓杰說：「要等妖魔鬼怪現身的時候用……」

「用了絕招，就能打贏妖魔鬼怪嗎？」黃有孝追問。

「有時候打得贏，有時候打不贏。」

「打不贏那怎麼辦？」

「我打不贏的話。」韓杰笑著豎起拇指，戳戳自己胸口，說：「神明就會附上我身體，親自揍扁那些妖魔鬼怪。」他說到這裡，補充一句。「這就是乩身。」

「是喔……」黃有孝似懂非懂，還有好多問題想問。

林嬌端了盤水果走來，要黃有孝去廚房洗菜，自個兒在韓杰旁坐下，殷切地問：「太子爺乩身大人呀，到底是什麼人砍走我家大榕樹呀？」

「這……」韓杰苦笑說：「我也是昨天晚上收到太子爺指示，今天一早就趕過來，我還沒搞清楚狀況……我只知道，妳家本來有棵要用來做王船龍骨的大榕樹……」

「是啊！」林嬌點頭如搗蒜，說那棵大榕樹，可是死去老公黃吉的祖父當年親手種在院子裡的樹，那棵大榕樹陪伴了有孝爺爺一生和她的大半輩子。

黃吉在往生前，叮囑林嬌將他的骨灰撒在樹下，說要用自己的魂魄守護大樹、守護整個黃家。

「阿吉生前最大的心願，就是他那棵榕樹能被選上做王船寶艣呀……」林嬌說著說著，又有些哽咽。「他活著的時候，等了好多年都沒等到，這次好不容易選上了，結果莫名其妙被砍走啦！」她說到這裡，突然憂心忡忡地問：「乩身大人呀，太子爺在夢裡跟我說，那些人砍走我家大榕樹，是想用大榕樹做鬼船，是不是眞的呀？」

「鬼船？」韓杰點點頭。「我大概知道是誰幹的。」

「是誰？」林嬌睜大眼。

「是一個壞蛋。」韓杰無奈說：「那個壞蛋這兩年時常惹是生非，我一直在找他、警察也在找他，就連神明都在找他。」

「什麼……」林嬌有些訝異。「連神明……都找不出他？」

「他非常狡猾……」韓杰苦笑。

「如果……」林嬌擔憂地說：「那壞人眞用我家榕樹做壞事，神明會不會怪罪我呀……」她喃喃碎語，又說：「眞怪罪我就算了，是我無能，但是千萬別怪罪我乖孫喲，他從小苦命……」

「妳放心。」韓杰笑著指指天花板，「誰是誰非，神明看著呢，神明沒這麼不講道理。」

林嬌吸吸鼻子，起身要韓杰等她一會兒，跟著轉回房間，好半晌才出來，捧著一只小布包遞給韓杰。

韓杰接過布包秤了秤重量，知道布包裡應該是些黃金首飾，他也不揭開來看，便將布包推還給林嬌，說：「我不是來做生意賺錢的，別給我錢跟黃金，只需要借我點小東西用。」

「什麼小東西？」林嬌捧著那布包，不知所措。

「一個小碗或小碟子，還有油……」韓杰說：「沙拉油、菜籽油都行。」

「小碗小碟子？油？」林嬌更疑惑了，帶著韓杰來到廚房，揭開碗櫃讓韓杰自己挑。韓杰挑出只不鏽鋼碗，再倒入半碗沙拉油，跟著從口袋裡掏出一枚銅板，扔進油裡。

那枚銅板，繫著一條棉線，隨著銅板浸入油裡，線頭挺出油面，原來是條燈芯。

韓杰向林嬌要了打火機點燃燈芯，端在手上，彷如是一盞油燈。

跟著他自口袋裡捏出一小撮香灰，在油碗上方比劃兩下，低聲唸咒，左顧右盼一番，將油燈小碗放在廚房門外一張醒目小桌上，請黃有孝拉張凳子過來顧著火，別讓火滅了，跟著對林嬌說：「太子爺說妳家大樹的根還在院子裡，妳帶我去看看。」

「是。」林嬌帶著韓杰走出廚房，好奇地回頭望著坐在小桌旁專心盯著火的黃有孝，問：「太子爺乩身大人吶，你點油燈是什麼意思？」

韓杰解釋：「這碗油燈的作用，是把妳家方位報上天，太子爺會派天兵在妳家三合院插旗，這段時間，妳家日夜都有神明盯著，惡鬼踏不進來。」

「惡鬼？」林嬌聽到「惡鬼」兩個字，害怕地問：「爲什麼……惡鬼要來我家？」

「我剛剛說的那個壞蛋，懂得邪術，勾結很多妖魔鬼怪，上妳家砍樹的那批傢伙，應該就是他請來的惡鬼。」韓杰說：「要是他們發現砍走的榕樹有問題，可能會來找你們麻煩。」

林嬌帶著韓杰來到內埕空地，聽韓杰這麼說，詫異問：「我家榕樹有什麼問題？」

「妳剛剛說，黃吉要妳在他死後，把他的骨灰撒在樹下？」韓杰來到那大榕樹的樹根前蹲下，伸手在殘根上摸索一番，還低頭嗅了嗅殘根斷面。

「是啊，我照他的話做了……」林嬌怯怯地問：「這樣……會有什麼問題嗎？」

「他除了要妳撒骨灰之外，有沒有要妳另外替他辦法事？」韓杰這麼問。

「沒有……」林嬌先搖搖頭，跟著又點點頭。「不過……後來我自己請來了法師，替大榕樹加持、替阿吉祈福。」

「難怪。」韓杰苦笑，說：「妳請錯法師了，結果沒替黃吉祈到福，也沒加持到大榕樹，反而讓黃吉的魂和大榕樹纏在一起，分不開了。」

「什麼！」林嬌驚訝問：「你說阿吉的魂和榕樹纏在一起，分不開？」

「是啊……」韓杰扭扭鼻子，指著殘根說：「樹根上有鬼魂味。」

「那、那那……樹被惡鬼砍走了，那阿吉他……」

「妳別擔心，黃吉的魂還在根裡，沒被砍走。」韓杰從口袋掏出一只小瓶，揭開瓶蓋，在殘根上倒出一小堆金粉，跟著伸指壓著那堆金粉，畫起符咒，只見那小堆金粉彷如活物，隨著韓杰手指在殘根上流動，拖曳出均勻的金色筆畫痕跡，還隱隱閃耀起金光。「我猜那些傢伙砍樹時，黃吉曾經試圖反抗，那些傢伙對樹施了法，弄傷了黃吉的魂，他的魂現在昏睡在根裡，一時醒不來，需要點時間恢復。」

「什麼……」林嬌不敢置信地望著韓杰、望著樹根。

「太子爺派我過來，就是要我來確認黃吉的魂在不在根裡。」韓杰站起身繼續說：「被砍走的樹幹裡，應該也留著黃吉魂魄氣味，就算做成鬼船，黃吉也認得出來——他能幫忙找出那些砍樹的傢伙、指認他們。」

「原來是這樣……」林嬌聽韓杰這麼說，害怕地問：「所以，您說惡鬼有可能會找上門，是……害怕阿吉指認他們？」

「有這個可能。」韓杰點點頭，說：「不過現在我點了燈，有神明盯著妳祖孫倆，惡鬼沒這麼大膽子上門找麻煩。」他說到這裡，晃了晃手中那金粉小瓶子，說：「我另外幫妳在家裡補幾道符。」

他說完，請林嬌帶他返回三合院老屋，接連在幾間房壁面、門窗上，以金粉畫上退魔符籙。

「太子爺乩身大人呀，您這用的是什麼墨……」林嬌見到韓杰沾指畫上牆面的金色符籙。

隱隱綻放光芒，好奇問：「怎麼會發光啊？」

「這是金磚粉，畫出來的驅魔符很厲害的。」韓杰向林嬙晃了晃他那金粉瓶子，跟著拉起林嬙左手，在她手背上也畫了道符，說：「平常妳就算出門買菜，也不用擔心。」

林嬙瞪大眼睛，望著手背上那道金符閃耀數秒，跟著黯淡隱沒，但若翻轉手背，卻隱約能夠瞧見淡淡的金色符形。她欣喜地喚來黃有孝，讓韓杰替黃有孝也畫道符，還問：「那……我家阿吉的魂，大概要多久才能治好？」

「我也不確定，短的話幾天，長的話幾個月都有可能。」韓杰這麼說。

林嬙又問，倘若當眞喚醒了黃吉魂魄，能不能和他說說話。

韓杰說如果林嬙不怕的話，當然可以。

林嬙跟著問魂魄能不能吃東西，到時候她想做些黃吉生前愛吃的點心。

韓杰說經他施法之後，可以。

林嬙喜孜孜地對著韓杰合掌膜拜，懇求太子爺乩身無論如何也要喚醒黃吉魂魄，她說這麼多年來，她依舊時常夢見黃吉，她好想好想見他一面。

韓杰苦笑對林嬙說，別拜他，他不是神，也還沒死，他只是領旨辦事，盡力而爲。

一旁黃有孝望著手背上金光閃耀然後褪去，小心翼翼地用右手托著左手，像是捧著一只珍貴寶貝般，忍不住問：「這樣還能洗澡嗎？會不會把符洗沒了？」

「這符洗不掉，你可以洗澡。」韓杰說。

「哇！好厲害啊——」黃有孝舉手翻掌，變換各種角度，想看清楚手背上那淡淡的金色符形。「我的手上，有張驅魔符！」林嬌這麼說。

「別玩了，快去看著火。」黃有孝這才想起那碗火，三步併作兩步又跑回廚房，坐回小凳守著火。

「對喔。」

林嬌苦笑地對韓杰說：「你別看我家有孝憨憨的，他很孝順……」

「有孝他……是什麼情況？」韓杰這麼問。

「有孝小時候得了腦炎，住了幾天醫院，雖然保住性命，但是……腦袋就比不上別人家小孩了……」林嬌抹抹眼淚，從客廳小櫃翻出相本，指著一張黃有孝兒時照片，說：「有孝小時候可愛吧，他那時候好聰明呀……」

相本上四、五歲大的黃有孝，一雙眼睛又大又圓。

韓杰往廚房瞥了一眼，只見黃有孝乖乖坐在小凳上，專心盯著油燈火，眼睛都不眨一下，十分認眞，只是偶爾忍不住瞧瞧畫著金符的手背。

「我還有其他事要忙，過兩天會再來一趟，看看黃吉魂魄情況……」韓杰向林嬌告別，走到三合院外，像是想到什麼，轉身問那送他出門的林嬌：「對了，妳還認識其他紙紮師傅或是造王船師傅嗎？」

「紙紮師傅？我不認識……」林嬌說：「阿吉以前有些一起造王船的木匠朋友，有時會來我家吃飯，不過好多年沒聯絡了……」

「能不能幫我個忙……」韓杰說：「如果可以的話，替我探探他們近況，像是最近有沒有碰到怪人、怪事之類……」

「怪人、怪事？」林嬌有些困惑。「阿吉那些朋友，有些年紀很大了，會碰上什麼怪事？」

「太子爺除了要我調查妳家大榕樹被砍之外，還要我幫忙找幾位失蹤老人。」韓杰這麼說：「那些失蹤老人，不是紙紮師傅，就是造王船的師傅。」

「什麼……」林嬌睜大眼睛，歪起頭喃喃自語：「六哥前兩年往生了，阿球好像被兒子接去市區住了，還有誰啊……」

「不急，妳慢慢想。」韓杰這麼說，向林嬌告別，跨上租賃機車，發動引擎離去。

貳

數天後一個深夜，不修邊幅的胖男人拖著一只小行李箱，踏進這間電子遊藝場。

胖男人來到櫃台，在喧鬧電玩機台聲和客人嬉鬧叫囂聲中，扯著嗓子向櫃台人員詢問七號包廂的位置。

櫃台人員隨手指了指一個方向。

胖男人拖著行李箱找進遊藝場深處一條走廊，沿途經過一到六號包廂，最後在七號包廂前停下。

他推開七號包廂門，只見包廂裡長沙發上坐著一個壯漢，壯漢穿著背心，肩臂全是刺青，正捏著手機玩遊戲。

胖男人從口袋取出一張黑色名片，遞給壯漢。

壯漢接過黑色名片，翻看幾眼，點點頭，將名片還給胖男人，指了指包廂廁所。

胖男人拖著行李箱踏入廁所、關門。

廁門內側，懸著一只小鐵罐，鐵罐上開著一個個小孔洞，漆成紅色，外觀像是一只縮小了的金紙爐。

胖男人取出打火機，點燃黑色名片，放入小鐵罐裡。

一陣奇異火光自小鐵罐口和罐身上數十個孔洞亮起。

整面門板浮現出一陣奇異符籙光紋。

數秒之後，光紋褪去，像是什麼也沒發生一般。

胖男人略有遲疑，伸手敲敲門，沒得到回應，他轉開門，外頭仍是剛剛的包廂，坐著刺青壯漢——

「呃！」他立時發現，這間包廂裝潢和剛剛不同，沙發上的壯漢也和剛剛不同、胳臂上的刺青也不同。

壯漢瞅瞅胖男人，問：「你也是紙紮師傅？」

「是……」胖男人點點頭，啊了一聲。「姓范的已經來啦？」

「他們在十號包廂等你。」壯漢這麼答。

胖男人拖著行李，走出包廂——包廂門上的號碼依舊爲七號，但他知道自己此時身處之處，已非剛剛那間遊藝場。

不僅走廊裝潢不同、包廂門板不同、燈不同、電玩機台音效不同，就連空氣中的氣味也大不相同——此時他鼻腔充斥著奇異的火灼焦味，這焦味與燒紙錢的氣味有些相似，又有若干不同。

他循著長廊，找著十號包廂，推開門。

十號包廂空間是剛剛七號包廂好幾倍大，左側環形沙發上坐著一個三十來歲的削瘦男人，和一個十歲上下的小男孩。

削瘦男人穿著襯衫，身旁沙發上，擺著一只銀灰色金屬公事包。

小男孩戴著毛帽，穿著刺繡外套和短褲，一見男人拖著行李箱進門，立時嚷嚷說：「好慢啊……」

「不好意思，我跟老婆解釋半天，她不信我來陰間……」胖男人摸摸鼻子，拖著行李箱來到沙發前，望著削瘦男人，說：「好了，我們在哪邊玩？」他這麼問的時候，左顧右盼，視線停在包廂另一側那張鋪著金黃絲絨桌布的長桌上。

「這麼急？不先吃點東西？」毛帽小男孩指指桌上食物紅酒，對拖著行李箱的男人說：「這些都是陽世活人可以吃的食物，是我專程請人買下來的，我特別打了擬人針陪你們吃喝。」

「不了。」沙發上那瘦男人提著金屬公事包站起身，對小男孩說：「歸爺，我今晚不是來交朋友的。」

「是啊。」胖男人點點頭，哼哼笑說：「我們是來決鬥的。」

「好好好！決鬥！我最喜歡看人決鬥。」小男孩拎著零食汽水跳下沙發，往大長桌走去，一邊指示侍者，招待胖瘦男人分別入座長桌兩端。

小男孩自個兒坐上長桌中央後方一張高腳椅，居高臨下俯視長桌。

胖男人將行李箱提上桌，揭開，捧出一只蛋糕大小的白色紙紮屋，和十二隻拳頭大小的純白紙紮小偶。

瘦男人將金屬公事包放上桌，揭開，裡頭同樣是一個紙屋，和十二隻紙偶，不同的是，瘦男人這組紙偶和紙屋都上了色，外觀花俏繽紛。

「哼哼。」胖男人忍不住出言譏諷：「小范，你是不是搞錯了，今晚不是比誰的紙紮美，是比誰的兵馬更強壯、更能打仗！」

「美的不見得不能打。」瘦男人推了推眼鏡。「醜的也未必能打。」

「我的紙偶只是沒上色，哪裡醜啦？」胖男人哼哼說。

侍者捧來兩只木盒，在長桌中央揭開，裡頭是十二只小玻璃瓶。

小男孩坐在高椅上喝了口飲料，說：「我們寶來屋研發的『魂湯』，跟博覽會大賽上用的魂湯差不多，這兩盒一模一樣，很公平，要檢查嗎？」

瘦男人搖搖頭，胖男人則聳聳肩，說：「歸爺，我相信你爲人。」

侍者將兩只木盒推至兩個男人面前，兩個男人從盒中捏出一只只玻璃瓶，揭開瓶蓋，將「魂湯」淋在自己的十二隻紙偶上。

胖男人將最後一瓶魂湯空瓶放回木盒，左顧右盼，問：「在哪兒燒紙？有幫我們準備金爐嗎？」

「直接在桌上燒就行了。」小男孩提著一袋雞排啃得津津有味，伸手敲敲桌面。

「在桌上燒？」胖男人有些詫異，指著金黃絲絨桌布。「不怕把桌布連同桌子都給燒了？」

長桌另一端，同樣淋完魂湯的瘦男人，已從公事包裡取出一只小盒，揭開捏出一根古怪火柴，摩擦生火，依序點燃十二隻紙偶和紙屋。

燒成火團的紙屋和紙偶，隱隱透出彩光，火滅光熄之後，紙偶開始動了，抖落身上一片片灰燼，露出極其逼真的人皮、服飾、戰甲和獸毛。

十二隻紙偶，有人有獸，橫地排成一排。

紙偶後方那棟紙屋，一磚一瓦，彷如真磚真瓦，整間屋子像是等比例縮小了的實屋一般。

「哦——」胖男人望著瘦男人紙偶燒出的煙霧，裊裊飄升到長桌上方那只緩緩旋動的吊扇，立時煙消雲散——他這才發現，吊扇扇葉旋動方向是反著旋，猶如排氣抽風般，他訝然笑問：「小歸爺，原來你這不是吊扇，是抽風機啊！」

「吊扇只是裝飾。」小男孩呵呵笑地指著天花板。「天花板建材用的是特殊材料，近看一堆小孔，管道間裡有裝抽風設備——我這房間是專門用來接待陽世紙紮師傅的負壓室。燒個紙還要跑來跑去，太麻煩了。」

「佩服佩服。」胖男人哈哈笑著，也摸出打火機，點燃自己十二隻紙偶和紙屋。

他那純白紙偶燃燒殆盡之後，仍然是原先純白顏色，外觀材質依舊是紙，就像是沒燒過一般。

侍者一手提著手提式吸塵器，一手持著毛刷，細心清理桌面餘下灰燼。

瘦男人向侍者多借了柄毛刷，細細刷掃著紙偶紙屋上少許灰燼。

「喂喂喂，就說這不是美勞比賽啊，別這麼龜龜毛毛！」胖男人不耐地拍拍桌面，對著己方紙偶嚷嚷下令。「排隊排好，開始報數——」

胖男人面前十二隻紙偶聽見號令，快速排成橫排，張口發出古怪呼聲，嘰嘰喳喳吱吱嘎嘎，壓根聽不出數字。

「準備，五、四、三、二——」小男孩嘴裡碎肉還沒嚥下，握著拳頭倒數。「開戰！」

瘦男人扔去毛刷，捻指施咒，大喝一聲。「衝鋒——」

十二隻彩色紙偶收到了號令，立時咆哮往前衝鋒。

「媽的，突然大叫想嚇人啊……」胖男人嚷嚷抱怨，也即時下令己方白色紙偶上前接戰。

一場小規模戰爭，就在這張一公尺寬、兩公尺長的長桌上展開。

長桌兩端那一彩一白兩間紙屋，彷彿兩軍主堡，二十四隻素彩各半、有人有獸的紙偶，嘶吼著向前，往對面紙屋衝鋒，與殺到眼前的對手展開搏鬥。

「喔——」小男孩像是網球裁判般地坐在長桌中央後的高腳椅上，瞪大眼睛探長了身體觀戰，還嘟嘟囔囔地分析起戰情。「范家紙兵好像比較強一點啊，一對一都佔了優勢！」

長桌上十二隻彩色紙偶力氣顯然大過白色紙偶，開戰不到一分鐘，兩軍對峙的戰線，從長桌中央，轉移到近胖男人那端長桌四分之一處——距離白色紙屋大門僅十餘公分。

「哼哼。」胖男人眼見敵軍殺到自家紙屋前，也不以為意。他右手微微握拳，指節輕叩桌面，左手抵在嘴邊細碎呢喃，似是暗暗對紙偶下令般。

中央三隻彩紙偶衝破白紙偶防線，直衝紙屋正門。

胖男人嘿嘿一笑，指節大力敲叩桌面兩聲。

紙屋正門和兩扇小窗磅地向外揭開，射出幾枚紙丸，落入紙偶群中，炸出一團團煙霧。

二十四隻紙偶，登時被這團煙霧淹沒籠罩。

「咦？」小男孩驚訝盯著長桌上那團煙霧，只微微聽見煙霧中發出一陣陣廝殺吼叫和紙張撕裂聲，卻看不清實際戰局，忍不住問那胖男人。「小姜，你這是哪招啊？」

「這我絕招啊。」胖男人得意地笑說：「在這煙裡，他的兵看不見我的兵，我的兵卻能看見他的兵，力氣再大也沒用啦，何況——」他說到這裡，頓了頓，神情更加得意了。「歸爺，你眞的以爲我造的紙偶，力氣會輸給小范的紙偶？」

「啊呀！原來剛剛你是在誘敵？」小男孩讚歎地拍了一下大腿，跟著，他注意到桌上那團煙彷如鎖死一般，只緩緩旋繞、籠罩著白色紙屋前方戰局，而不會漸漸消散，也未被這負壓室抽風設備吸走。「你這煙是活的啊。」

「活的，而且很聽話。」胖男人笑著叩叩桌面，只見桌上煙霧旋繞速度增快，還隱隱閃爍青光、打起悶雷。

另端瘦男人只是似笑非笑地雙手按桌，似乎一點也不緊張。

煙團噗地飛出一個東西，摔出桌外，是隻被扯爛的彩色紙偶。

跟著，第二隻、第三隻爛糟糟的彩色紙偶自煙團中飛摔下桌。

這表示長桌上的彩色紙偶只剩下九隻，而白色紙偶仍有十二隻。

胖男人得意大笑，也不叩桌下令了，雙手抱在胸前，像是勝負底定般，得意洋洋望著瘦男人。

第四隻破碎紙偶飛出煙團，摔落下地——是白紙偶。

跟著，第五隻、第六隻白紙偶飛出、然後是彩紙偶，然後又是兩隻白紙偶飛出、再一隻彩紙偶、再兩隻白紙偶——

七比五，戰情似乎逆轉。

胖男人瞪大眼睛，不理解自家紙偶爲何在煙團優勢下，依舊落了下風。

再一隻彩色紙偶飛落桌。

三隻白色紙偶飛落桌。

六比二。

「突襲突襲——」胖男人連忙尖吼敲桌，兩隻破破爛爛的白色紙偶自煙團兩側衝出，棄守門前，轉而突襲彩色紙屋。

煙團中六隻彩色紙偶，似是猶被困在煙中，並未回頭防禦自家彩屋，也未突襲對手紙屋。

「嗯？怎麼了？」小男孩和胖男人都望向瘦男人，只見瘦男人並未下令，而是突然取出手機接聽。

「喂喂喂！你在幹嘛？現在比賽中耶，沒有暫停喔！」胖男人左手按桌，右手微微握拳，兩隻眼睛在煙團和瘦男人之間來回，準備好對付從煙霧中殺出攻城的敵方彩偶——他那白紙屋顯然還有機關。

但瘦男人仍急急講著電話，始終沒有對自家彩偶下令，也未開啓彩屋防禦機關。

「小范，怎麼了……」小男孩發覺不對勁，遲疑要問，便見瘦男人怒吼一聲，一把掀起桌邊金屬公事包，朝胖男人擲去。

「姓姜的，我操你家祖宗十八代——」瘦男人暴怒大吼：「我光明正大接受你挑戰，你他媽玩陰的？」

「什麼？」胖男人在瘦男人公事包擲來時，閃避不及，只能抬手硬擋，手腕被砸得極疼，又挨瘦男人這沒來由一頓謾罵，也火冒三丈地回罵：「你說什麼？我玩陰的？你他媽輸了耍賴啊？」

長桌上兩隻白色紙偶已經開始拆屋，轉眼就將彩色紙屋那華美屋頂給掀了，小小紙屋隔出幾間房，塞滿五彩符籙；另一端，白屋前煙團漸漸消散，裡頭並非六隻紙偶，而是一隻碩大紙獸——

「哇！」小男孩瞪著大紙獸，忍不住讚歎。「原來合體了！」

「歸爺，我得趕回家！這王八蛋好卑鄙，他約我來你這邊決鬥，卻派紙人進我家偷東西！」瘦男人朝胖男人怒吼：「我老婆懷孕了，要是有個萬一，我一定宰了你！」

「啊？」胖男人瞪大眼睛，冤枉大叫：「你說什麼？誰派紙人去你家偷東西？我他媽連你家住址都不知道啊操！」胖男人才剛回嘴，手機也響了，接聽才講幾句，哇地驚慌大喊：「什麼？有這種事？妳別怕，躲在房裡別下樓，我立刻回去——」

胖男人邊說著電話，邊往廁所奔，和瘦男人你推我擠地搶進廁所，像是想立刻回陽世，但他們立時發現，十號包廂廁所門背面，沒有那用來放置開鬼門符的小鐵盒。

「鬼門在七號包廂廁所裡，這間是十號……」小男孩奔到廁前，拉開廁所門，對著擠在廁所裡大眼瞪小眼的胖瘦男人說：「我送你們回去吧。」他這麼說的同時，取出手機，急急下令：「多派一台直升機和一隊保全過來，記得，全副武裝！」

胖瘦兩個男人聽小男孩要調直升機和武裝保全幫忙，這才趕緊出了廁所，隨著小男孩往外走。

參

胖男人姓姜，在北部某觀光老街裡經營香舖生意。

瘦男人姓范，家裡也是開香舖的。香舖開在南部。

小男孩是隻老鬼，在陰間經營各種生意，算是陰間大老闆，大家叫他小歸，或是歸爺。

今晚，小歸招待兩位陽世紙紮師傅，從他投資的陽世遊藝場，走鬼門進入他經營的陰間遊藝場，進行一場「決鬥」。

鬥的是范姜兩位紙紮師傅技藝孰高孰低——自然不是尋常的紙紮技藝，而是讓紙偶附上魂魄，與對方的紙偶戰鬥，殲滅對方全軍，或是拆了對方老巢者勝。

這場決鬥並未進行到最終，小姜和小范先後接到家中求救電話，比賽中斷，各自返家。

東家小歸直覺事情不尋常，他邀了貴客到自己地盤決鬥，貴客家中卻同時受到騷擾，他想知道究竟發生什麼事，是誰在找小姜小范麻煩，又或者是找他麻煩。

他令手下備齊兩架直升機，滿載武裝保全，自個兒陪同小范疾飛南部，另台直升機則護送小姜回家。

小姜透過直升機通訊設備和小歸保持聯絡，一面和小范鬥嘴——小范聲稱倘若沒出意外，他那合體紙獸早就碾平小姜紙屋。

小姜則說自己紙屋裡還有機關，不怕合體紙獸。

小范說自己紙屋也有機關，比小姜紙屋更厲害。

兩人誰也不讓誰，但無法爭論太久，因爲他們還得同時透過電話，安撫自己受驚的妻子。遊藝場位在北部，因此小姜比小范更快飛抵自家附近一處停車場，幾個陰間武裝保全護送小姜下了直升機，直奔停車場公廁，開鬼門返回陽世，趕往自家香舖。

十來分鐘後，小姜氣喘吁吁地抵達公寓二樓家門前，手忙腳亂地取鑰匙開門，喊著老婆名字奔過漆黑客廳，推開主臥房門。

妻子瑟縮在床上被窩裡，一手抓著手機，一手捏著一串念珠，見小姜回來，哭著跳下床，噫噫呀呀地將手機舉在小姜面前。

小姜接過手機，只見螢幕上那監視器畫面裡，兩、三隻一公尺高的怪異灰色紙人，正在櫃台前晃來晃去、東翻西找——

正是一樓店內監視器攝得的畫面。

「早教你不要碰這些東西，乖乖做生意不好嗎？」妻子對小姜沉迷鑽研陰陽道術、與鬼靈打交道，不滿已久。「你看現在家裡鬧鬼啦！」

「這不能怪我，交往時我就跟妳說過，我們姜家香舖，不是普通的香舖……」小姜摟著妻子、輕拍她的背，說：「我們姜家跟這些東西的淵源剪不斷理還亂，妳眞逼我跟這些東西劃清界線，要是出了事，反而沒有人罩著啦……」

「罩？」妻子惱火說：「現在不就出事啦，誰來罩啊？誰來幫我們抓鬼啊？」

「哼哼。」小姜拉著妻子的手來到床沿，要她坐下，對她說：「我真請幫手來家裡幫忙抓鬼呀，可是妳得冷靜……」他這麼說完，回頭朝房門外五個陰間武裝保全點點頭，說：「各位朋友，幫個忙、現個身，讓我老婆安心。」

陰間亡魂現身讓陽世活人看見，雖稱不上什麼大事，但帶頭的武裝保全仍然撥了通電話請示小歸，得到小歸應允，這才領著其他同事抖抖身子，讓小姜老婆見著他們。

「喝……」小姜老婆嘶的一聲，渾身顫抖。「你……你眞把鬼……帶進我們家啦……」

「他們……是鬼沒錯，但鬼也分好鬼壞鬼……」小姜苦笑說。

「所以他們是好鬼？」

「應該算是吧。」小姜說：「他們是陰間一位大老闆派來幫我抓壞鬼的。」

「壞鬼……」妻子問：「就是樓下店裡那幾隻紙人鬼？」

「應該是。」小姜拍拍妻子的手。「妳乖乖在房間，別出去，我帶他們下樓趕鬼。」

他見妻子還有些害怕，便對保全們說：「能不能留個人保護我老婆，其他人陪我下樓抓那紙人。」

帶頭保全指指其中一名保全，跟著領著其餘三名保全，隨著小姜出門下樓。

「喂！喂！你留個鬼在我房間外……」妻子見小姜頭也不回地出門，氣得低喊，卻又怕觸怒站在房門外那隻保全鬼，只嚇得啜泣起來，低聲埋怨早知道不嫁這胖子了。

那保全一身鎮暴裝，戴著覆面頭盔，倚在門旁，見小姜妻子哭得傷心，突然開口說了話：「妳跟姜老闆結婚多久啊？」

是女人聲音。

「噫……」小姜妻子聽保全開口說話，先是嚇得一顫，跟著驚訝問：「妳……妳是女人？」

「是啊。」那保全摘下覆面頭盔，是個中年婦人，面貌和凡人相差無幾，氣色甚至比嚇得六神無主的小姜妻子更像活人些，她慈眉善目地對小姜老婆說：「妳不用這麼怕，鬼是人變的，人有一天會變鬼，除了一副臭皮囊，我們其實沒有太多分別。」

「妳……妳……妳……」小姜妻子見那婦人活脫脫就是個人，心中怯意褪了大半，抹抹眼淚，說：「我跟他結婚……兩、三年……」

「兩、三年啊……」婦人呵呵一笑，說：「那姜老闆體不體貼啊？」

「他啊……」小姜妻子聽婦人這麼問，便嘰哩咕嚕地述說起日常生活中對小姜的不滿。

□

一樓店面裡，小姜摳摳耳朵，抬頭望望天花板，跟著把視線放回前方被保全壓制在地的幾隻紙人。

小姜蹲在紙人面前檢視半晌，對手機裡的小歸說：「不是人魂，是專門給紙紮物用的魂，和寶來屋的魂湯差不多……不曉得是誰派來的……」

「眞是奇怪了……」小歸在電話那端說：「摸進小范家的也是紙人，樣子好像差不多，到底是誰同時派紙人上你們兩家搗亂？你們在博覽會上有得罪誰嗎？」

「沒啊，他們也沒破壞店裡東西，說是搗亂，更像是……」小姜搖搖頭，說：「來偷東西。」

「他們偷了什麼？」小歸問。

「偷了……」小姜望著手邊四只袋子，裡頭裝的不是現金、不是手機，也不是高價物，只是一些店內展示的紙紮物。

小姜望著四袋紙紮物，不安站了起來，對手機那端的小歸說：「歸爺！我重要東西沒放在店裡，都放在老家，我得帶著你家保全跑一趟老家。」

「你老家不是沒人？」小歸問：「平常都當成倉庫、工作室用。」

「對。」小姜點點頭。「我店裡賣的東西，都是普通的祭祀用品，跟工廠批來的，我藏在老家地下室那些東西，才是好東西。」他一面說、一面領著四個武裝保全走出店外、降下鐵捲門，急急奔往數條街外的老家。

肆

小姜老家位在小巷弄中，是間老舊透大公寓，僅一層樓高，但有地下室，在小姜將香舖店面遷進觀光老街之前，小姜和父親在這祖厝店鋪裡，賣了數十年香燭紙錢和各式各樣的紙紮品。

「我的紙武士啊……」小姜領著四名保全，在彎曲小巷弄中急急奔走，來到自家門前，只見祖厝小門虛掩著，哎呀一聲。

四名保全互看幾眼，抽出甩棍，推門進屋。

屋內凌亂狼籍，香燭紙紮貨品散落一地，像是經過打鬥一般。

「啊呀，眞出事了！」小姜慌張領著保全來到通往地下室的小門前，望著陡梯，只見底下透著燈光，還傳出細碎聲響，急急催促保全。「還在裡頭，麻煩各位大哥了！」

四個保全二話不說，一齊自入口竄下地下室。

小姜站在入口門前向底下探頭張望，只聽見保全們發出幾聲驚呼，跟著瞥見兩個保全身影僵在梯前，等待數秒都沒有動靜，忍不住問：「保全大哥，制伏那些紙人了嗎？」

「姜老闆……」帶頭保全轉身喊著小姜。「請你下來看看，這位先生他……」

「啊？什麼先生？」小姜呆了呆，連忙下樓，只見他工作室裡同樣亂成一團，像是經過激烈打鬥，許多紙紮成品、半成品都打爛一地。

他本來擺在工作桌上、製作到一半的紙武士，手斷腳折地攤在地上。

「我的寶貝啊……」小姜奔到爛糟糟的紙武士前，跪倒在地，抓著頭慘嚎，跟著，見到角落站著一個身穿T恤牛仔褲的陌生男人。

四名保全站在男人身旁，手上的甩棍皆已收回，似乎對男人頗為恭敬。

小姜惱火站起，也不顧對方是人是鬼，急急走向男人，伸手要揪他領口。

男人一手扣住小姜手腕，施力一扭，將小姜扭得哇哇大叫：「你誰？你是誰！」

帶頭保全上前兩步，打起圓場，對小姜說：「他是太子爺乩身韓杰，是小歸老闆的換帖兄弟……」跟著轉頭對韓杰說：「姜老闆是小歸老闆貴賓，小歸老闆要我們護送他回家……」

「換帖兄弟？」韓杰哼了哼，放開小姜，隨口問：「我什麼時候變小歸換帖兄弟了？」

「太……太子爺乩身？歸爺換帖兄弟？」小姜甩著手，退開兩步，喘著氣問韓杰：「你……你來我家幹嘛？」

「這陣子有批人四處綁架紙紮師傅，今晚輪到你，我收到太子爺籤令，來阻止他們。」

韓杰這麼說時，伸手指指腳下。

小姜這才見到，韓杰腳下踩著一隻古怪紙人，那紙人臉上畫著一張笑臉，被韓杰一腳踩著，猶自手舞足蹈，發出細微的古怪笑聲。

「所以……」小姜啊呀兩聲，東張西望，果然見到工作室四周，散落著同一款紙人的斷肢殘骸，他指著地上的紙武士，問：「所以我的紙武士不是你打爛的？」

「是我打爛的。」韓杰聳聳肩說：「我進來的時候，這些紙人正在搜刮你家東西，我跟他們打起來，他們打不過我，就作法讓你地下室裡的紙人聯手打我，我只好全打爛了。」

「怎麼可能？」小姜聽韓杰這麼說，搖頭大叫，扯著喉嚨嚷嚷起來。「阿三、阿三——」一隻巴掌大小、造工精巧、通體雪白的小紙猴，從工作室凌亂紙堆裡爬出，循著小姜的腿爬上胳臂，抱著他胳臂哆嗦，彷彿受驚不輕。

「阿三，你還記得剛剛發生的事吧！」小姜粗魯地將那小紙猴從胳臂拽下，捧在掌心，急急問：「他說的是不是眞的？」

小紙猴阿三點點頭。

「這怎麼可能？」小姜望著韓杰怪叫：「我這些紙紮物，平時根本沒附著魂，我整間工作室裡，除了阿三之外，沒有第二隻魂……」他這麼說時，似乎有些心虛，忍不住朝角落一只小木櫃瞥了一眼。「我……我沒有違規啊，我也算是濟公師父的俗家弟子，平常受濟公師父監督的……」

「那些屁事跟我無關，不用向我報告，你先回答我的問題。」韓杰耐著性子問：「你就是姜家香舖的老闆姜連發？」

「啊？」小姜呆了呆，答：「姜連發是我老爸，我是他兒子姜民。」

輪到韓杰愣了，問：「那姜連發現在人在哪？」

「在安養院裡……」小姜這麼回答，慌亂檢視工作室損失。「紙武士一號沒了、最重要的紙心也沒了，糟糕啦……」他繞到剛剛瞥視的小木櫃前，拉開木櫃門——木櫃裡塞著一只金屬保險箱。

「哪裡的安養院？」韓杰走到小姜背後，問：「給我地址，我得去見姜連發一面。」

小姜顫抖揭開保險箱門，見裡頭空空如也，發出長長一聲哀號，抓著頭髮向後坐倒在地，喘氣呢喃說：「完了，祕笈也被偷走了……」

「你有沒有聽見我說話？我問你爸爸在哪家安養院？」韓杰這麼問，卻見小姜望著空箱連連哀號，猜想可能真丟了重要東西，便耐著性子追問：「你被偷走什麼？」

「我最厲害的紙武士不見了，保險箱裡祖傳紙紮祕方也沒了……」小姜回頭，哭喪著臉說：「我爸肯定要打死我了……」

「嗯。」韓杰點點頭，伸手揪住小姜後領，緩緩出力拉他起身。「那你快告訴我，你爸在哪間安養院，我替你說幾句好話，要他手下留情，別打死你……」

「什麼……」小姜一時還沒會意，只感到韓杰揪他起身的動作雖慢，但力道大得嚇人，彷彿要將他衣服撕破了，連忙撐身站起，愁眉苦臉地問：「你……你到底是誰？你找我爸幹嘛？」

「好，我再說一遍，你仔細聽…………」韓杰吸了口氣，緩緩說：「我是太子爺乩身，奉太子爺籤令過來救人——這兩天，有些傢伙到處綁架紙紮師傅跟王船師傅，好多人現在下落不明，找到的都已經變屍體了；我得到消息，說今晚輪到姜家香舖老闆姜連發，說姜連發是你爸爸，我要見他。」

「什麼？」小姜聽韓杰這麼說，彷如大夢初醒，連忙說出安養院名字。

伍

一小時後，韓杰騎著機車，載著小姜來到姜連發居住的安養院外。

四名陰間保全則返回小姜家，與留守的女保全一同保護他妻子。

安養院前停著一輛造型科幻新潮的紅色跑車，高度卻不及韓杰膝蓋，是一輛玩具跑車。

玩具跑車旁，站著一個矮胖男人，身穿白色風衣，頭戴紳士帽和墨鏡，不發一語盯著手機，直到韓杰走到他面前，這才抬頭，推推墨鏡，說：「這次什麼任務？」

韓杰報了個房號、床號，跟著向他展示手機上一張老男人的照片，說：「這是紙紮師傅姜連發，去看他在不在房裡。」跟著韓杰指指身後小姜。「這是他兒子，姜家香舖第二代傳人。」

「傳人你好。」矮胖男人向小姜伸出手。「在下靈界偵探王小明。」

「靈界偵探？」小姜伸手和王小明互握，瞧瞧他身旁那玩具車，皺眉狐疑問：「這位偵探弟弟……和歸爺一樣，都是年幼時就往生了？」

「他三十歲了，沒比你小多少。」韓杰這麼說：「只是矮了點而已。」

「哼，我豪情壯志比天高！」王小明不悅地拉拉褲頭，倏地一蹦翻身上牆，跟著再一蹦，轉身飛天，一雙短腿在空中奔踩，往安養院飛去。

「呵呵……」韓杰扠著手遠遠望著王小明身影沒入安養院牆中，忍不住笑。「平常有偷練喔，身手變好了。」

「韓兄……」小姜不安地問：「你剛剛說，最近好多紙紮師傅被綁架……到底是誰會幹這種事？」

「……」韓杰望著小姜，靜默半晌，問：「你知不知道一個叫作『老師』的傢伙？」

「老師？」小姜搖搖頭。「哪個老師？教什麼的？」

「我不確定他是不是眞的老師，但確定是個不折不扣的混蛋——」韓杰冷哼一聲。

在他將近二十年的乩身生涯裡，曾和無數妖魔鬼怪、術士法師交手過，眾多對手中奸險、狡詐、蠻橫、凶殘、暴戾、蠢笨等千奇百怪什麼都有。

過去，茅山術士陳七殺是韓杰的頭號死敵，兩人對壘多次，陳七殺最終敗給韓杰，金盆洗手、退出江湖；多年之後，自稱陳七殺師弟的吳天機，再次將韓杰逼入絕境——這兩個傢伙，都是第六天魔王的徒子徒孫。

至於這兩年橫空出世的「老師」，令韓杰產生前所未有的威脅感，老師和陳七殺、吳天機那類人截然不同——他並非獨來獨往的孤狼，而是擅長在陰間各大勢力間周旋遊走，煽動諸方勢力聯合圍攻韓杰；他不是魔王的徒子徒孫，而是眾魔王眼中的顧問、陽世友人。

陳七殺、吳天機奉第六天魔王爲至高無上的主人。

老師則將第六天魔王視爲目標。

且毫不諱言想要取而代之。

「我懷疑這些紙紮師傅失蹤的案件和他有關，不過底下幹這種勾當的傢伙其實不少，也未必一定是他……」韓杰說到這裡，反問：「所以我剛剛問你，最近有沒有得罪人，你說沒有……是眞沒有，還是忘記了，還是不方便說？」

「這……」小姜這時顯得有些猶豫，撫著臉說：「韓兄，我老實跟你說，我這人嘴巴壞，說沒得罪人那是騙人，但是我確實不記得這兩年有和人結下那種得擄人殺人報復的仇——況且對方針對的對象也不只我一個。」

「也是。」韓杰點點頭，說：「對方不只針對你，是針對許多紙紮師傅跟王船師傅，不太像是個人恩怨。對了……」他說到這裡，取出手機，點開一張照片遞向小姜，照片上寫著幾個人名。「你認不認識這些人？」

「這……」小姜湊近照片，瞧瞧上頭名字，啊呀一聲。「這些……這些都是現在底下祭祀博覽會紙紮展攻城大賽的參賽師傅名單……」

「啥鳥蛋？」韓杰呆了呆，喃喃複誦小姜唸出的那串詞。「祭祀博覽會……紙紮展攻城大賽？」

「你不知道？」小姜哦了一聲，說：「這幾年每年陰間會舉辦祭祀博覽會，展出各式各樣的香燭祭祀用品，從去年開始，開放陽世商家參展；祭祀博覽會上有塊展區專門展示各種紙紮屋、紙車紙人，還舉辦紙紮大賽，選出最佳作品——去年比的是誰家紙紮車開得快，今年比誰家紙士兵更能打。」

「比誰家紙兵能打……」韓杰聽到這裡，陡然會意，冷冷一笑，盯著小姜問：「紙車、紙兵……你覺得這種東西在陰間最大宗的買家是誰？」

「地府會和信用、品質好的店家合作。」小姜說到這裡，摸摸鼻子，顯得有些心虛。「陽世香舖在淡季時接些地府生意來做……雖然不能換成現金，但是提前替自己存點冥錢、累積點功德，也不錯啊。」

「你覺得買家只有地府？」韓杰冷笑搖頭。

「嗯……」小姜攤攤手。「當然……現在底下很亂，我知道，品質好的紙貨人人都想要，買家當然不只地府……」

「亂七八糟的幫派跟逃犯，想囤積私貨的城隍府……還有想幹大事的黑道魔王。」韓杰說：「才是最大宗的買家。」

「我……」小姜舉手做了個發誓的手勢。「韓兄，我和那些旁門左道可沒關係，我沒騙你，我眞是濟公師父的死忠信徒啊。」

「剛剛你說你是俗家弟子，現在變信徒了？」韓杰哈哈一笑，一雙眼睛仍牢牢盯著小姜。

「師父沒正式收我爲徒啊。」小姜瞪大眼睛說：「但我眞是和濟公師父有點交情，師父曾經救過我，有什麼吩咐，我都乖乖照做，像是之前師父陽世新舊弟子交接，惹上一個魔王，打得天昏地暗……」

「哦。」韓杰聽小姜提起這件事，有些驚訝，問：「你也知道這件事？」

「當然呀。」小姜連連點頭。「當時師父一聲令下，我二話不說兩肋插刀，帶著我的紙武士趕去救陳阿車跟他徒弟田……田……」

「田啓法。」

「對對對，田啓法。」

「所以……」韓杰想了想，說：「你工作室裡丟的東西，就是你最得意的紙武士跟家傳紙紮祕笈。」

「是啊。」

「紙紮武士、紙紮祕笈……」韓杰抓抓頭，問：「要是你拿到其他紙紮師傅的紙紮士兵或是祕笈什麼的，可以打造出一樣的東西嗎？」

「當然可以。」小姜說：「應該說，可以造出更好的，畢竟我們這種工夫大都見不得光，就算私底下練出新花樣，也不見得願意拿出來分享，如果能拿到其他師傅的獨門訣竅，融會貫通，新造出來的紙紮物，肯定比自己原本那些更好。」

「也就是說，現在那些傢伙到處偷搶紙紮師傅們的技術跟成品，甚至連人都擄走了。」韓杰說：「他們可以打造出最好的紙紮士兵、紙紮軍火……」

「要是眞把這次參展師傅的花樣集全了，別說士兵、軍火……」小姜說：「連軍艦、樓城都能造出來了。」

「軍艦……」韓杰低頭思索半晌，又問：「我問過人，早期的王船是用紙紮的，後來才改成木造？」

「是啊。」小姜點點頭，說：「我爸爸年輕時常造紙紮王船，也教過我怎麼造——」

「你也做過紙王船？」韓杰問。

「我做過不少船，至於王船嘛……」小姜抓抓頭，說：「這麼說好了，要造一艘紙船不難，但是專門燒來迎神的王船比較複雜，有一堆規矩跟限制，我沒造過，也沒太大興趣……」

「嗯……」韓杰點點頭，若有所思。

「韓大哥——」王小明的聲音遠遠響起，他飛回韓杰身邊，急急說：「姜連發的床上空著。」

「空著？」韓杰和小姜一齊愕然，急問：「你確定沒找錯床？」「會不會在廁所？」

「別說廁所，我連床底下都找過了，沒這個人。」王小明搖搖頭。

為了保險起見，韓杰令王小明再跑一趟安養院，且開啓手機視訊，讓韓杰和小姜在院外親眼瞧那貼有姜連發名牌的空床，以及鄰近廁所、廊道，甚至是數間房的床底。

本來應該躺在床上入睡的姜連發，並不在床位上。

甚至不在安養院裡。

小姜急得衝進安養院找值班人員理論，韓杰扠手佇在院外漫無頭緒，正猶豫是不是乾脆收工回家，突然收到小歸傳來的求救訊息。

訊息裡，附帶著一張地圖截圖，那是小歸當下定位。

陸

一道紅色火光在陰間高速公路上飛梭直衝。

是王小明那輛紅色玩具跑車，跑車前輪外側附著風火輪。

王小明圓胖身子突兀地塞在火紅玩具跑車裡，混天綾牢牢纏著他的雙手和方向盤，循著他的腰腹、椅背，一路纏到車尾擾流板，再延伸至車尾後方的韓杰。

韓杰腳下也踏著風火輪，揪著混天綾代王小明操控跑車方向盤，像是駕著雪橇般，讓跑車拉著他在高速公路上跑。

高速公路上其他陰間車輛嚇得紛紛讓道。

不到一小時，韓杰和王小明便抵達陰間南部山郊一處鐵皮工廠。

這陰間鐵皮工廠距離小范陽世香舖對應位置僅數公里，工廠外停滿大型車輛，大都是小歸集團貨櫃車、保全車，當中還夾雜幾輛城隍府公務車，和一輛重型機車。

小歸在幾名保全簇擁下，正在與幾名陰差對答，像是做筆錄般。

一旁，有幾個模樣凶惡的傢伙，被陰差上了骨銬、壓在地上，嘴裡還恨恨咒罵小歸。

更多陰差在工廠裡外和四周巡邏，從工廠裡搬出一箱箱古怪貨物。

韓杰見了這陣仗，知道小歸已經獲救，便從容收去法寶，帶著王小明擠過大隊保全和陰差，來到小歸面前。

小歸見到韓杰，不好意思地搓手笑說：「太子爺乩身，不好意思，讓你白跑一趟，陰差早一步救出我了……」

「發生什麼事？」韓杰問小歸：「你被綁架？」

「是啊……」小歸快速講述事發經過——

不久之前，他和小范及幾名保全剛抵達陽世范家香鋪外，便見到幾個紙人從香鋪窗中扛出大小包袱，像是行竊得逞正欲離去。

小歸一聲令下，幾個保全甩開甩棍，上前追捕紙人，小范則是急忙返家探望懷孕妻子，留下小歸一人守在香鋪外。

小歸正想打電話詢問韓杰情況，卻不料四周又冒出新的紙人，將他五花大綁、蒙眼堵口地整個人扛走。

他被紙人一路扛上山，穿過鬼門，來到陰間這處鐵皮工廠。

工廠裡有批惡鬼，像是守衛，又像是雜工，其中帶頭的傢伙模樣猥瑣，嘴裡缺了許多牙，見紙人綁回小歸，興奮地向嘍囉嚷嚷炫耀自己逮到個大人物，要發財了，同時拿著一具對講機，繼續對紙人下令。

小歸被帶進工廠一間小房間，被嘍囉揭下蒙眼布和嘴裡布團。

缺牙男要小歸別怕，說自己只想求財，無意傷人。

小歸說多少他都給。

缺牙男要五千億——即便在嚴重通貨膨脹的陰間，這數字的實際價值也相當驚人。

小歸爽快答應，但說這麼大數字需要時間打點，缺牙男這頭也得做好收錢準備，且得將手機還他，讓他撥電話回公司調錢。

缺牙男儘管有些遲疑，但仍令嘍囉解開小歸手上繩索、將手機還他，還拿著把尖刀抵在小歸頸上，警告他乖乖討錢就好，千萬別亂說話。

小歸默默解鎖手機，乖乖遵照缺牙男的話，撥電話回公司調集現金，再乖乖將電話還給缺牙男。

缺牙男興高采烈地命令嘍囉將工廠外幾輛貨車上的貨物卸下，讓駕車駛往約定地點收錢，自己則留在工廠看管小歸。

然而幾輛貨車開走不到二十分鐘，大隊陰差便攻進工廠，救出小歸。

缺牙男直到被陰差拿著甩棍抽倒在地，都不明白為何剛剛小歸並未在電話中求救，但這些陰差依舊能在第一時間找上門——原來小歸那手機經過特製，有兩組解鎖密碼，一組正常解鎖、一組緊急解鎖，當小歸鍵入緊急解鎖密碼，手機並不會有動靜，但他旗下幾間保全分隊會同時收到求救警訊，下屬立時得知老闆出事；同時包括俊毅在內的南北十餘間與小歸關係良好的城隍府，乃至於韓杰、張曉武等人的私人手機，都會收到小歸的緊急求救簡訊，及手機當前定位。

因此距離這工廠最近的一間城隍府，立時全府動員來救小歸。

「哼哼。」韓杰扠手冷笑瞅著小歸。「你既然有本事同時向十幾間城隍府報案，那幹嘛還把我放在你的群組求救名單裡？當我很閒嗎？隨時都能從台北殺到台南？」

「抱歉抱歉。」小歸嘻嘻笑著說：「我回去就叫資訊組幫我改改設計，多加幾組解鎖密碼，讓我按照不同緊急程度，向不同單位求救——不過還是得勞煩太子爺乩身，往後繼續罩著小弟我呀……我們可是唇齒相依，你要在地底找到另一個像我這麼挺你的有錢老闆，也不容易啊！」

「是啊……」韓杰點點頭，左顧右盼，盯著那被陰差壓在地上的缺牙男，問：「所以這些到底是什麼人？他們為什麼綁你？」

「剛剛我和陰差輪流問了他幾句……」小歸帶著韓杰來到那缺牙男面前，說：「有人定時發名單地址給這傢伙，讓這傢伙指揮紙人上陽世偷東西，帶回這贓貨工廠整理，再分別送去不同地方交貨。」

「你上紙紮師傅香舖偷東西，你想偷什麼？」韓杰在缺牙男面前單膝蹲下，拍拍他的臉，問：「你上頭老闆是誰？」

「我……我有個固定的聯絡人，他叫我偷啥我就偷啥，這些紙人都是他給我、教我怎麼用的，我也不曉得他算不算是老闆……」缺牙男聽小歸喊韓杰「太子爺乩身」，他聽說過太子爺乩身在陰間威名，此時被韓杰冷冷盯著，嚇得有問必答：「我本來整理好兩車貨準備要交，剛好見到鼎鼎大名的小歸老闆，我想與其每天偷些稀奇古怪的東西、到處偷砍人家樹什麼的，不如幹一票大的……」

「砍樹？」韓杰哦了一聲，急問：「砍誰家樹？」

「我……我不知道那是誰家的樹……」缺牙男搖頭說。「我只知道是榕樹……」

「你去黃家砍榕樹？」韓杰取出手機，滑出幾張照片，遞在缺牙男面前。照片上是三合院，和一棵枝幹上綁著紅布條的大榕樹。「你砍的是不是這棵樹？」

「啊？」缺牙男呆呆看了半晌，搖頭說：「我……我不記得……啊啊！」他見韓杰垮下臉，在他身旁蹲下，還摸出尪仔標，嚇得急急地說：「我是眞不記得啦！我前陣子上陽世砍了好多棵榕樹，人家院子裡的、山上野生的都砍，聯絡人不只找我砍樹，還同時找了好幾組人砍樹，這個月才給我紙人，要我偷東西啊……」

「那這個聯絡人是誰？」韓杰追問：「你怎樣和他聯絡？」

缺牙男還沒回答，帶隊救援小歸的城隍，來到韓杰身旁，沉聲說：「太子爺乩身，陰間有陰間的規矩，這傢伙是我們逮到的，讓我帶他回城隍府，好好審他，有什麼消息，我會通知你。」

要是換成早幾年的韓杰，可不會輕易讓步，用搶的也要將這缺牙男搶來自己問話，但此時的他終究比過去沉穩些；他見這缺牙男魯莽愚蠢，知道倘若幕後主使者眞是老師，必定早已做好切割的保險計畫，很難從這種跑腿嘍囉口中問出關鍵情報，要是爲了這傢伙和城隍爭執，反而平白浪費時間，橫生枝節，便起身對城隍點點頭，說：「那交給你啦。」

「一定一定，我們查出重要消息，一定向你報告。」這城隍見韓杰不爲難他，反倒鬆了口氣，客氣寒暄兩句，跟著指揮牛頭馬面，將這缺牙男和一批嘍囉全押上車。

小歸則邀韓杰一同登上保全們準備的豪華廂型車，準備前往最近的直升機停駐點，還好奇地問：「你剛剛怎麼突然關心起榕樹來了？」

韓杰隨口答：「前幾天有戶人家，院子裡的大榕樹被鬼砍走了，那不是普通的榕樹，是被選上準備做王船寶艂的榕樹。」

「寶艂？」小歸哦了一聲。「是王船的龍骨木對吧。」

「太子爺得到線報，老師想要仿照王船迎神的習俗打造鬼船。」韓杰說：「他懷疑這些盜木案件，跟鬼船有關。」

「鬼船？」小歸呆了呆，說：「你是說『冥船』？」

「冥船……就是這東西在陰間的正式名稱？」韓杰問：「現在陰間流行造船？」

「好像是……」小歸乾笑兩聲，微微心虛說：「博覽會上很紅喔！」

「嗯？」韓杰想起小姜提過的祭祀博覽會，他問：「你說的這個博覽會裡，是不是還有個什麼紙紮展？那又是啥鳥蛋？」

「這祭祀博覽會嘛……」小歸說：「就像是陽世書展、電玩展、旅遊展之類的，每年固定舉辦；一開始只是展出一些香燭元寶、紙紮禮品、祭祀供品點心、託夢符咒之類的東西，後來規模越來越大，這兩年開始舉辦各式各樣的活動節目，參展的廠商漸漸變得複雜，參展商品也開始五花八門，一堆準軍火、準違禁品都進了展場……」

韓杰皺起眉頭說：「你們在底下是不是挺閒的？成天研究一大堆無聊東西，沒事找事……」

「不是挺閒，是太閒！」小歸哈哈大笑。「你看看陽世活人，才這把歲數時間，平常要顧著三餐、顧著子女和事業，都有心思幹這麼多無聊的事，陰間的鬼不用睡覺、不用吃喝拉撒，光是排隊等輪迴就不知道要排到何年何月，不找點事情做，怎麼度過漫漫長夜啊——陰間長夜比陽世長夜長得多囉，陰間永遠見不到太陽啊……」

「好吧……」韓杰無奈攤手，說：「剛剛我聽一個姓姜的紙紮師傅講，這博覽會裡還有個紙紮展，讓各家紙紮師傅比紙紮兵上擂台打架。」

「沒錯啊。」小歸點頭笑說：「小范小姜他們爺爺當年在同一位紙紮師傅門下學藝，是同門師兄弟、是生死之交，但是後來他們兩人爸爸，為了女人反目成仇，兩家決裂，小范小姜從小受各自爸爸耳濡目染，一直看對方家不順眼，覺得自家香舖才是正宗，這次兩人都報名了紙紮展『紙兵大戰』，都想要贏對方，證明自家厲害。」

「最後誰贏了？」韓杰問。

「他們兩個根本還沒碰上對方，就被淘汰了——因為他們兩人太想贏對方了，擔心對方看穿自己底牌，都將最厲害的王牌藏著不出，結果兩人都敗給其他師傅。」小歸繼續說：「我長期跟范家香舖合作，跟小范很熟，知道兩家恩怨，我早想認識小姜，也好奇范姜兩家究竟誰高誰低。我聽說這次兩家紙兵大戰破局，特地作東邀他倆來我店裡玩玩，讓他們秀秀壓箱寶，了結心願。我本來是想趁這機會化解兩家恩怨，大家交個朋友，誰知道比到一半又出事了，最後還是沒有結果……」

韓杰思索半晌，取出手機，向小歸展示他那份紙紮師傅名單，問：「這些都是最近碰上麻煩的紙紮師傅，你認識幾個？」

「喔喔，這個有印象，這個……」小歸點了其中幾個，說：「這幾個名字我好像有在紙紮展上看過……」

「嘖嘖……」韓杰捏捏眉頭，無奈說：「看樣子我得跑一趟祭祀博覽會了……」

「你本來沒打算來？」小歸倒是訝異，說：「我連休息室都替你準備好了，媽祖婆乩身前兩天已經進場了。」

「什麼？」韓杰有些驚訝。

柒

翌日黃昏，韓杰穿了件與平時穿搭風格不大一樣的連帽外套，在市區那棟造型新潮的貿易展覽館售票處，購入一張動漫展門票，左顧右盼，只見四處都是參展人潮，人人肩上揹著動漫提袋，一時間不知道究竟該從哪兒進場。

「韓大哥，那邊！」王小明穿著全套遮陽風衣、墨鏡和手套，飄在韓杰身旁，急急指著一個方向。「快快快！五點十五，快沒時間了……」

「你急什麼？」韓杰白了王小明一眼，捏著門票往展場入口走去。「不是說開到六點？」

「是啊，六點就要關門了……」王小明像隻飛天海豚般在韓杰身旁飄來晃去，不時往前急飄一陣，回頭見韓杰還懶洋洋走在後面，又飛回來催他加快腳步。「我想逛逛各家出版社攤位，看看最近出了哪些新番。」

「新番？」

「就是新的作品，我想逛陽世動漫展想好久了，以前我每年都來的……」王小明迫不及待飛天鑽牆飄入展區，在門口幾處攤位飄蕩幾圈，回頭見韓杰才剛剪票踏進會場，還臭臉瞪著他，只好飄回韓杰身邊，喃喃說：「再不然韓大哥，你先下去，我隨後跟上。」

「……」韓杰也不理王小明，自顧自往廁所走。

王小明察覺韓杰不悅，也不敢飛遠，像是行星繞著恆星般，以韓杰爲中心繞圈圈，一會兒瞧瞧角色扮演女孩們的胸口和裙底，一會兒看看各大攤位當紅作品。

他見韓杰越走越快，忍不住低聲埋怨：「在外頭走得慢吞吞，進會場又走那麼快……哼……」

韓杰進入男廁裡最後一間廁間，關門，揑出香灰對著門板施咒半晌，開門——陰間。

韓杰踏出廁間，王小明也急急跟來他身後，回頭只見廁間裡坐著隻鬼，一臉驚訝地盯著他倆。

「幹嘛？沒見過開鬼門？」王小明對那脫了褲子的鬼說：「你在大便？你該不會不知道鬼不用大便？」

「我……我死不到半年……」那鬼有些不好意思，拉高褲子，怯怯地說：「我只是……有點懷念當人的生活……」

「哼哼，聽好了菜鳥……」王小明想擺老訓話，但見韓杰頭也不回地走出廁間，便也不再囉唆，急急跟上。

廁所外，是熱鬧非凡的祭祀博覽會。

偌大展場裡攤位林立，展示著陽世燒過來的元寶香燭，和陰間商鋪那些千奇百怪的自產商品。

陰間展覽和陽世展覽不同之處，在於鬼會飛天，因此這祭祀博覽會裡的攤位並非平面陳列，而是立體擺設，攤位上方還飄著其他攤位，數百處攤位像是天燈般遍布在展館中央數層樓高的挑高空間裡。

由於攤位動線自由的緣故，因此儘管這祭祀博覽會裡的參展鬼眾們人數比起陽世書展、動漫展有過之而無不及，但卻不似逛陽世展覽那樣擁擠、移動窒礙、熱汗淋漓。

「韓大哥，等等！」王小明見韓杰大剌剌走進鬼群，連忙跟上，在韓杰耳邊說：「小歸老闆提醒過，那些綁架犯可能混在遊客裡，你如果要調查他們，最好低調一點，你身上陽氣……」他說到這裡，扭扭鼻子嗅了嗅韓杰頭髮，竟沒嗅出一點人味，甚至隱隱透出些鬼氣。這才知道韓杰已在自身施了能夠隱藏陽氣，甚至泛著鬼氣的法術。

韓杰瞥了王小明一眼，仍沒說什麼，只是將他那連帽外套的帽子戴上，繼續深入展場。

「韓大哥……」王小明說：「你會不會覺得我礙手礙腳的？」

「……」韓杰停下腳步，扠腰瞪著王小明，說：「你懶得幫忙的話，就上陽世去逛動漫展吧，我們各忙各的。」

「我要幫忙啊！」王小明連忙解釋：「這是我的工作，小歸老闆有付我薪水的……我雖然真的想逛逛動漫展，但工作還是比較重要，畢竟吶——」王小明說到這裡，微微露出得意神情，湊近韓杰說：「靈界偵探這工作，過去只能在漫畫小說電玩裡才看得到；現在，我可是親身體驗。」

「對。」韓杰深吸口氣，點頭說：「你身負重任，維護陰陽兩界和平，繼續加油。」他說完，還拍拍王小明肩頭，轉身繼續往前。

「是啊！你我都是維護陽世和平的天選之人。」王小明得到韓杰鼓勵，更抖擻起精神，左右掃視四周攤位有無可疑人事物，還對韓杰說：「韓大哥，你脾氣比以前好不少耶，是受到書語姊的影響嗎？」

「有嗎？」韓杰隨口敷衍，穿過數十處香燭元寶、陰陽兩界伴手禮攤位，離紙紮展區還有好一段距離，遠遠便見到前方一片攤位上方，露出大片黑色船帆。

「那是船帆？那邊就是冥船展區？韓大哥你就是特地來看這個的對吧！」王小明興奮嚷嚷，回頭見韓杰皺眉瞪他，連忙摀嘴示意自己會安靜點。

由於紙紮展區裡不少攤位和陽世合作，甚至有陽世活人領著臨時證件下來參展、觀摩，因此展區被安排在最底部，讓陽世活人不用飛天，也能自由參展。

韓杰與王小明走近冥船展區，見整個冥船展區呈長方形，分成內外兩塊區域——彷如一個長形的「回」字。

外側攤位有十餘家廠商聯展，展示著大大小小、各式各樣的紙紮船；內側長方展區外，圍著紅龍柱，每數公尺便站著一名武裝警衛。

紅龍柱內，展示著一艘二十公尺長、接近兩層樓高的巨型紙紮船。

紙紮船的造型類似古代戰船，漆黑船身搭配殷紅花紋裝飾，甲板上擺著幾座骷髏重砲，看來威風凜凜。

韓杰和王小明低調排隊進入冥船區，隨著人潮逛攤位，隨手接下一份份攤位人員發放的廣告型錄，只見攤位上一艘艘紙紮船，造型千奇百怪、五花八門，有古代帆船、有近代船艦，更有近似科幻電影裡的外星戰艦。

這些冥船的大小從數十公分到兩、三公尺都有，船旁簡介上的尺寸，除了眼前實物尺寸之外，還有另一個尺寸——

火化後的眞船尺寸。

王小明翻看一份份廣告型錄，看得嘖嘖稱奇，不時向韓杰低聲碎語，口語轉述型錄說明文字。「這些冥船致敬了陽世迎王船的習俗，用改良過後的工藝、結合木工跟紙紮工藝，結合了新穎、合法的『穿越』技術——讓擁有陽世許可證的您，隨心所欲地上陽世、下陰間。」王小明唸到這裡，咦了一聲。「穿越技術？該不會是指鬼門吧？搭著這些船，能隨時隨地開鬼門？想上陽世就上、想下陰間就下？私自開鬼門不是違規嗎？」

「……」韓杰冷笑兩聲。「別說陰間了……就算在陽世，違規照幹的事情可多了。」

「喔！」王小明和韓杰走近中央巨船的船頭位置，只見前方整排攤位，顏色一致，全屬同一家廠商——鐵兵集團。

「操……」韓杰雙手插在帽T口袋裡，遠遠見到鐵兵集團招牌，立時暗罵出聲。「鐵兵集團不是賣軍火的嗎？軍火商也來參加祭祀博覽會？」

王小明隨手指了指一旁那座大冥船，說：「韓大哥，你沒看到船上有大砲嗎？這是戰艦啊！」

「很好……」韓杰強耐著怒氣。「以後我得對付開戰艦上陽世鬧事的傢伙了……」

「不對不對……」王小明從鐵兵集團攤位拿來廣告型錄，翻了翻對韓杰說：「鐵兵集團這些船準備賣給地府，要取代現有公務車——」

「啥！」韓杰接過型錄翻看，只見上頭幾種樣式一致，刻著各級地府標誌的中小型船艇，連水上機車造型的產品都有——

「我操……」韓杰腦袋浮現出牛頭張曉武駕駛這浮誇載具在他周身繞圈、耀武揚威的模樣。「那個偷車賊以後改開船了……」

「這些冥船跟陰間汽車最大的不同，冥船是用飛的……」王小明說：「等於結合直升機跟車輛的優點——以前只有閻羅殿有直升機，以後牛頭馬面也有能夠飛天的交通工具了，這應該是好事耶。」

「飛在天上爲什麼不叫飛機？叫什麼冥船？」韓杰不悅反問。

「太空船也叫船啊。」王小明說：「很多電影裡的宇宙戰艦也是做成船的樣子，這叫浪漫，韓大哥你不懂啦。」

「操。」韓杰低聲爆了個粗口，繞到那巨船展區入口，見裡頭有人登船參觀，也想進入瞧瞧，卻被工作人員攔下。

「『黑神號』只開放給地府採購人員上船喔……」工作人員笑著對韓杰說。

「抱歉。」韓杰點點頭，退開老遠，只見這巨大「黑神號」展區裡的參觀人士，確實都佩戴著地府證件，有專人導覽，甚至能夠登上大船參觀。

「啊！是我們公司！」王小明嚷嚷一聲，指著鐵兵集團攤位後頭其中一個攤位，那兒也擺著幾艘紙紮船。

「操！」韓杰隨著王小明走近那攤位，只見是小歸寶來屋的攤位，也展示著幾艘紙紮船。

「那臭小子也做冥船生意啊，怪不得昨天晚上一臉心虛！」

「原來小歸老闆也想賣冥船啊。」王小明等東風市場老鄰居們那部門，進駐韓杰家外陰間辦公室後，平時甚少與小歸碰面，且專責支援韓杰陽世事務，王小明此時也是第一次見到自家集團新產品，他好奇翻看型錄，只見多半是些小型船艇，也有水上機車。

「韓大哥，拜託你幫我跟小歸老闆說一聲，換台更符合靈界偵探身分的載具給我好不好？」王小明指著型錄上一台水上機車造型的冥船。「我想要這台。」

「你現在那輛已經夠威風了。」韓杰沒好氣地說：「完全符合你靈界偵探的身分。」

「我那台不能飛啊。」王小明說：「每次載你趕路，都像是馴鹿一樣拉著你跑……如果是這艘冥船，可以飛，還可以兩人坐，多方便啊。」

「嗯……」韓杰倒似乎被王小明這話說動，心想小歸雖然提供直升機和司機讓他在陰間代步，但去些瑣碎地方卻不大方便，有時在陰間想低調行事，也不方便踩風火輪亂竄，倘若有輛可以飛天的「水上機車」可用，當真是方便，便說：「好，我碰到小歸，跟他說一聲。」

「謝謝韓大哥！」王小明連連歡呼，帶著韓杰離開冥船特展，轉入紙紮展區裡的寶來屋大攤位。

韓杰遠遠見到那戴著鴨舌帽、佇在一處紙紮攤位前的陳亞衣。

那攤位展示著紙風車，大大小小的紙風車有的順旋、有的逆轉。

陳亞衣手上也捏著一只紙風車，一見到韓杰走近，咦了一聲。

韓杰來到陳亞衣面前，同樣有些驚訝——他發覺陳亞衣並非以肉身下陰間，而是僅以魂魄下來。

「韓大哥，你終於來啦。」陳亞衣低聲說：「我以爲你會更早幾天過來。」

韓杰左顧右盼，說：「小歸說他替我準備了休息室，在哪？」

「在裡面，我帶你去。」陳亞衣領著韓杰和王小明走進寶來屋攤位深處倉儲，這倉儲頗大，左側層架林立，囤放大量貨品，右側隔出約莫一坪空間，擺著沙發和飲水機。

韓杰往沙發走去，卻被陳亞衣喊住：「韓大哥，不是那邊。」

陳亞衣帶著韓杰繞過幾座貨架，見到另一個小隔間，隔間門上裝著感應門鎖。

陳亞衣取出感應卡開鎖，推門進入小隔間，裡頭空間比外頭休息區大了一倍，約莫是兩坪，有桌有椅，桌上堆著零食飲品。

「這是小歸特別幫神明使者準備的工作室兼休息室。」陳亞衣取出另一張感應卡片交給韓杰。

韓杰接過卡片，問：「妳不用肉身下來，要是眞碰到麻煩，媽祖婆沒身體可以降駕……」

陳亞衣說：「這次行動由千里眼、順風耳兩位將軍直接規劃指揮，大岳小年也下來幫我，他們兩個也是用魂下來，主要是怕打草驚蛇。我們的肉身睡在媽祖廟香客大樓裡，有專人照顧，天上隨時盯著，很安全。」

「什麼？」韓杰扠著手站在門邊。「這博覽會裡到底有什麼？妳是來調查什麼的？」

「順風耳將軍要我下來盯著這些紙紮師傅……」陳亞衣答：「你應該也是下來調查紙紮

師傅的對吧？」

「算是吧……」韓杰點點頭，說：「我最近在追查幾件紙紮師傅失蹤案，我懷疑和老師有關……」

「老師啊……」陳亞衣若有所思，說：「我聽順風耳將軍說，上頭好像已經鎖定老師陽世真實身分了。」

「什麼！」韓杰瞪大眼睛，驚愕連問：「鎖定老師眞實身分了？幾歲？幹什麼的？」

「聽說是最高機密，專案小組還沒公佈，連順風耳將軍都不知道。」陳亞衣說。

「保密？」韓杰不解問：「爲什麼要保密？」

「我也不太清楚……」陳亞衣神情有些猶豫，支吾半晌才說：「順風耳將軍說，上頭懷疑整件事不單純，想要再觀察一段時間……畢竟老師在陰間陽世策劃了這麼長時間，應該做好全面攤牌的準備，我們這邊只是剛鎖定目標，還沒摸清他底細跟手裡王牌，要是沒頭沒腦進去抓人，打草驚蛇讓他跑了事小，要是中他圈套陷阱什麼的，那就麻煩了。」

「沒頭沒腦衝去抓人……」韓杰聽陳亞衣說到這裡，乾笑兩聲說：「天上其他神明怕太子爺太衝動壞事？」

「我……沒說太子爺會衝動壞事啊！順風耳將軍也說天庭沒有針對太子爺……」陳亞衣立時解釋：「那個老師搞出這麼多麻煩，弄得天下大亂，不只太子爺，陰陽兩界跟天上都有一大堆人想對付他……如果貿然公布，有可能衝動壞事的人很多……」

「好吧。」韓杰不置可否地攤攤手。「是我想多了。」

「順風耳將軍說如果見到你，請你轉告太子爺，請他再忍耐一段時間——」陳亞衣說到這裡，舉起食指對著拇指，比出「一點點」的手勢，說：「上頭正在規劃整個行動，很快就會正式下令攻堅了。」

「啊？」韓杰莞爾問：「爲什麼是順風耳請妳轉告我轉告太子爺，那些神明在天上有話不能直接和對方講嗎？」

「呵呵……」陳亞衣苦笑說：「因爲前陣子太子爺不滿專案小組壓著情報不公布，還安排他在後勤崗位待命支援，一氣之下退出專案小組，每日開會也不去了……」

韓杰聽陳亞衣說到這裡，有些哭笑不得——他知道那老師先前三番兩次耍弄手段，彷彿在對太子爺示威挑釁；太子爺爲此積怒已久，一心想揪出那傢伙痛懲一番，如今有機會付諸實行，卻因爲被其他神明認定會衝動壞事，不讓他上前線，只負責後勤支援，心中不滿可想而知。

陳亞衣繼續說：「這次我下來調查紙紮師傅，其實本來應該是你的任務，但是太子爺退出專案小組，媽祖婆才讓我接手下來……」

「結果我還是來了。」韓杰扠著手，說：「這陣子太子爺其實沒閒著，一直發籤給我，讓我東奔西跑，每件事都說跟老師有關……」

「是啊。」陳亞衣說：「媽祖婆知道太子爺不會死心，會想辦法從其他管道尋找線索逮人，特別交代如果我和你碰了面，開誠布公和你交換情報，免得兩邊各查各的，浪費時間甚至互相踩了對方的線。」

「原來如此……」韓杰揉著手，說：「我這陣子主要在查兩件事，除了紙紮師傅失蹤案之外，還有大榕樹失竊案。」

陳亞衣聽韓杰提及「榕樹」，哦了一聲，像是對這件事也有些眉目。

「我下來之前，也在追查這些盜木集團。」陳亞衣說：「現在底下流行造冥船，這是模仿迎王船的習俗，打造可以穿梭陰陽兩界的船——你剛剛應該有看到一艘超大的黑船對吧？」

「看到了，我們逛完冥船區才過來的。」韓杰哼哼地說：「以後陰間不管是誰，坐上冥船就能來到陽世，搗蛋完再跑回去，我他媽下來還要找鏡子開鬼門……」

「我前兩天在展區問過幾個地府派來考察的官員……」陳亞衣說：「他們說地府正在研擬相關規定——賣給一般住民的冥船，沒有開啓鬼門的裝置，就只是一台可以飛上天的車罷了，比自己飛省點力氣；只有領有特殊執照的船跟公務單位船才能隨心穿梭陰陽兩界。」陳亞衣說到這裡，笑呵呵地問韓杰：「這樣韓大哥你有沒有放心？」

「放心？」韓杰沒好氣說：「我放他個鳥蛋！在這鬼地方，『特殊執照』跟免洗內褲一樣，隨便都弄得到。」

陳亞衣攤手說：「我也這麼問，但官員說地府會認眞把關。」

「那些傢伙如果會認眞把關的話，陰間就不是現在這個樣子了。」韓杰哼哼地說：「別信他們鬼話，做好鬼船到處飄的心理準備吧……」

「我早做好準備了。如果只是穿梭陰陽兩界，其實還是小事。」陳亞衣繼續說：「現在陰間傳說某些非法冥船可以施展混沌，直接在混沌裡航行，如果再加上遮天術，根本開外掛啦——坐上冥船，想偷打誰就打誰，有危險就開進混沌裡躲著，仇家、陰差、乩身都找不著你，多棒啊！」

「我現在知道太子爺要我追查黃家榕樹的原因了……」韓杰插手思索，說：「如果這船眞這麼神奇，老師必定會弄一艘來玩玩。」

「可是……」陳亞衣繼續說：「現在底下大家都在瘋冥船——一堆黑道魔王等不及冥船正式上市，私下自己找人造船，手邊沒有材料，就派人上陽世砍榕樹回陰間，所以這陣子陽世榕樹失竊案子一堆，有些盜木集團已經被抓到了，上頭追查的結果是每個魔王都有份，想從榕樹這條線找出老師，可能有點難……」

「黃家榕樹不一樣。」韓杰這麼說。

「黃家榕樹？」陳亞衣說：「哪裡不一樣？」

「黃家榕樹被鎮上宮廟代表選來做王船寶艂，掛了好幾個月的紅布條；那家阿嬤像是要辦喜事一樣，高高興興準備好幾天，結果宮廟代表來砍樹當天一早，被一批陰間惡鬼搶先砍了。」韓杰冷笑說：「山上野生榕樹那麼多，大廟小廟前受香火供奉的榕樹也不少，特地砍走神明選來做王船的榕樹——不管怎麼想，也只有那個混蛋才幹得出來。」

「好像也是耶……」陳亞衣點點頭，問：「那這幾天你有什麼發現？」

「沒有發現……」韓杰苦笑搖頭。「太子爺動員底下所有眼線，把附近縣市大廟小廟裡的山神、土地神、山魅、孤魂野鬼全問遍了，也沒得到有用的線索……」跟著他提及昨日缺牙男綁架小歸的事。「就像妳說的，現在每個魔王都在搞冥船，那缺牙的傢伙上頭未必是老師……」

「所以你現在打算繼續盯著黃家？」陳亞衣問。

「嗯。」韓杰說：「黃家榕樹還有個不一樣的地方，是那位黃家過世的阿公，生前叫他老婆之後把他骨灰撒在樹下，阿嬤照著做了，但又另外請法師辦了法事替阿公祈福，結果把阿公的魂困在樹裡好幾年——這是太子爺眼線上報的情報，太子爺要我去黃家看看那位阿公的魂還在不在樹裡。那個阿公用自己的骨灰滋養大樹，樹裡留著阿公魂魄的味道，倘若被砍走的榕樹最後眞的做成冥船，阿公應該認得出來。」

「啊！」陳亞衣總算明白韓杰當下在黃家的任務。「太子爺覺得其他魔王惡鬼不敢打王船寶艀的主意，砍走黃家榕樹的很可能就是老師；如果黃家老阿公的魂還在榕樹裡，就能找到榕樹下落，進而找到老師？」

「差不多。」韓杰點點頭。

「那結果呢？黃家阿公的魂在不在樹裡？」陳亞衣興奮問。

「在。」韓杰說：「不過醒不來……我猜是那些傢伙砍樹時，施法弄傷了那位阿公的魂，我用金磚粉替他加持治療，可能得等幾天了……」

韓杰跟著向陳亞衣講述昨夜前往紙紮師傅小姜老家，直到見到小歸求救訊息，一路南下的過程。「太子爺在籤令上沒說太多冥船的事，要不是來這什麼鳥蛋博覽會，我還不知道這船現在這麼熱門。」

「冥船熱潮也就這一兩個月的事情，我也是前陣子開始追查盜木集團，才知道這東西的……」陳亞衣說：「現在案子一件接著一件……大岳小年都被拉來幫忙，雞排攤好幾天沒開張，客人要跑光囉……」

韓杰正想搭話，手機突然響起，是未婚妻王書語打來的。

「啊？外面有人要見我？妳從來沒見過他？先別開門，等我回去。」韓杰語氣有些緊迫，掛上電話急急轉身要走，一面回頭對陳亞衣說：「我家外頭來了陌生人說要見我，我得回去一趟。」

「什麼！」陳亞衣連忙問：「又有人來你家鬧事？要不要幫忙？」

「不了，妳忙妳的，我家院子裡停了座飛火宮，很安全的。」韓杰搖搖頭，出了休息室，帶著王小明快速離開展覽館。

韓杰家透天厝地下室顯得有些空曠，左側貼牆擺著一座層架，收納少許家電雜物；右側擺著簡單桌椅，甚少有人下來使用，積著薄薄一層灰。

那面凹凸不平的土壁，經過整修加固，變成一面平整的水泥壁面，但仍歪斜嵌著那座白色小廟。

白色小廟微微發光。

一扇幻影大門緩緩敞開。

韓杰帶著王小明，自陰間返回陽世自家，走出地下室穿過廚房，來到客廳。

王書語抱著柴吉站在屋內窗邊向外張望，聽見身後動靜，回頭見韓杰回家，便指指窗外。

韓杰走近窗邊，只見前院長凳坐著一個年輕男人——

那張長凳，擺在前院內不遠處側面牆邊，正對著韓杰家那輛五手名牌車——飛火宮。

這飛火宮可是太子爺的行動宮廟，倘若來者不善，應當不敢坐在飛火宮前。

「他來多久了？」韓杰問。

「他按電鈴到現在，才十幾分鐘……」王書語問：「你飆風火輪回來？」

「是小明飆車載我回來。」韓杰指指王小明。

「我哪有飆車！我明明是當馴鹿……」王小明臉色蒼白，無奈呢喃：「我要是有一艘冥船就好了，我也想要威風的載具……韓大哥，拜託你替我向小歸老闆弄艘船，就說是太子爺吩咐的……」

韓杰也不理會王小明，開門會客。

為防萬一，他仍捏了片尪仔標在手心，才開門出去。

年輕男人見韓杰出來，立時起身向韓杰鞠了個躬，恭敬問：「你就是太子爺乩身？」

「……」韓杰靜默兩秒，反問：「你哪位啊？我沒見過你，你找我幹嘛？」

「呃……」年輕男人神情彆扭，像是有些難以啓齒，遲疑好半晌，才怯怯地說：「我家附近一間王爺廟裡的王爺公……託夢給我……要我來找一位太子爺乩身，跟他玩捉迷藏……」

「啥？」韓杰瞪大眼睛，一時也不明白年輕男人這話到底什麼意思，皺眉問：「捉迷藏？我聽不懂你說什麼……什麼捉迷藏？」

「呃……」年輕男人見韓杰語氣不耐，連忙滑了滑手機，展示一串地址，說：「是這裡沒錯吧？你……是太子爺乩身嗎？你是不是要找我玩捉迷藏？」

「你來我家就是因為睡覺作夢夢到我找你玩捉迷藏？」韓杰瞪大眼睛，哈哈兩聲，伸手拍拍年輕人肩膀，按著他肩頭問：「那你作過被人過肩摔的夢嗎？」

一聲鳥啼自上空響起，韓杰抬頭，只見小文叼了管籤飛到他頭上，爪子一鬆，扔下籤管。

韓杰揚手接下猶自冒煙的籤管，揭開，湊著手機燈光瞧了瞧——

別為難客人，招待他進屋，陪他玩捉迷藏。

「……」韓杰將籤紙揉爛塞進口袋，轉身要進屋，走出兩步，見年輕男人還站在原地，便對他說：「進來啊，你不是要找我玩捉迷藏？」

「呃……是……」年輕男人連忙跟上，隨韓杰進屋。

「是太子爺的客人？」王書語抱著柴吉走近韓杰身旁低聲問。

「籤上寫他是客人，應該就是囉……」韓杰這麼說，見年輕男人脫鞋進屋之後，怯怯站在門邊，便伸手指指沙發。「坐吧。」

□

「我叫陳柏豪……」年輕男人恭敬報上名字，接過韓杰遞給他的冷飲，點頭道謝。

韓杰也拿了罐啤酒，隨意拉了張小凳，隔著廳桌坐在陳柏豪對面，和他大眼瞪小眼半晌，問：「嗯，你來找我，怎不說話？」

「我……」陳柏豪遲疑地問：「所以……王爺公說的捉迷藏……要怎麼玩？」

「啊？」韓杰啪地揭開一罐啤酒，喝了一口，大笑兩聲說：「你來我家找我玩捉迷藏，問我怎麼玩？我怎麼知道怎麼玩？你這鳥蛋……」

韓杰話還沒完，突然感到五臟六腑湧出暖流，幾股金紅火焰在他周身旋起，火裡還飄著一片片蓮花花瓣。

「喝！」韓杰有些驚訝，放下啤酒罐，問：「老闆，你說下來就下來？」

「不然呢？」太子爺的聲音自韓杰喉中響起，冷哼兩聲，說：「中壇元帥降駕，須要向你報備、等你許可嗎？」

「不用。」韓杰搖頭說：「你老人家開心就好。」

陳柏豪見眼前的韓杰，兩隻眼睛金光閃閃，周身旋繞著火焰、飄著蓮花瓣，嚇得不停顫抖，喃喃地說：「您是太、太、太……」

「別多禮啦，開始捉迷藏吧。」太子爺這麼說。

「啊？」「捉迷藏？」兩人聽太子爺這麼說，都摸不著頭緒，韓杰無奈問：「老闆，你到底要我們幹嘛？你專程降駕，就是來看我們捉迷藏？」

「我當裁判。」太子爺說：「我現在說規則，你們給我聽好，我沒耐性說第二次啊——」他說到這裡，舉起韓杰的手凌空豎指比劃兩下，抓下一張黃符，探長身子遞向陳柏豪。

陳柏豪怯怯接過那張黃底紅字的符，不明所以。

「把符吞下肚去。」太子爺望著陳柏豪，笑嘻嘻地說：「然後，給你五分鐘，在這房裡找個地方躲起來——記住，只能躲在一樓客廳，或是院子，或是地下室也行，別上樓也別跑上馬路啊。」

「什麼……」陳柏豪遲疑著沒有動作，只見韓杰周身火焰倏地凝聚成幾條胳臂粗細的小火龍，朝他迎面撲來；小火龍們張嘴舞爪地啣住他雙腕、掐開他嘴巴、將符塞進他嘴裡，還替他拉開飲料拉環，托高他手腕往他嘴裡灌飲料，讓他將符吞下。

「咳咳……」陳柏豪嗆咳數聲，正想說些什麼，陡然雙眼呆滯、斷電般失去了意識。

上。

小火龍們有的捲著冷飲罐子安放回桌上、有的托著陳柏豪身子讓他平穩癱靠在沙發椅背

「他怎麼了？」韓杰訝然問：「你對他做了什麼？」

「我讓他生魂出竅。」太子爺這麼說，跟著拉高分貝，朝著眼前沙發一喝。「還不找地方躲好，這是捉迷藏啊！」

韓杰只感到一股奇異氣息自沙發遠離，他訝異站起，東張西望。「生魂？」

「是啊。」太子爺淡淡地說：「以前我發過幾支跟生魂有關的籤給你，你還記得吧？」

「我記得。」韓杰低頭思索。「但是我也記得，你親口說過生魂這種差事，通常不會輪到我來辦……」

「對。」太子爺立時接話。「『通常』不會交給你，除非……」

韓杰也即時接著說：「除非剛好欠缺人手，或是出現一個厲害到只有我能處理的生魂。」

「是。」太子爺點了點韓杰的頭，又說：「開始數數吧。」

「數數？」韓杰不解問：「數什麼數？」

「數到三百。」太子爺說：「然後找出陳柏豪的生魂。」

「……」韓杰儘管仍對太子爺這安排一頭霧水，但他熟稔太子爺脾氣，既然太子爺親口下令，便只要照做，多問無益，於是他捏起啤酒喝了一口，開始大聲數數。「一、二、三……」

他邊數，邊回想近二十年來寥寥幾件生魂籤令。

人死之後，肉身失去生氣，三魂七魄離體成鬼，或是徘徊陽世，或下陰間等待輪迴；韓杰日常工作之一，就是逮著那些死後不安分、作祟為惡的鬼。

然而在某些情況下，肉身未死，魂魄卻離竅脫體，即為生魂，例如陳亞衣這次即是借了媽祖神力，讓肉身留置陽世，以魂魄下陰間調查祭祀博覽會，韓杰過去也曾無數次魂魄出竅下陰間辦案。

即便是一般人，偶爾也會因為體質特異、環境變化或是藥物影響而生靈出竅，不嚴重的話，通常無須特別處理，少數需要外力介入相助的個案，通常也不會交至韓杰手上——畢竟韓杰首要任務是對付陰間惡鬼、魔王，他那些獵魔打鬼的火尖槍、混天綾等法寶，用來對付活人生魂未免太過粗暴，因此他過去甚少經手生魂案件。

「兩百九十八、兩百九十九、三百……」韓杰數至三百，喝盡手中啤酒，睜開眼睛緩緩起身，伸了個懶腰，拉高分貝說：「躲好喔，我來找你了！」

他說完，四處東張西望，此時王書語已經上樓、王小明飄在高處，默默看著熱鬧。

韓杰在客廳一面繞、一面扭著鼻子大力吸嗅，神情漸漸狐疑，問：「老闆，你剛剛跟那小子說，只能躲在一樓、地下室，或是院子裡——他記得你的吩咐嗎？沒跑遠吧。」

「他沒跑遠。」太子爺說：「就在這幾個地方。」

「……」韓杰在一樓繞了兩圈，轉進廚房往地下室找，仔細扭鼻子吸嗅。

「你上一支生靈案子的籤，是多久前的事情了？」太子爺問。

「七、八年了吧……」韓杰隨口答，踏進地下室——

韓杰站在樓梯口呆立數秒——他家這空曠地下室，一眼即可望遍，完全沒有可供躲藏之處；他轉身上樓，推開廚房後門來到後院，然後繞回前院，走到透天厝正門口。

「第一次碰到這種看不到也聞不出味道的生魂……」韓杰手扠腰，喃喃自語，和湊在窗邊的王小明相望，好奇問：「人看不見的生魂，鬼也看不見嗎？」

「不一定。」太子爺答：「世上人人體質不同，不同體質的人死後變鬼，也不一樣。」

韓杰漫無頭緒地往院子中央走去，突然一陣風拂面吹來，他啊呀一聲，視線盯住了某個角落，似乎從剛剛那陣風中嗅出了蛛絲馬跡。

他循著極淡的氣味繼續往前找，不時伸手拍臉集中精神，終於見到角落佇著一個淡薄人影，身形與陳柏豪相似。

韓杰走到人影面前，伸手抓去，什麼也沒抓著，他鼻子扭了扭，東張西望，只見那淡薄人影已經換了地方，若隱若現，極難辨認。

韓杰繼續找，陳柏豪繼續躲。

兩人動作都慢，像是蒙著眼睛在前院躲貓貓般。

「生魂和鬼魂，差別在哪？」太子爺突然開口問。

「生魂帶著肉身陽氣。」韓杰說：「有些生魂，帶出的陽氣旺，甚至不怕太陽曬。」

「這只是其中一個不同。」太子爺淡淡說著，像是在替韓杰上課一般。「魂魄魂魄，三魂七魄，人死成了鬼，三魂七魄缺了肉身，自成一體——但極少數生魂出竅時，三魂七魄沒帶全，還留著一魂二三魄在身體裡，非人非鬼，人看不清、鬼看不明；即便是身經百戰的神明使者，也未必能夠看得見、嗅得出。今天上門這小子，這方面天資過人，過去也有些特殊經歷，剛剛我餵他下肚那張符，將他三魂七魄裡的一魂兩魄封在身中，只招出他兩魂五魄和你捉迷藏，所以你難找。」

「什麼……」韓杰困惑說：「所以你要我和他捉迷藏，是要我練習找生魂？」

「這件事單靠練習是沒用的。」太子爺舉起韓杰的手，凌空又畫了道咒，施法托出一團金火，往韓杰雙眼一抹。

韓杰哇了一聲，只見眼前刺眼金光消散後，那陳柏豪清清楚楚站在數公尺外；他立時上前抓陳柏豪，太子爺卻彈了彈指，陳柏豪啊呀一聲，生魂倏地竄回到沙發上的肉身中，睜開眼睛，像是大夢初醒。

「這道符你記下來，以後施在眼上就能瞧見生魂。」太子爺操控韓杰的手，重複畫了幾次咒。「你鼻子能嗅鬼味，是我賜你那蓮藕身神力之一，生魂本來不在你工作範圍裡，所以也沒特別教你相關法咒，現在情況不同了。」

「什麼……」韓杰聽太子爺這麼說，疑惑問：「怎麼特地下來教我找生魂？這生魂來頭很大嗎？之前的紙紮師傅、黃家榕樹，還繼續查嗎？」

「這生魂什麼來頭我還不知道——」太子爺沉聲說：「紙紮師傅、黃家榕樹，應該都是這傢伙搞的鬼。」

「什麼！」韓杰陡然醒悟，驚愕說：「你要我找的生魂就是老師！」

「對。」太子爺再次用韓杰右手凌空畫咒，抓下一張符，這次的符不同於前一張黃符，而是一張金符。

「把符吞下。」太子爺一揚手，那金符倏地飛至陳柏豪面前，緩緩飄浮著。

「是……」陳柏豪點點頭，伸手抓下符，遲疑兩秒，往口中一塞，本想伸手拿飲料吞下，但金符剛入口，便化作一股暖流，倏地鑽進他肚子裡。

吞下了符的陳柏豪身子直挺挺地站著，雙眼發直，瞬間失神。

「好了，這次你能找出他嗎？」太子爺用韓杰的手拍拍韓杰的臉。

「啊？」韓杰狐疑上前，來到陳柏豪身前瞧他全身上下，忍不住問：「他又生魂離體了？」

「是啊，就在屋子裡，也沒跑遠。」太子爺答。

「什麼？」韓杰緊蹙眉頭，鼻子扭動，什麼也看不見、什麼也聞不出，他回憶著幾分鐘前剛學會的新咒，比劃幾下，往眼皮一抹，只覺得兩眼金光一閃，轉頭瞧了瞧，但依舊什麼也沒看見，問：「他跑走了？還是我畫錯符了？」

「他沒跑走，就在你面前，你也沒畫錯符。」太子爺笑說：「我教你那道咒，能夠讓你瞧見兩魂五魄的生魂，但我讓小子吞下肚的金符，把他三魂七魄裡頭兩魂七魄都封在身體裡，現在他離體在外的生魂，就只獨獨一魂——『胎光』。」

「胎光？」韓杰尚不明白太子爺的意思，只感到自己手又動了，凌空再抓出一張白底金字的符，跟著手一抖，白符燃燒出銀白火焰，銀火久久不滅，彷如照明棒般。

韓杰在這銀光照耀下，清楚見到陳柏豪的生魂，一動也不動地站在他失神肉身旁。

「小子。」太子爺問陳柏豪。「你覺得如何？」

「我……」陳柏豪望著自己生魂雙手，說：「感覺好怪……我覺得，像是作夢……但是神智又很清楚，我覺得自己好像一分爲二，變成兩個身體一樣……」

「你試著動動手。」太子爺這麼說。

陳柏豪舉起生魂雙手，動了動，一旁的肉身雙手，也微微抬起，然後落下。

「三魂七魄，三魂是胎光、爽靈、幽精；七魄有屍狗、伏矢、雀陰、呑賊、非毒、除穢、臭肺。」太子爺緩緩說：「那小子天賦異稟，能獨令胎光離體，飛天遁地、無孔不入，能附上他人身體、附上他人三魂七魄，借用他人記憶、借用他人眼耳口鼻。」

「原來是這樣……」韓杰總算明白老師這段時間各式各樣的替身的由來。「老師會生魂出竅，而且不是一般的出竅，是讓三魂七魄裡的胎光單獨出竅；乩身、眼線、陰差跟其他鬼，看不見單獨出竅的胎光，所以老師才能神不知鬼不覺地幹這麼多亂七八糟的事。」

「是啊。」太子爺說：「上頭爲了逮這傢伙，成立了專責部門，研究好一段日子，才知道他竟有這本事——」太子爺邊說，邊舉起韓杰的手，托出一疊雪白符籙，說：「這些白符是那單位專門研究出來，用來映照一切生魂的符，不管幾魂幾魄，在白符銀光下，都無所遁形；不久之後，上頭會正式將這些符發給所有陽世乩身、眼線，全力逮那傢伙；現在你手上這疊符，是我上研發部『借』來讓你試用嘗鮮的樣品，因爲還沒正式發表，一張符效力多久我不清楚，還有沒有別的用法也不確定，只聽說撕開塞鼻孔裡，也能嗅出生魂氣味，你有機會自己摸索、隨機應變吧。」

「啊？你說這些符……是你『借』來的？」韓杰望著手上那疊符，隱隱有些不安。

「是啊，不是借的，難不成是偷的搶的？」太子爺用韓杰的手揚揚符，搧搧他臉頰，替他將符塞進口袋。

「借來的東西，用了要不要還吶？」韓杰不安地問：「上天沒有授權的符，我用了不會有事吧？」

「還是一定要還。」太子爺嘿嘿笑說：「我自己也留了幾張練習，等我練熟了，畫幾張還回去就是囉。」

「不是吧……」韓杰這才知道太子爺「借」的這批白符樣品，原來還得私下練熟，再畫出一樣的符還回去，不禁更加擔憂。

「我都不怕了你怕什麼？」太子爺哼哼說：「你專心找人就是了，眞有責任，也是我的責任，輪不到你揹黑鍋。」

「好吧……」韓杰拍拍口袋那疊白符，無奈點頭，又說：「今天我跑了一趟陰間祭祀博覽會，看了冥船，還見了媽祖婆乩身陳亞衣——」

「你看過冥船了，好玩吧。」太子爺哼哼笑問：「以後又有新東西可以玩了，期不期待？」

「我看要天下大亂了。」韓杰無奈說。

「那你就快點給我逮到那傢伙。」太子爺說。

「我也很想……」韓杰說：「媽祖婆乩身要我轉告你，說上頭正在規劃全局，請你再忍耐一下下就好，快要正式攻堅了……」

「哼！」太子爺不屑地說：「他們想什麼時候攻堅就什麼時候攻堅，不必跟我報告！」

「……」韓杰聽太子爺語氣，知道他氣還未消，只好說：「我從媽祖婆乩身那兒得到不少情報，你要不要聽聽……」

「不必。」太子爺說：「我不是下來向你探其他神明使者口風的，那些消息，一堆眼線搶著向我報告。你聽好——你明天再跑一趟黃家，帶點東西給他們。」

「帶什麼東西？」韓杰好奇問，右手被太子爺緩緩舉起，掌心向上，托出一團金光。

「你把紅孩兒也一起帶去，我要在那黃家布下天羅地網。」

「是……」

玖

翌日清晨，韓杰在前院目送陳柏豪搭上計程車離去後，轉身返家，上廚房和王書語一同收拾餐桌、端著早餐碗盤進廚房清洗。

「辛苦他了，大老遠跑來陪你捉迷藏……」王書語拿著海綿菜瓜布洗碗。

「呵呵……」韓杰打著哈欠，接過王書語遞來沾著泡沫的碗盤，用清水沖淨，放入烘碗機裡。「老是喜歡賣關子，有事情直接點講，大家都省事嘛……」

「你的意思是……」王書語苦笑。「太子爺直截了當跟你講老師能夠生靈出竅，就不用讓陳柏豪跑一趟了？」

「讓我直接找他也沒關係，只是先把情況交代清楚，我心裡也有個底。」韓杰無奈說：「別讓我們碰了面，都不知道到底誰找誰玩捉迷藏啊……」

「可能一張籤令塞不了那麼多字，又或是太子爺沒耐心寫那麼多字，等你們見面他才直接降駕親口教你囉。」王書語笑說：「見了陳柏豪，讓我想起爸爸的很多事……」

昨晚太子爺交代完瑣事，退駕之後，陳柏豪在韓杰家中留宿一夜，向韓杰講述自己的過往——十餘年前，他逃家蹺課，在網咖裡結識了一群陣頭少年，隨著他們來到一間宮廟，被廟公田叔收爲弟子。

田叔懂得一種透過點爐燃香，讓活人靈魂離體的左道異術，手下十餘名宮廟青少年，三天兩頭便聚集在宮廟小房間中，聽他號令、開爐施術、生靈出竅，四處游竄行竊，再將竊得的財物上繳給田叔。

陳柏豪加入宮廟之後，參與的第一件開爐任務，是替田叔「處理」那名不時登門找麻煩、追查逃家少年的刑警。

那是個書讀得不多、行事粗魯、酷愛抽菸，但極富正義感的市刑大小隊長——王智漢。那時，年僅十四歲的陳柏豪，哪有膽子殺人，王智漢得以逃過一劫。

鬼迷心竅的田叔，最終玩過了火，被陰間黑道盯上，惡鬼強佔了他那間黑廟，甚至佔了他和孩子們的肉身，計畫將田叔那異術施展在陽世大老闆身上，以牟取巨大利益。

最終，俊毅城隍帶領牛頭張曉武等展開攻堅，外加官將首神兵降駕，擊潰陰間黑道集團，也瓦解田叔那間黑廟組織。

黑廟裡那批受田叔異法迷惑的逃家孩子，有些被送回家裡或是育幼院，其中也有幾個，繼續留在廟裡，讓田叔的叔叔老灰仔當監護人——柏豪即是其中之一。

昨晚，韓杰聽到陳柏豪提起王智漢，啊呀一聲，把本來打算先睡的王書語也拉下樓一同聊天。

王書語這才想起自己曾經見過陳柏豪。

那一年，王智漢追查失蹤的田叔下落，三不五時探望黑廟那些孩子，有時託妻子做些點心，或是請王書語買點蛋糕零食，讓他帶給孩子們吃。

到了王書語升上大學後的第一個生日，過去時常因爲加班辦案，錯過家人生日的王智漢，倒是準時回家，還帶來了陳柏豪和老灰仔——失蹤多時的田叔，屍體被從海岸打撈起，王智漢找來老灰仔和陳柏豪認屍，怕趕不及王書語生日，便將陳柏豪一同帶回家替王書語慶生，剛唱完生日快樂歌，王智漢便急著向老灰仔盤問這陣子有無可疑分子找上黑廟。

王書語臭著臉要爸爸別遮掩手上那疊屍體照片，要他大方放在桌上讓念法律系的她一同協助辦案——這自然是王書語的氣話，但旁邊立志當警察的弟弟王劍霆卻顯得興致勃勃，將王智漢捏在手裡遮遮掩掩的屍體照片全搶來擺上桌，一張張分析可疑之處，一面祝姊姊生日快樂。

那天，陳柏豪也分到了一塊蛋糕，默默吃下。

多年以後，留在廟裡的孩子們都大了，陳柏豪也找了份工作，不時回黑廟探望年事已高的老灰仔，直到前兩天，陳柏豪接到老灰仔的電話，說有急事得見他一面。

陳柏豪以爲廟裡出事，急著騎車趕去，卻見到老灰仔捧著小香爐，興奮地說神明有令，要他起壇開爐。

陳柏豪以爲老灰仔老糊塗了，本來苦笑推辭，但見老灰仔十分堅持，只好乖乖配合，踏進那深鎖多年的小房間，躺在老灰仔鋪好的蓆子上，讓老灰仔開爐燃香。

半夢半醒之間，他見到身邊瑩亮起五色彩光，廟裡供奉的王爺公身影時遠時近，稱中壇元帥太子爺有事相求，要他來找太子爺乩身，陪他玩捉迷藏。

陳柏豪昨晚和韓杰交換了聯絡方式，答應韓杰之後若有生靈問題，能力所及，會盡力解答，甚至出力相助。

他說自己年輕時不懂事，做了錯事，多年來一直後悔著。

倘若時間可以倒流，他應該會做出不同的選擇。

那樣一來，或許爸爸不會離世。

「對了。」王書語陪韓杰上樓整理南下行李，問：「那時候你已經是太子爺乩身了，但是沒經手這件事？」

韓杰乾笑說：「要是所有事情都丟給我做，我就算有蓮藕身也累死啦！那年我才跟陳七殺打完沒多久吧，我記得那時剛搬進東風市場，每天半夜聽整棟樓房鬼哭神號，煩都煩死了……」

韓杰接過王書語挑出的換洗衣物，往行李箱裡塞，一旁小文也不停叼來玩具，放進韓杰那行李箱裡，卻被韓杰挑出扔在地上。

「嘰——」小文尖叫著俯空飛下，老鷹抓小雞似地將玩具自地板上抓起，扔回行李箱。

「蠢鳥！」韓杰再次將玩具扔出行李箱，惱火喝斥。「我們是去工作，不是去玩。」

「嘰！」小文再次抓起玩具，往行李箱裡扔，跟著像是孵蛋般，張開翅膀撲在他那幾件玩具上，不讓韓杰抓起來扔。

「你帶那麼多玩具，行李放不下飼料啦，你打算吃屎嗎？」韓杰扠手怒瞪小文。「只准帶一樣！你自己挑吧！」

小文心不甘情不願地起身，盯著爪下五樣小玩具，東挑西揀半晌，叼出三樣，留著一台玩具小汽車和小兔子公仔在行李箱裡，跟著一屁股坐在玩具上，像是不肯再讓步了。

「好！讓你帶兩樣！」韓杰懶得繼續浪費時間和小文爭執，拎起小文扔開，拿起一旁的鳥飼料，粗魯塞進行李箱。

小文又從地上撿起一樣玩具，見韓杰拉上行李箱拉鍊，這才鬆開爪子，氣嘟嘟地坐上韓杰肩頭，嘰嘰喳喳地嘮叨叫著，像是埋怨韓杰為何不換個大點的行李箱。

韓杰臭著臉接過王書語遞過來的外套穿上，拎起行李秤了秤，摟著王書語親了幾下。「又要好幾天見不到妳了。」

「沒辦法，這是工作。」王書語陪韓杰下樓，走過廚房，來到地下室，見韓杰在純白小廟前施法開了門，出聲提醒他說：「檢查看看，有沒有東西忘了帶。」

「在樓上檢查過啦……」韓杰從口袋摸出一只小袋，揭開瞧瞧裡頭。「就這幾樣東西。」

「你少帶一樣——」王書語右手伸指，在左掌心上亂畫一陣，伸掌在韓杰額頭上一蓋。

「我的平安符。」

「平安符？」韓杰挑起眼睛往上瞧瞧，笑著問：「怎麼之前都沒給過我平安符？」

王書語望著韓杰，苦笑兩秒，說：「不知道為什麼，我覺得這個老師，比你之前的敵人危險……」

「嗯？」韓杰歪著頭思索半晌，困惑問：「他真的很狡猾，但是以前我碰過的陳七殺、吳天機、第六天魔王、煩惱魔喜樂，每個都比他還凶還壞……」

「可能吧，但是……」王書語點點頭，說：「我總覺得你不太擅長面對這樣的對手……」

「不擅長？」韓杰哦了一聲。

「對。」王書語說：「面對陳七殺、第六天魔王這樣的敵人，你已經駕輕就熟了，你碰過太多冷酷殘忍的壞人……但是像他這樣從容、像是玩遊戲一樣的對手，同時很老練，遊走在地底魔王間……我總覺得，你會被他激怒，會太心急……」

「……」韓杰思索半晌，說：「我有時候太衝動沒錯，但過去我也不是沒衝動過，我常常被激怒，但是……」

「但是你頭頂上有太子爺。」王書語說：「但你有沒有想過，如果連太子爺也被激怒到犯下錯誤的時候？」

「這……」韓杰若有所思。「我還眞沒想過。」

「沒想過沒關係，我多補幾道符。」王書語又伸指在手掌上亂畫一陣，往韓杰額頭按了按。「平安符，希望你逢凶化吉；冷靜符，希望你在被挑釁的時候，冷靜、冷靜、冷靜；無敵符——雖然我不喜歡你和爸爸打人，但還是希望你不得不打架的時候，不會輸……」

小文也湊熱鬧地抬起爪子，往韓杰臉上印。

「好，我答應妳。」韓杰揚了揚拳頭，笑說：「我打架一定不會輸。」

「啊，我的意思不是要你逞強打架……」王書語啊呀一聲，意識到韓杰解讀她那張無敵符的方向似乎和她預期不同，連忙想改口，但還沒開口，便被韓杰攬著頸子親了幾口。

小文也用腦袋摩娑王書語臉蛋。

「妳別擔心。」韓杰微笑說：「我不是小孩子，打架之前我會想想如果妳在我身邊，會怎麼建議我；我會冷靜的，打不贏我就逃，踩上風火輪，捉迷藏天下無敵。」

王書語見韓杰這麼說，這才放心，不再多說什麼，只是伸指摸了摸韓杰肩上的小文腦袋。

韓杰踏入純白小廟前兩扇虛幻鬼門，通過地下室，自家陰間對應建築一樓。

王小明揹著背包，準備齊全，一見韓杰上來，立時隨他走出辦事處，繞過院子，趕往透天厝後方停車場——

太子爺徵用了這棟陰間透天厝連同周邊土地，除了將透天厝當作陰間辦事處外，還將四周土地便宜租予小歸，讓他興建辦公室和倉庫。

過去東風市場老朋友們，不久前已正式進駐新辦公室，二十四小時支援韓杰陽世行動。

陰間透天厝後方原本的山坡地，則被整平成大型停車場和停機坪，除了停放員工座車外，小歸也替韓杰準備了代步座車和直升機，且安排數名專屬駕駛輪班待命。

韓杰和王小明登上直升機，起飛升空，很快飛抵台南黃家。

韓杰在直升機上，遠遠便見到陰間三合院周圍立起了太子爺旗幟，正門旁還停著一輛城隍府公務車。

直升機緩緩停在三合院前荒蕪田野，韓杰剛下直升機，兩名陰差立時上來迎接。「太子爺交代我們替你準備公務鬼門。」

「嗯？」韓杰見兩位陰差熱絡接應，有些受寵若驚——不論是他還是太子爺，多年來與陰曹地府結下的梁子可不少，過去太子爺要求地府辦事，不是請其他天庭大神幫忙關說、就是以中壇元帥身分強壓威逼，因此多數地府單位對太子爺要求請託，總是消極配合、臭臉相待，極少如此親切接待。

韓杰隨著陰差走向公務車，兩名陰差揭開左右車門，只見兩側車門內側都垂有一面珠簾。

韓杰和王小明掀開右車門珠簾，鑽入車中，再掀開左車門珠簾，下車。

陰差、公務車已不見影蹤。

韓杰穿過陰差提供的公務鬼門，回到陽世，帶著王小明走向黃家三合院。

拾

韓杰走進黃家三合院，只見內埕空地上那榕樹殘根模樣有些古怪。殘根周圍立起幾支竹竿，繫著一圈紅繩，掛著一串串符籙墜飾，彷彿藝術展品般，四周還有焚燒施法的痕跡。

「韓杰大哥——」黃有孝剛巡完地瓜田拔完雜草，揹著農具返家見到韓杰，開心朝他揮手叫喊。「你來啦！」

「……」韓杰扠手在榕樹殘根周圍繞了兩圈，見黃有孝走近，便指著榕樹問他：「這怎麼回事？你阿嬤又找法師作法？」

「對啊！」黃有孝點點頭，興奮說：「那個法師是觀音菩薩大弟子，說可以幫阿公加持，讓阿公升天當神，保佑我跟阿嬤身體健康，順便幫我找個老婆，嘻嘻！」

「是嗎？」韓杰在榕樹殘根旁蹲下，伸手穿過繩圈，輕撫榕樹殘根——

他隱約見到老邁黃吉蜷縮嵌在樹根裡，像是化石般一動也不動，但臉色卻比上次來訪時要好看許多，那時他的金符加持顯然有些效用。

「韓杰大哥！」黃有孝見韓杰伸手去摸榕樹殘根，連忙說：「法師說不能碰樹根！」

韓杰站起身，從口袋掏出金磚粉小瓶，往掌上倒了些金粉、畫下道咒，跟著握拳高舉在那殘根上方，讓金粉自他拳底洩下，像是飄雪般落在殘根上。

「哇——」黃有孝見到金粉在空中閃閃發亮，殘根被撒上了金粉，發出淡淡金光，驚歎問：「韓杰大哥，你在做什麼？」

「你阿公的魂快醒來了。」韓杰反問：「你阿嬤呢？不是說要做點心給阿公吃？」

「阿嬤去買黃金。」黃有孝說：「法師說人穿衣裝、神佛穿金裝，阿公當神之後，需要一套黃金衣，才鎮得住妖魔鬼怪，要阿嬤多準備點黃金，讓他替阿公造金衣。」

「媽的……」韓杰低聲唾罵一句，問黃有孝：「你知不知道阿嬤去哪家金飾店？」

「不知道……」黃有孝搖搖頭，說：「阿嬤晚點就回來了，我拿點心給你吃。」

「不。」韓杰哼哼一聲，將行李遞給黃有孝，指著牆邊腳踏車，說：「替我保管行李，腳踏車借我騎，我要去找你阿嬤，那個法師想騙她黃金。」

「阿嬤被法師騙？」黃有孝訝異問：「法師是觀音菩薩弟子啊，怎麼會騙我阿嬤？」

「……」韓杰牽來腳踏車，聽黃有孝這麼問，靜默幾秒，反問：「你見過那個法師嗎？」

「見過。」黃有孝點點頭。

「你相信那個法師是觀音菩薩弟子？」韓杰問。

「我……」黃有孝依舊點點頭。「相信啊……」

「那你相信我是太子爺乩身？」韓杰再問。

「我相信啊。」黃有孝大力點頭。

「那太子爺乩身我說那法師是假的，你相信嗎？」韓杰冷笑問。

「呃……」黃有孝像是被這問題問倒般，歪著頭思索半晌，才說：「爲什麼你是眞的……他是假的？」

韓杰默然不語，摸出一枚尪仔標，挾在掌上翻來覆去，令尪仔標一下子出現、一下子消失。

「哇！」黃有孝讚歎拍手。「這是法術嗎？好厲害啊……」

「這不是法術，這是魔術。」韓杰冷笑說：「以後有人這樣騙你，你可別信他。」韓杰說到這裡，將尪仔標一揉，往天上一拋，趁著黃有孝抬頭追看時，快速揚手伸指，往黃有孝眼前一揮。

「哇——」黃有孝只覺得眼前金光一閃，見到那被韓杰拋上天的尪仔標，燃起一團金紅火焰，在空中飛旋變化成一雙風火輪。

韓杰像是踢毽子般，抬腳挑了挑兩枚落下的風火輪，讓風火輪附上腳踏車前後輪，對黃有孝說：「這才是法術——那些法師、道士，如果像我一樣，也能把腳踏車騎到天上，那他就是眞的。」

「把腳踏車……」黃有孝不敢置信。「騎到天上？」

「眼睛睜大看清楚。」韓杰踩上腳踏車，在空地繞起圈圈，越繞越快，兩只風火輪彷如仙女棒般，在空地上留下一圈圈光痕。

黃有孝驚呼連連，不停轉身、轉頭，眼睛漸漸跟不上韓杰騎速。

韓杰一面繞圈圈，一面隨手又拋出一張尪仔標，那張尪仔標落在三合院大門口，唰地炸開一團紅火，火中射出一道筆直紅綾，橫掠過三合院前馬路，直指地瓜田上方天空，彷如一條通向天際的橋。

黃有孝正欲看清楚那紅綾是什麼東西，便見韓杰騎著腳踏車竄過身邊，直直地騎上那條紅綾，像是火箭發射般，倏地騎上了天。

小文興奮地自韓杰肩上蹦起，花式翻滾數圈，和韓杰一同飛天。

黃有孝驚呼著追出三合院時，只見到韓杰腳踏車外兩只風火輪在空中飛旋閃耀，連人帶車飛越過大片田地，落在一條小徑上，繼續飛快竄遠，騎出田外，轉進遠處巷道，看不見了。

「太子爺乩身大哥好厲害啊……」黃有孝站在地瓜田邊遠遠探望老半晌，這才恭恭敬敬地提著韓杰的行李返回三合院。

□

韓杰騎出田野，來到路上，撤了混天綾和風火輪，在路邊停下，取出手機滑看。

「韓大哥、韓大哥……」王小明開著他那紅色玩具小跑車追到韓杰身後，好奇問：「不是要找黃家阿嬤？怎麼停在路邊滑手機？」

「你知道黃家阿嬤人在哪？」韓杰瞪了王小明兩眼。

「不知道啊……」王小明搖搖頭。

「所以我在查附近哪邊有銀樓。」韓杰向王小明展示手機，說：「我們分頭找，你找這兩條街，看有沒有老阿嬤在銀樓買黃金，有的話就上她身，別讓她付錢。」

「可是我又不知道黃家阿嬤長什麼樣子。」王小明取出自己手機，開啓地圖搜尋銀樓。

「上錯身怎麼辦？」

「黃家阿嬤叫林嬌，個子小小的。」韓杰說：「你看見阿嬤，上她身，看看皮包裡身分證上的名字。」

「沒帶身分證怎麼辦？」王小明隨口問，見韓杰面露不耐，立時改口：「好，我隨機應變就是了，交給我吧！」他說完，立時踩足油門，往大街駛去。

韓杰跟在後頭，和王小明分頭搜索鎮上六、七家銀樓；他一連找了三家銀樓，都沒有看到林嬌身影，掉頭轉去王小明那條街，遠遠見到王小明跟著一個老婦人走出銀樓，不停用腦袋和肚子，頂撞那老婦人後腦和背。

「這肥宅到現在還沒學會上身？」韓杰暗罵幾句，騎上前去，對王小明連連搖頭——那老婦人不是林嬌。

王小明滿頭大汗，飛回韓杰身旁，一面用手機控制他那小跑車駛來，一面對韓杰說：「奇怪，上次明明成功上身啊？會不會那老阿婆體質特殊……」

「特殊個屁。」韓杰說：「你平常到底有沒有認眞練習？」

「怎麼練習啊……」王小明無奈說：「在陰間又沒有活人讓我練習附身，就算上來陽世，也不能隨便附身啊……」

「算了……」韓杰帶著王小明又找了兩家銀樓，依舊沒見到林嬌，本想返回三合院等人回來，突然見到林嬌自對街水果行走出，手上提著一盒水果禮盒，默默走到街邊，像是想招計程車。

「有孝阿嬤！」韓杰立時橫掠馬路，騎至對街，大聲喊她。

「啊！」林嬌見到韓杰，啊呀一聲面露驚喜，向他招手。「太子爺乩身大人你也來啦！剛好我要去拜見你大師兄，你要一起去見你大師兄嗎？」

「大……師兄？」韓杰聽林嬌這麼說，瞪大眼睛。「誰是我大師兄？」

「啊？」林嬌困惑問：「就是……禪善大師呀，他是觀音菩薩大弟子轉世，是第一代神明使者，轉生十幾世都在救世濟人啊！」

「……」韓杰靜默幾秒，問：「有孝說，妳出門買黃金給這位大師？」

「是啊……」林嬌先點點頭，又搖搖頭，說：「黃金不是給大師，是給阿吉做金袍；大師想推薦阿吉上天當神，神要穿金裝；上次要給你的那包金子，我已經交給大師了，這次想再補一些，大師說袍子上金子越多，阿吉法力也越高……」

「阿嬤！」韓杰不耐揚手打斷林嬌的話，說：「這位大師是騙子，妳被騙了。」

「什麼？」林嬌呆了呆，喃喃說：「不會不會，禪善大師怎麼會騙我，他是觀音菩薩大弟子……」

「黃吉老先生還在樹裡，不在天上。」韓杰嘆了口氣，苦笑說：「妳不相信的話，我帶妳回家，讓妳親眼看看，等他醒來，妳可以自己問他，是不是要當神了。」

拾壹

林嬌跪在三合院榕樹殘根前，呆愣愣地望著嵌在樹根上，雙目緊閉，口唇微張，彷如化石般的黃吉魂魄——韓杰替她開了眼，讓她眼見爲憑。

她顫抖伸手想摸摸黃吉的臉，卻只能摸著樹根斷面。

同樣被開了眼的黃有孝，蹲在林嬌身旁，輕聲喊：「阿公……」

韓杰站在林嬌身後，淡淡說：「上次我沒有替妳開眼，是因爲他魂受傷了，樣子不好看，怕嚇著妳、讓妳害怕難過，這次我看他樣子好些了，再過幾天，他應該會醒，妳可以直接問他。」

「所以……」林嬌茫然回頭，呆愣愣望著韓杰。「阿吉不當神了？」

「從來沒這回事。」韓杰說：「是那個法師騙妳。」

「我這腦袋，眞是……」林嬌低下頭羞愧拭淚。

「阿嬤——」韓杰從口袋掏出一只小布袋，說：「這次太子爺要我過來，除了看看黃吉老先生魂魄情形之外，還要我帶樣東西，借妳祖孫倆戴幾天。」

「借我們東西……戴兩天？」林嬌困惑問：「什麼東西？」

「這個。」韓杰取出一只小布袋，掏出兩只金鐲，遞向林嬌。

「咦？」林嬌乍見那大金鐲和玉鐲一般粗，還沒反應過來，接到了手上感到極其沉重，猛地驚覺這大金鐲竟是純金，嚇得連連推辭，嚷嚷說：「這太貴重啦，我可不敢借，要是弄丟了，我拿什麼賠太子爺……」

「放心，這東西妳想弄丟還不容易。」韓杰拉起林嬌的手，替她戴上那大金鐲。

林嬌感到手腕上那金鐲又沉又重，正不知所措，卻見韓杰低聲唸咒，伸指在那金鐲點了點，金鐲陡然發光，化爲手腕上一圈淡淡的金印，不仔細看還看不出來。

「哇！」林嬌和黃有孝登時看傻了眼——隨手將純金鐲子化成手腕上一圈印記，這可不是坊間風水術士、法師、道士、廟公辦得到的事情。

「太子爺收到消息，上次那些砍樹的壞蛋，可能會上門找你們祖孫麻煩，要我過來保護你們。」韓杰替黃有孝也戴上金鐲，施咒令金鐲化爲手腕上一圈金印。黃有孝舉著手腕驚呼連連。

「什麼……惡鬼要找麻煩？」林嬌聽韓杰這麼說，不由得有些害怕。

「也別太擔心。」韓杰指著祖孫兩人手腕上那圈金印，說：「你們手上的金圈圈，是太子爺親賜的護身符，比上次我畫的符厲害多了；你們平常還是可以出門、下田，但盡量別跑太遠，所有活動一切從簡……」

「是是是……」林嬌不住點頭，問：「那我須要準備點什麼？」

「妳家還有空房嗎？我可能得待上幾晚。」韓杰環視三合院，只見左右護龍加上正廳，應當有五、六間房。

「有有有。」林嬌點頭說：「有孝爸爸那間房空了好多年，我帶你去看看……」

「我先出去一趟，等我回來再說。」韓杰將小文從肩上拎下，遞給黃有孝。「替我照顧這蠢鳥，我行李裡有他的飼料。」

黃有孝恭恭敬敬接下小文，捧在掌心端看，又問：「太子爺乩身大人，你有事要辦？」

「嗯。」韓杰點點頭。「我現在去替你阿嬤把金子拿回來。」

「啊！」林嬌在一旁聽韓杰這麼說，驚喜問：「太子爺乩身大人，你說要幫我把金子要回來？」

「是啊，妳跟我說那位大師道場在哪裡，我想找他聊聊。」韓杰微笑扳動指節，發出一陣喀啦啦的聲響。「觀音菩薩大弟子、所有乩身的『大師兄』是吧，很好……」

拾貳

坐落在鄉間田野那三層透天農舍建好沒幾年、外觀奢華美麗。

正門牆柱上懸著個小小的木招牌——禪善精舍。

禪善精舍裡那雅致禪房，有張年歲久遠的大木桌，桌上擺著幾本古書、竹製筆筒、筆墨紙硯、羅盤和魯班尺。

桌前坐著一名婦人，婦人模樣憔悴，神情緊張。

桌後坐著一個男人，男人五十來歲，穿著粉金色中式襯衫，蓄著一嘴短鬍，面無表情地端詳桌上木盒裡那幾枚金戒指和兩條金項鍊。

「怎……怎麼樣，大師……不夠嗎？」婦人怯怯地問。

「……」禪善大師捏起一枚金戒，左右瞧瞧，放下，捏起另一枚金戒，再瞧瞧，然後放下，喃喃說：「全部，一兩，二錢。」

「如果不夠的話……」婦人殷切地說：「我媽媽還有一些金子……我向她要的話，她應該會給我……小立是她最疼的外孫，她不會眼睜睜看著他死的……」

「如果這樣，那是最好。」禪善大師點點頭，微笑說：「只要妳祖父身上金衣夠厚，庇佑的力量也更足夠，妳兒子……」

叩叩——兩下敲門，房門打開，一個女人在門外笑盈盈地朝大師招手，用手勢示意他出來一會兒。

「我有客人。」禪善大師皺眉說：「有什麼話晚點再……」

女人不等禪善大師說完，比出個祈福手勢，說：「觀音菩薩降旨了，請師父您速速領旨。」

「啊……」禪善大師先是一呆，跟著對桌前婦人微微一笑，說：「不好意思，菩薩有事吩咐，稍等我一下。」

「應該的應該的……」那婦人躬身低頭，恭敬對著禪善大師比了個祈福手印。

禪善大師出房關上門，立時被女人拉遠，指著長廊前一間房，壓低了聲音說：「大肥羊來了。」

「多肥？」禪善大師眼睛一亮。

「你自己看吧。」女人取出手機，手機螢幕上，是前方房間裡的針孔攝影機拍攝畫面。

畫面裡，男人蹺著腿窩在沙發裡滑看手機，身旁那張原木茶几上，擺著一塊金磚。

「那是工業條塊？」禪善大師見男人身旁那金磚體積驚人，忍不住稍稍抬高了音量。

「十二點五公斤重的那種？是真的？」

「噓——」女人豎指在嘴前，示意他小聲點，說：「剛剛我趁他上廁所，試著捧看看，真的很重，我兩隻手拿都吃力，就跟以前我在銀行上班時，見過的那種大條塊差不多重，但是不是真的，就難講了……但就算是假的，你頂多損失幾滴口水。」

「那這人想幹什麼？」禪善大師問。

「他姓韓，家裡開宮廟的，那些條塊是請人把廟裡信徒獻的金牌熔了私造成金磚方便收藏……這次來找你，是因爲爸爸病了，聽朋友介紹，特地從台北下來找你，想替天上的爺爺造金衣，來保佑爸爸。」

「哦？」禪善大師呵呵一笑。「從台北下來的，原來我這麼有名。」

「以後說不定會有從外國找上門的。」女人拍拍禪善大師後背，說：「上吧，好好招待人家，房裡那個我先替你打發掉。」

「好。」禪善大師點點頭，嘿嘿笑地搓著手，走到那間房門口，站定閉目數秒，重新睜開眼時，神情變得睿智沉著。他開了門，向房裡沙發上那男人點頭致意。

韓杰扠著手望著禪善大師，對他擠出一個笑容，還瞧瞧禪善大師身後擠眉弄眼的王小明——剛剛禪善大師與女人在房外那番低語交談，被王小明貼在兩人身旁，用手機拍得一清二楚，即時視訊給房中韓杰。

「你就是觀音菩薩首席大弟子？」韓杰笑著起身。

「在觀音菩薩門下學習，是好幾世前的事情了；如今，我奉菩薩旨意救世濟人，幾世如一。」禪善大師淡淡地說，還對韓杰比了個祈福手勢。

王小明在禪善大師旁模仿他的動作和手勢。

「……」韓杰瞥了一眼王小明，又問：「我聽說大師你能替家中祖先打造金衣，讓祖先法力無邊，保佑全家？」

「來我禪房。」禪善大師比了個「請」的手勢。「我仔細解釋給你聽。」

「好。」韓杰點頭起身，順手拿起茶几上的金磚，跟著禪善大師往外走。

長廊上，女人正送那婦人往門外走，一面和她說：「妳放心，菩薩要師父全力替妳祖父打造金衣，且專門替他加持靈身，保妳兒子大難不死。」

「謝謝大師、謝謝大師！」婦人遠遠見到禪善大師和韓杰往禪房走，還大聲道謝。

禪善大師擺出祈福手勢還了個禮，領著韓杰進房，關門。

韓杰順手鎖了門。

禪善大師料想不到韓杰跟他進房，還替他鎖門，困惑伸手要開門，一面說：「不用鎖沒關係。」

「我不想有人打擾。」韓杰握住禪善大師手腕，施力將他往座位拉。

「你……你想幹嘛？」禪善大師這才驚覺韓杰來意不善，驚恐地正要呼叫，便被韓杰掐住脖子，叫喊不出聲。

韓杰湊在禪善大師耳際問：「你是不是有個信徒叫林嬌？你收了人家的黃金，說能讓她老公當神，要替他造金衣？你忘記了？就是家裡榕樹被砍掉的那位阿嬤，她跟孫子相依爲命，她孫子智能有點問題……」

「唔唔……唔唔唔！」禪善大師聽到韓杰提及「榕樹」、「和孫子相依爲命」等關鍵詞，似乎想起林嬌，連忙點頭。

「她那袋黃金，三兩二錢。」韓杰掐著禪善大師脖子，拍他臉頰。「給我拿出來。」

「唔唔……」禪善大師感到韓杰掐頸勁道越來越大，腦袋逐漸暈眩，只好點頭答應。「好好好……」

韓杰鬆開手，將禪善大師推到座位，讓他坐下喘口氣，自個兒扠手打量禪善大師這間禪房，冷笑說：「哼，觀音菩薩大弟子，所有陽世乩身使者大師兄，來頭真不小……」

「咳咳……咳咳咳……」禪善大師本來伸手要取電話，但見韓杰在他面前坐下，隔著木桌扠手瞪他，又害怕地縮回手，轉身揭開身後木櫃小門，裡頭是個保險箱。

他轉開保險箱，裡頭是一堆小盒小袋和一本記事本，他翻找半晌，找出一只小袋，對照袋上名牌，跟著乖乖將黃金推向韓杰。

韓杰接過小袋，將袋中金飾倒在桌上，撥了通視訊電話讓林嬌自己瞧瞧金飾有沒有少。

「太子爺乩身大人啊，就是這些沒錯，七枚戒指、三條項鍊、一塊金牌，加起來三兩二錢，一件都沒有少。」林嬌在電話那端不住道謝。

「我再和師兄聊聊天，晚點回去。」韓杰掛上電話，見禪善大師雙手放在桌下，神情鬼祟，便瞧瞧站在禪善大師身旁的王小明。

王小明指著禪善大師桌下雙手，呵呵笑著說：「他在傳簡訊求救，他寫——有人上門找碴，快來人幫忙。」

韓杰冷笑望著禪善大師，將王小明說的內容，對禪善大師唸出：「有人上門找碴，快來人幫忙。」

「喝！」禪善大師聽韓杰竟唸出他的簡訊內容，嚇得雙手一抖，手機落在地上——他本來趁韓杰和林嬌通話時，摸出手機，悄悄傳簡訊求救，可不知道被身旁的王小明瞧得一清二楚。

「你要烙人的話，沒關係，直接打電話，我讓你烙人。因爲我也烙人了。」韓杰笑著指指電話，隨手將林嬌的金飾裝袋，跟著拿起他那大金磚，隨手捏碎成黃金粉末，再從肩包取出一只小瓶，旋開瓶蓋，接著掏出皮夾，抽出一張鈔票對半一摺，再將摺口抵著瓶口，將鈔票當成漏斗，捏起金粉往鈔票上倒，讓金粉順著鈔票摺痕流入瓶中，隨口對禪善大師說：「不好意思，讓你白高興了，這金磚不是給你的，是我自己要用的。」

「你……」禪善大師矮身撿起手機，按下傳送鍵傳出求救簡訊，氣喘吁吁地說：「那阿嬤叫你太子爺乩身？你是同行來砸場的？」

「操！」韓杰聽禪善大師這麼說，捏著金粉的手指停在瓶口上，不悅地說：「誰跟你同行，你是騙子，我又不是。」

「你知不知道我背後誰在罩？」禪善大師恨恨地問。

韓杰一撮一撮地將金粉捏入小瓶，冷笑反問：「你又知道我背後是誰罩嗎？」

「是誰？」禪善大師問。

「說出來怕嚇死你喔。」韓杰說：「所以還是不說好了。」

「你……」禪善大師神情惱火，卻又不敢有什麼動作，默默地看韓杰一撮撮將金粉捏入小瓶，看了半晌，卻又覺得奇怪。「你……你到底想幹嘛？你這是在做什麼？」

韓杰沒有回答禪善大師的問題，瞥了他桌下小櫃一眼，說：「你的保險箱裡，有個本子，是帳本對吧？你聽好——我要你照著帳本，把收下的黃金，一筆一筆還回去，已經賣出去的，就他媽上銀樓買一樣重的回來還人家，少一筆都不行，知道嗎？」

「你……你爲什麼要這樣？」禪善大師先是困惑，跟著堆起笑容，說：「這樣好了，我們合作好了，有錢大家賺，怎樣？」

「就跟你說我們不同行，我不靠騙人吃飯的！」韓杰重重搥了一下桌子，嚇得禪善大師閉口不再說話。

「媽的……」韓杰裝滿一瓶金粉，見桌上還有半截金磚，便又取出一疊空白黃符，隨手從筆筒抽了支毛筆出來，直接用毛筆沾了沾金磚，畫起符來，不時瞪瞪禪善大師，隨口抱怨：「你不是烙人？怎麼來這麼慢？」

王小明在一旁答腔：「就是啊，我們的人都來了。」

此時韓杰周圍，飄著四位乾奶奶等十餘名「東風市場行動組」成員——韓杰剛離開黃家三合院，便撥了通電話給自家外頭的東風市場小組請求支援，四位乾奶奶等十餘名行動組成員，乘著直升機火速趕來，在禪善大師發出求救簡訊不久，便來到他這禪房，聚在韓杰身旁，等待進一步指示。

房門外，女人急急拍門，大聲喊著：「阿善、阿善，裡面發生什麼事？門怎麼鎖上了？大狗帶人過來，說你向他求救？」

「狗哥來了！」禪善大師得知救兵到達，驚喜從椅上蹦起，退到木櫃旁抓起衣帽架當防身武器，扯著喉嚨對著門外喊：「這姓韓的是來踢館的！快進來救我！」

「門鎖上啦！」女人急急轉著門把，卻打不開門。

「拿鑰匙開門啊！」禪善大師急吼。

「小明，去幫人家開門。」韓杰向王小明使了個眼色，跟著對周圍乾奶奶們下達指示。

王小明立時飛到門邊，開門。

女人身後站著一批彪形大漢，個個持著甩棍電擊棒，一見門開，立時衝進房裡——

所有人在桌前圍成一圈。

禪善大師扔下衣帽架，回到桌前，雙手按桌，得意洋洋地瞪著韓杰：「臭小子，剛剛給你機會，你不賞臉，現在你沒機會了！」

韓杰仍畫著符，挑眼瞧了禪善大師一眼，繼續畫符。

「哇，狗哥，你看這小子有夠囂張，快修理他！」禪善大師朝身旁一個大漢喊。

大漢磅地一記甩棍，砸在禪善大師腦袋上。

「喝！」禪善大師抱著頭坐倒回自己座位，驚恐地還不知道發生什麼事，雙肩便讓身旁兩名大漢伸手按住。

女人撥開兩名大漢，來到桌側，對韓杰問：「韓大哥，成功了！我上她身了！你想怎麼玩？」

王小明上了女人身子，周圍一干大漢，在進門時全讓乾奶奶等東風市場行動組上了身。

禪善大師千盼萬盼的這批救兵，轉眼成了韓杰親衛隊。

「我懶得玩……」韓杰又畫了兩張符，將毛筆上的金粉捻下，抹回剩餘金磚，再扔回禪善大師筆筒裡；他收去金符和金磚，拿起林嬌那袋金飾，伸了個懶腰，說：「就像我剛剛說的，讓他一筆一筆把黃金吐出來。」

「什麼！」禪善大師驚恐叫著身旁那大漢：「怎麼回事，狗哥、狗哥！你們怎麼了？」禪善大師邊叫，見女人走到他椅後，從保險櫃中取出帳本翻看，一把抓住女人手腕，急急喊著：「老婆！妳是怎麼回事？」

「呸！誰是你老婆！」王小明附在女人身上，大力甩開禪善大師的手，還賞他一巴掌。「下流！」

「喝！」禪善大師駭然至極，茫然叫喊兩聲，又被身旁彪形大漢揪著頭髮賞了幾巴掌，這才乖乖閉嘴。

「韓大哥。」王小明附著女人翻看帳本，說：「帳本上也太多筆了，要搞到什麼時候，他現金夠買那麼多黃金嗎？」

「到處搜搜有沒有其他保險箱，先把這兩個傢伙戶頭清空；再找看看有沒有房地契股票什麼的，加上車子古董家具，能賣的全賣了；帳本上面如果有聯絡不上的信徒，那筆帳就折現捐給慈善機構——我知道這樣搞要搞上好多天，你們自己分配一下工作，每晚向我報告進度。」韓杰這麼說，探長身子拍了拍被按在桌上的禪善大師的臉，對他說：「師兄，你好自爲之吧。」

韓杰說完，伸指在禪善大師眼皮上輕輕一抹。

「哇！」禪善大師終於見到，彪形大漢和自己妻子身上，都重疊著其他身影。

王小明、乾奶奶等見禪善大師見著自己，也紛紛顯露鬼樣，或是青面獠牙、或是七孔流血，一個個探長身子將臉湊近禪善大師。

「哇——」禪善大師像個受驚的嬰孩尖嚎哭叫起來。

韓杰懶得再多說什麼，收去林嬌金飾，轉身關門離去，走出禪善大師這間奢華透天別墅。

拾參

「太子爺乩身大人啊……」林嬌接過韓杰遞向她的那袋金飾時，哽咽地要下跪，被韓杰伸手托住。

「阿嬷，我說過啦，別拜我跪我、也別叫我『大人』，我只是在做自己的工作而已，眞要拜我，等我死了再拜吧……」韓杰乾笑說：「記得到時候別替我造金衣，我如果眞需要金衣，太子爺會直接給我，不會從老百姓家裡拿，陽世黃金是燒不上天的。」

「都怪我笨，張嬸說什麼我就信什麼……」林嬌抹著眼淚，笑嘻嘻地拉著韓杰的手，指著三合院左側護龍說：「太子爺乩身大人啊，我替你準備好房間啦。」

「叫我阿杰就好啦。」韓杰隨口叮囑，隨著林嬌往三合院左護龍走去。

「是……阿杰、阿杰……」林嬌帶著韓杰踏進有孝爸爸以前那間空房，只見那房裡有床有櫃還有張化妝台，像是男女主人臥室；他的行李就安放在房中椅上，小文則佇在衣櫃高處探頭探腦。

「床單、被單跟枕頭套我替你換了新的，你看看喜不喜歡。」林嬌指著床上枕頭棉被。

「能睡就好。」韓杰笑說：「我不是來度假，是來……」他本要說「是來降妖伏魔」，但覺得應當會嚇著林嬌，便改口說：「是來做苦工的，有個能避雨的地方過夜就很好了。」

「……」林嬌呆了呆，問：「阿杰，怎麼當神明乩身，好像很辛苦啊。」

「習慣就好。」韓杰笑了笑，聽見小文站在衣櫃上仰頭啼叫、不住振翅，便問：「阿嬤，妳家有沒有廢紙？報紙、月曆都行，我要做籤。」

「做籤？」

「太子爺有事情吩咐，就會叫那隻笨鳥叼籤給我。」

「有有有！我家廢紙多的是！」林嬌連連點頭，嚷嚷吩咐黃有孝翻出好幾份舊月曆。

韓杰接過月曆，在祖孫面前將一張月曆，撕成數小張、捲成小管。

小文立時俯衝飛下，叼起一根紙管，飛上韓杰頭頂盤旋數圈，跟著拋下紙管。

韓杰接著紙管，揭開，上頭多了幾行燒灼文字洞孔——

去這間廟打個招呼，裡頭那些傢伙有事相求，幫幫他們無妨，別讓人說我小氣。

不過記住，到時候東西，我要你帶走一半。

籤紙最後還附著一串地址，那是間知名大廟，且距離黃家三合院不算太遠。

「啊？到時候東西……帶走一半？你要我帶什麼東西？」韓杰抬頭望著小文，卻見小文懶洋洋地飛回衣櫃上方，像是收工歇息般，一動也不動。

「……」韓杰莫可奈何，攤攤手對林嬌說：「我又有事情要忙了。」

「太子爺有吩咐啦！來來來，我送你出門！」林嬌雖沒瞧清楚籤令上究竟燒出什麼字，卻也看得嘖嘖稱奇，對韓杰更是愈加恭敬。

「不，我走鏡子，妳家有沒有鏡子……」韓杰見到房中梳妝台前蓋著塊布，上前揭開，果然是面鏡子，他取出半截金磚，直接在鏡子上寫起符來。

「是！阿杰你還有什麼事情要吩咐？」林嬌這麼問，同時見到那面梳妝鏡閃閃發亮，跟著像是變成了窗戶般，隱約見到鏡中映出另一個世界。

「我知道很多人信神，其實我一下子也很難說清楚，為什麼禪善大師是騙子，我就是真的，總之是真是假，有眼睛的都可以自己看；以後再有人說他是哪位神仙大弟子，妳問他能不能飛天、能不能下地，他辦得到，妳再信也不遲——」韓杰說到這裡，望了站在門旁向裡頭探頭探腦的黃有孝。「剛剛有孝就看到我飛上天了。」

「是啊！剛剛韓大哥把腳踏車騎上天了！」黃有孝點頭如搗蒜，也奔進房來，好奇韓杰這次又變什麼把戲。

「剛剛上天，現在要下地了。」韓杰捏著金磚在鏡子上畫下最後一筆——他那一筆刻意拖得極長，跟著抖出一條閃閃金線，連著他那塊金磚。

「看清楚啊。」韓杰說完，整個人鑽入鏡中，站在鏡子內側拍拍身子，向林嬌和黃有孝笑了笑，跟著抓著金磚的手一揮，將鏡上整面金符，全收回金磚上。

鏡上金光消褪，又變回普通的鏡子，映著看得瞠目結舌的祖孫二人。

那禪善大師再怎麼能言善道，要他騎著腳踏車飛天，或是鑽進鏡子下陰間去，是無論如何也辦不到的事了。

拾肆

韓杰踏出陰間三合院，駐守在外的陰差立時上前迎接。

「太子爺乩身想去哪兒？我們可以載你一程。」那陰差恭敬地說。

「不用。」韓杰指了指陰間三合院外荒蕪田野上的直升機和待命機師。「坐那台比較快。」

韓杰說完也不等陰差答話，大步走向荒蕪田野，和待命機師打了聲招呼，登上直升機，報上位置。

直升機緩緩起飛，韓杰居高臨下，見到陰間三合院外黑頭車旁兩名陰差抬頭望著自己，只覺得有種說不出的古怪——這批待命陰差太客氣了，客氣到讓他很不習慣。

只數分鐘，直升機就飛抵那大廟的陰間停車場。

陽世大廟於陰間通常也是天庭轄區，插有天庭旗幟，受神力庇佑，不屬陰司管轄。

韓杰下了直升機，穿過廟宇公務鬼門，返回陽世。

年邁廟方人員像是早收到通知，老早守候在那鬼門外，一見韓杰出來，便領著他走出廟宇辦公室，穿過停車場，只見停車場外圍空地上，搭起數座巨大鐵皮棚架。

一座座棚架裡，聚著數十名木工工匠和紙紮師傅，擺著一艘艘建造到一半的王船，大大小小的王船有些是木造、有的是紙紮。

「前陣子神明託夢，要我們舉辦王船展覽，所以我們請來好多師傅，一起造王船……」年邁廟方人員笑呵呵地解說，帶著韓杰逛完十餘座王船施工棚架，跟著帶他走回廟裡，轉進地下室。

「前幾天，神明又託夢，說需要一艘不一樣的船，所以我們又請了一批師傅——是經過神明點名的師傅。」廟方人員帶著韓杰來到地下室深處一處倉儲前，推開倉儲大門，只見裡頭停著一艘比外頭棚架裡的王船更大上數倍、施工到一半的大王船——

「神明指示我帶你下來，究竟是什麼事，你自己進去問吧。」老邁廟方人員這麼對韓杰說完，便轉身離開。

韓杰走進施工倉儲，走近大王船，和幾名王船工匠大眼瞪小眼。

「這人是誰？」「啊？他就是太子爺乩身？」工匠們望著韓杰、交頭接耳，卻不敢上前詢問。

「呃……」韓杰正想發問，突然聽見身後一聲叫喊，回頭一看，走來一個眼熟胖男人，正是紙紮師傅小姜。

大王船上方，另一個男人探出頭來，是小范。

□

午餐時刻，小姜連同另幾位王船師傅，圍成一圈吃著便當。

小范生性孤僻，自個兒端著便當，坐在角落一張小小的童軍椅上，悶著頭吃著便當。

「原來如此……」韓杰也端著一個便當大口扒著，他聽小姜解釋，這才知道，那夜安養院遍尋不著姜連發，當晚小姜就得到濟公託夢。

濟公在夢中稱，小姜的爸爸是受奸人俘擄，那奸人勾結陰間魔王，不僅四處盜木，還不停劫擄王船師傅和紙紮師傅，目的是打造一支冥船艦隊稱霸地底，進而禍害陽世。

小姜受濟公指示，帶著慣用工具和精藏好紙，火速趕來這間大廟地下支援造王船——他那死對頭小范，更早數小時就來到這兒，和倉儲裡的王船工頭討論改造方案。

這大廟在黃家榕樹遭竊之後，打算改用其他備選榕樹繼續造王船，豈知兩三天內，所有備選榕樹相繼遭砍；廟方本以為是不祥之兆，打算延期甚至停辦明年王船祭，豈知神明託夢，稱王船祭不僅不停，且要提前在今年底內舉辦，越快越好；參與的王船也越多越好。

廟方火速召集了大批王船師傅——近代王船多為木造，但一時間卻無這麼多龍骨木可用，因此也連帶找了大批紙紮師傅，依古法打造紙王船。

「濟公師父說，這批王船是造來預防那奸人將他那冥船艦隊開上陽世作亂。」小姜這麼說：「王船造成燒化之後，會當成上天點派差使巡狩陽世的座船。」

「那為什麼其他王船在地上造，你們這艘王船要藏在地下室造？」韓杰咬著滷蛋問。

「王船在地上，受神力加持，底下那些冥船膽敢上陽世作亂，我們的王船會好好教訓他們；但冥船可以隨時隨地開鬼門，陰陽兩界來去自如，要是他們打帶跑，躲在地底找機會浮上陽世，偷打一輪就跑，王船神力再強，也很麻煩——更重要的是，天規不下陰間，王船就算追下陰間，少了神力加持，就打不贏冥船了。」小姜扒著便當，說得口沫和飯粒橫飛。「濟公師父說，上頭考慮修改法規，放寬天庭在陰間武力權限，但可能要花很長的時間，而且閻羅殿肯定會全力反對，陰間各大勢力肯定也會報復反撲。」

「所以呢？」韓杰問。

「所以倉庫這艘船，是部分神明特別託我們特製，會安裝一批不一樣的武裝，在關鍵時刻載著你們這些神明乩身，下陰間狩獵對方主謀，和冥船互轟也不落下風。」小姜這麼說。

「不一樣的武裝，那是啥武裝？」

「嗯，這就是……我們請韓先生過來的原因了……」小姜望著韓杰，似笑非笑說：「神明指示，地下有個地方，藏了一批無主軍火，好像是之前那個啖罪魔王的傢伙……」

「什麼！」韓杰瞪大眼睛，總算明白小姜意思。「你們要我去陰間搶軍火，讓你們裝在這艘船上，再用這艘船，載著我下陰間去打冥船？」

「是啊。」幾個王船師傅不約而同點點頭。

小姜補充：「我知道你聽了覺得彆扭，但那是因爲你是中壇元帥乩身，太子爺是天庭戰神，給你的法寶本來就厲害，可是這艘船除了載你，之後也會用來載其他乩身，他們不見得有和你一樣厲害的法寶可以用，沒有船艦火砲掩護，危險多了。」

「好吧。」韓杰不置可否，指了指小姜：「可是我記得你們這些紙紮師傅，不是才剛剛在底下參加什麼紙紮兵比賽嗎？你們替船做些大砲飛彈什麼的，應該也辦得到吧？怎麼還要我下陰間搶軍火？」

「差遠啦！」小姜苦笑解釋。「我們會被徵召來幫忙造王船，表示本來就守規矩，我平常無聊時確實會做點看起來像武器、士兵的『玩具』，但『玩具』跟『軍火』不一樣啊，陰間軍火可不是因爲無聊才造的，是造來殺人殺鬼殺神的……」

「好吧……」韓杰扠手思索半晌，微微怨懟太子爺那籤令總是寫得不清不楚，老是要他到了現場，才明白接下來要幹嘛，他無奈說：「太子爺既然要我過來幫忙，應該就是要我幫忙搶軍火了，搶就搶吧，不過——太子爺特別交代，到手的東西，他要一半。」

「一半？」小姜和幾位王船師傅，都呆了呆。「什麼一半？」

「軍火啊……」韓杰攤攤手說：「還能是什麼……」

「太子爺也要陰間軍火？」小姜等困惑問。「他要來幹嘛？」

「我怎麼知道，反正等我搶到手，他就會跟我說了。」韓杰哼哼地說：「那批軍火在哪裡？我來想想怎麼搶……」

「聽說……」小姜欲言又止，看看其他王船師傅，見沒人開口，便說：「被扣押在陰間一間城隍府裡。」

「什麼！」韓杰瞪大眼睛。「你們要我去搶城隍府？」

王船師傅們聽韓杰這麼問，紛紛低頭扒起便當，沒人應答。

只有小姜點頭說：「哪間城隍廟不清楚，媽祖婆乩身好像知道。」

□

「不算不算，不是搶城隍府！」

韓杰手機那端，陳亞衣嘻嘻笑地說：「其實是這樣的，上頭得到線報，那間城隍府扣押了啖罪軍火沒有上報閻羅殿，打算私下賣給其他幫派，上頭打算攔截那批軍火，用來反制陰間冥船。」

「怎麼你們每個都比我更清楚這計畫？」韓杰持著手機和陳亞衣交換情報，一面環繞那艘大王船，只見這大王船接近遊覽車那麼大，工法特殊，船體包含龍骨在內的主要架構爲木造，再覆上層層紙皮——這些紙用的是特殊紙，小姜和小范在這地下倉儲兩處角落，各自搭了帳篷，藏著專屬造紙器具，就怕對方偷瞧了自家技藝絕活，兩人要不是受了神明點名徵召，絕不會像這樣合作造同一件作品。

「沒辦法啊……」陳亞衣打著哈哈說：「現在太子爺不去專案小組開會，很多行動是專案小組討論過後，禮貌知會太子爺，看太子爺有沒有興趣摻一腳……」

「哼哼。」韓杰乾笑兩聲。「搶魔王軍火這種事，他肯定有興趣……」

「對啊。」陳亞衣笑說：「所以這件工作，還是交給韓大哥你啦。」

「好吧。」韓杰問：「時間地點呢？」

「應該一兩週之後。」陳亞衣說了個地名，是南部一處山區。

「陰間城隍扣押軍火，要賣給陰間幫派，爲什麼選在陽世交易？」韓杰不解問。

「因爲啊——」陳亞衣解釋。「那間城隍府扣押啖罪軍火的消息傳了出去，被各路人馬盯著，軍火運不出城隍府；所以那位城隍老哥異想天開，打算直接在城隍府裡開鬼門，走陽世運軍火到附近山上的廢棄學校，在那裡和陰間買家交易。」

「這計畫聽起來不錯啊，怎麼洩漏出去的？」韓杰好奇問。

「因為那城隍太貪心了。」陳亞衣說：「他如果盡快脫手，說不定賺得神不知鬼不覺，但他想要賣更好的價錢，同時找上一大堆買家開價，有些競標買家彼此還是死對頭，這些人怎麼會幫他保守祕密。」

「原來是這樣……對了。」韓杰問：「我搶軍火的時候，有沒有人支援？總不能要我搶完軍火之後，一個人扛回家吧……」

「細節我就不清楚了，不過聽說鬼王大哥會參與這次行動。」陳亞衣這麼說。

「哦，有鬼王的話，那我放心了。」韓杰聽說有鬼王鍾馗助陣，頓時輕鬆不少。

拾伍

夜晚，返回黃家三合院的韓杰，享用完林嬌煮的豐盛晚餐，洗了個澡，陪黃有孝在內埕空地乘涼閒聊。

黃有孝蹲在樹根前，盯著樹根喃喃述說幼年時，和阿公在榕樹下玩耍的時光。

「阿公力氣好大，一隻手就可以把我舉上樹。再一隻手把我抱下樹。」黃有孝誇張地舉起手，在韓杰面前晃了晃。「他的力氣是我的十倍，不……應該是二十倍……」

「這麼厲害。」韓杰望著嵌在樹根裡的黃吉魂魄，依舊一動不動，彷如化石一般，他隨口問：「你爸爸媽媽呢？」

「我爸爸離家出走了，我不知道他長什麼樣子；我媽媽跟其他男人跑了，我也不知道她長什麼樣子……附近鄰居阿姨說一定是阿公上輩子造了孽，才會兒子跑路，孫子變白痴……」黃有孝笑呵呵地答，還補上一句：「阿杰哥……一個人上輩子造了孽，下輩子孫子眞的會變白痴嗎？」

「當然不會。」韓杰搖頭說：「沒這回事，別聽別人亂講。」

「那爲什麼我這麼笨？」黃有孝問。

「這……」韓杰抓抓頭，反問：「你很笨嗎？我看不出來啊。」

「我從小就被人說笨，以前附近每個小朋友都說我笨，學校同學也說我笨，他們說我笨蛋智障白痴喜憨低能兒……」黃有孝笑嘻嘻地說。

「別理他們。」韓杰說：「學校老師不管他們？」

「老師說他們說得對，說我就是笨蛋智障白痴喜憨低能兒沒錯。」

「我操，這什麼鳥蛋老師……」韓杰低聲唾罵，感到褲袋裡手機震動，取出一看，是小歸傳來了訊息。

他點開訊息，是幾張相片。

照片裡有一輛地府座車和兩名陰差——正是上午接應他的陰差。

照片之外，還附帶著小歸的訊息——

太子爺懷疑這批陰差有問題，請我幫忙打聽打聽，恰巧前陣子我弄了一個情報部門，剛好派上用場，義不容辭支援太子爺辦案！你也知道，現在底下爾虞我詐的，不準備點諜報資源，很難混得下去。有機會見到俊毅，記得提醒他兩句——我搞這些東西，可不是爲了私利，而是爲了陰陽兩界的和平喔。

「啥？」韓杰看得一頭霧水，接連滑過十來張照片，只見全是兩個陰差在車內待命，或是在車外閒聊的照片，他正想追問些什麼，小歸又傳來一個錄音檔案，點開一聽，是其中一個陰差的說話聲——

「對……太子爺乩身還整天不停往外跑，不知道忙什麼……我們守在三合院外，怎麼知道他上哪兒去呢？老大啊，他坐直升機到處飛呀，我們才幾個人，怎可能二十四小時貼身盯著他一舉一動？你別囉唆，我們老闆已經在調人了，晚點陽世也會有專人盯他，你一定要轉告你上頭，太子爺在這三合院陰陽兩界都插了旗，這地方現在是天庭轄區，沒我們的消息，千萬別輕舉妄動啊……」

韓杰剛聽完錄音，小歸又傳來訊息——

這是寶來屋雜貨店最新產品「監聽小金龜」，在陰間三合院外那輛地府黑車底下錄到的說話聲，應該是陰差說的吧，這對話前因後果我也搞不清楚，你自己判斷吧。

「……」韓杰傳訊向小歸致謝，和黃有孝搭幾句話，仰頭望著天，低聲呢喃：「老大，你請小歸幫忙盯著這批陰差？你懷疑他們什麼？你要我過來保護這對祖孫，但又要我外出搶軍火？如果我不在的時候，惡鬼闖來，豈不是……」

他呢喃到一半，小文嘰嘰飛來，扔了卷紙管給他。

他揭開，上頭火焚字跡正緩緩燃燒，他順著火字一路讀下——

那些陰差在陰陽兩地都準備了人盯著你，你別戳破他們，裝不知道就行了；接下來幾天，你平常有事忙最好，沒事就出門自己找事做，晚上才回三合院過夜。外頭監視你的傢伙們見你出門，可能會通知那小子，我賭那小子會趁你不在的時候，找機會對祖孫下手。

我就等著那一刻。

「什麼，你想用這對祖孫當誘餌？」韓杰低聲呢喃，恍然大悟，這才知道太子爺大張旗鼓在黃家三合院插旗，令韓杰親自坐鎮招魂，其實是想誘老師上門，然後抓他——老師行事乖張，喜歡犯險挑釁，見了太子爺這陣仗，說不定真要忍不住上門玩耍。

「太子爺又傳令給你啦！」黃有孝好奇地湊近來瞧。

「是啊……」韓杰連忙將那籤紙揉去，塞進口袋，望著黃有孝純眞眼神，只覺得有些過意不去，他佯裝打了幾個哈欠，說明早還有工作要忙，要回房休息。

韓杰彈了兩記手指，將小文帶回黃有孝離家多年的父母臥房，關上門，捧著小文坐上梳妝台，一會兒望望天花板，一會兒望望小文眼睛，低聲問：「老大，你確定這樣能拐老師上門？我猜你要我給祖孫的那兩張金符是正版法寶對吧，但如果他上門時，我在搶軍火，你就算降駕，我們趕回來也要不少時間吶……」

小文不等韓杰說完，抖抖翅膀飛去又叼了根紙管，在韓杰頭頂盤旋兩圈扔下，韓杰接著紙管、揭開——

你別擔心，我全安排好了，你明早跑一趟這兒，跟老友打個招呼，他有東西要給你。

□

翌日清晨，韓杰起了個大早，騎著黃有孝的腳踏車外出買早餐。

他沒有騎往三合院附近的小市場，而是騎至數公里外，坐落著大廟和超市的鬧街——他並非閒來無事想騎遠蹓躂，也非嫌棄小市場食物難吃，他只是遵照昨晚小文那張籤令指示行動。

「香客大樓旁邊的便利超商……」韓杰繞過大廟，只見大廟告示板上，已經張貼出提前舉辦王船祭的告示，他望著手機上那籤紙照片，昨晚太子爺要他來這大廟香客大樓旁的便利超商待命，向老朋友打聲招呼，卻也沒說是哪位老朋友。

他將腳踏車停在便利超商前，剛走進超商，手機陡然響起。

他立時接聽，手機那頭聲音熟悉，是阿福打來的。

「阿杰，左邊、左邊……不對不對，是你的右邊！」阿福刻意壓低了聲音，語氣中有些興奮。

韓杰循著阿福指示望去，只見右前方座位區，坐著個頭戴草帽，穿著T恤的傢伙——正是阿福。

許多年前，一事無成的阿福，在台東頂下一間小小的三太子廟，想賺點香油錢，那時他嫌香油錢少，開始裝神弄鬼、向香客兜售簽賭明牌，招來幾個輸了錢的香客上門砸廟潑糞，惹怒了太子爺，急令剛好趕赴台東辦案的韓杰，順路繞去揍這阿福。

阿福被韓杰修理了幾次，懷恨在心，暗中向韓杰那時的死對頭陳七殺通風報信，卻連同懷孕妻子都差點被陳七殺宰殺獻祭給第六天魔王，最終還是韓杰救了他。自此之後，阿福對太子爺和韓杰死心塌地，一改招搖撞騙的習慣，正正經經地做起小生意，十多年來，雖未大富大貴，但也將妻兒養得白白胖胖、衣食無虞；這些年來，韓杰執行籤令有事相求時，阿福也盡力幫忙。

阿福見韓杰走到身旁，卻假裝不認識韓杰，起身離開，和韓杰錯身而過，還神祕地透過電話，對韓杰說：「座位上那紙袋，是太子爺託我替你準備的。」

「什麼？」韓杰持著手機，轉頭望著阿福背影，錯愕問：「幹嘛神祕兮兮？」

「太子爺說有人盯著你，要我保持低調。」阿福走出便利商店，繼續和韓杰通話。「所以這幾天我們講電話、傳訊息就好……」

「太子爺叫你來幹嘛？」韓杰揭開那紙袋，只見裡頭是朵用符籙摺成的紙蓮花。

「紙蓮花？這是用來幹嘛的？」韓杰不解問：「你專程從台東過來，就是爲了帶這東西給我？」

「紙蓮花做什麼用的我也不知道，但我摺爛一堆符，又重新寫新符，整整折騰好幾天才摺出來的。」阿福說：「太子爺要我把紙蓮花交給你，然後在這大廟香客大樓待命，平時多吃多睡，無聊看看書、做做伏地挺身。」阿福說到這裡，頓了頓，得意說：「他說隨時會降駕伏魔。」

「原來如此。」韓杰陡然醒悟——昨晚太子爺透過籤令，稱接下來數日要韓杰外出自己找事做，藉此誘老師上門，韓杰卻擔心自己要是離得不夠遠，老師未必會輕舉妄動，但眞跑遠了，即便太子爺降駕，即時趕回也不容易，直到此時見了阿福，這才知道太子爺早已將阿福調至距離黃家三合院數公里外的大廟香客大樓裡待命。

屆時太子爺降駕阿福，從這香客大樓飛天殺至黃宅，應當不用兩分鐘。

「阿杰，這次對手是誰？」阿福神祕兮兮地問：「不會又是第六天魔王吧？他捲土重來了？上次你不是說他……」

「不是魔王，沒那麼厲害……」韓杰哼哼說：「但很狡猾是眞的。平常你自己注意點，吃東西別離廟太遠……」

韓杰結束與阿福的通話，挑了幾樣早餐結帳，順道繞去大廟倉儲，瞧瞧王船進度——他剛下倉儲，就聽見小姜和小范激烈爭執。

小范說小姜用來糊船的紙質低劣，就跟小姜老爸當年追女人的手段一樣低劣。

小姜說小范提出的防禦計畫可笑，就像小范老爸當年追女人的手段一樣可笑。

小范說小姜老爸當年爲了泡妞，找人扮痞子想英雄救美，被美女識破，還被潑了一頭酒。

小姜要小范別五十步笑百步，說當時英雄救美那齣戲裡負責扮演爛痞子卻露餡的蠢蛋，正是小范老爸；還說小范老爸當時幫倒忙就算了，還莫名其妙愛上同一個女人，想要橫刀奪愛。

小范說明明是小姜老爸放棄之後，自己老爸才接手去追，小姜老爸一開始鼓勵小范老爸勇敢追求，但見小范老爸當眞約到女人吃飯，又心有不甘開始搞破壞，沒品到極點。

「……」韓杰倚在倉儲走廊牆上，聽小姜小范替各自老爸抱不平，一面看著手機上小歸新傳給他的訊息——

這是在陽世三合院盯著你的人，不確定附近還有沒有，我這邊派上去的人會繼續找、也會一直盯著他們，有什麼動靜會立刻通知你。

小歸這則訊息裡，附帶著三張照片——

第一張照片，是一處公寓頂樓加蓋鐵皮屋頂底下，站著三隻鬼。

第二張照片，是一處公寓梯間窗後，站著兩隻鬼。

這兩張照片裡的鬼，都穿戴全套遮陽裝備、拿著高倍數望遠鏡，像是正監視著什麼。

第三張照片，是一張地圖，地圖上有兩個紅圈，紅圈距離黃宅數百公尺，一北一南，正好將黃家三合院夾在中間。

「操，眞派人上陽世來盯我……」韓杰和小歸傳了幾則訊息，懶得打擾姜氾二人吵架。

他步出大廟，替林嬌買了些菜，返回三合院，遠遠便見到小文叼著管籤，在三合院上方盤旋。

韓杰接著籤令，揭開——

天黑之後，在樹根上寫道招靈符，把黃吉的魂移入紙蓮花裡。我向天庭醫官討了特製靈藥，能治他魂魄。

拾陸

傍晚，韓杰捏著半塊金磚，在老榕樹殘根斷面寫下一道招靈符，再將那紙蓮花擺上金符中央。

一旁，林嬙牽著黃有孝，又是害怕又是期盼地守在韓杰身後，低聲交頭接耳。

「阿嬤……阿杰哥在幹嘛？」

「阿杰要把阿公的魂移到紙蓮花裡。」

「為什麼要把阿公的魂移到紙蓮花裡？」

「太子爺說紙蓮花可以治阿公的魂。」

「是眞的嗎？」

「啊呀……」林嬙聽黃有孝這麼問，焦急地掩住他的嘴。「太子爺說的話怎麼會是假的，不能無禮……」

林嬙剛說完，只見蹲在樹根前的韓杰，周身陡然燃起金紅火焰，飄旋起一道道紅綾。

韓杰緩緩站起身，轉頭望著林嬙和黃有孝，整張臉金光閃爍，面容上浮現著一個劍眉鳳眼的少年。

「啊……啊！」林嬙驚駭張大嘴巴，呆立數秒之後，連忙拉著黃有孝下跪，朝著韓杰叩首跪拜。「太子爺呀，您降駕啦……您別生氣！有孝不是有心的，有孝不懂事亂說話……您不要放在心上……」

「我沒生氣啊。」太子爺的聲音自韓杰喉間發出。「老太婆，妳跪著幹嘛？抬起頭，站起來，我有話要對妳講。」

「是是是……」林嬌連忙起身，望著韓杰，全身不停顫抖。「太子爺有什麼事吩咐？」

「這案子，黃吉是重要證人，也是找回王船寶艙的關鍵，我特地向天庭醫官要了靈藥治黃吉魂魄，平時勞妳多費點心照顧他啦。」太子爺這麼對林嬌說。

「當然！當然……」林嬌點頭如搗蒜，只見韓杰腳邊樹根亮起一陣青光，那青光像活的一般，在樹根上滑來溜去，跟著逐漸轉移進紙蓮花裡。

樹根漸漸黯淡，紙蓮花卻愈漸發亮。

「信女林嬌呀。」太子爺開口，望著林嬌。「我聽說不久之前，妳差點被一個自稱觀音菩薩大弟子的騙子騙走了棺材本吶！」

「那……那是因爲……」林嬌聽太子爺也提起這事兒，心頭一慌，又要跪下，卻見韓杰一揚手，一道紅綾伴著朵朵蓮花瓣掃來，托著她胳臂、撐著她雙膝不讓她跪下，她顫抖說：「是我無知，被人騙了……」

「那個騙子說能讓妳死去的丈夫當神？」太子爺問：「妳卻一點也不疑惑眞假？」

「我……我……」林嬌哽咽說：「我問他用什麼方法讓阿吉當神，他……他說天機不可洩漏……」

「天機不可洩漏、天機不可洩漏——從以前到現在，有好幾萬個騙子說過這句話呀！」太子爺哈哈兩聲，用韓杰的手指指韓杰的頭。「我派韓杰修理過的一兩千個騙子，也都喜歡說這句話吶！」太子爺說到這裡，頓了頓，繼續說：「妳聽好了——不可洩漏的天機，不會傳進妳耳朵裡；欲令妳相信的神旨，必然交代得清清楚楚；我在夢裡說派使者幫妳，韓杰當天就到妳家；我令妳出院，妳睜開眼身體就康復了——神沒那麼無聊，不會成天和人打啞謎，更不會讓這些啞謎淪於騙徒行騙的利器；世間如禪善之輩，自稱菩薩弟子、神佛轉世，卻拿不出半點憑證，只能出張嘴哄人信、求人信、恐嚇人信、吹噓信者恆信；韓杰在妳眼皮子底下飛天鑽地，遁入鏡子下陰間，這叫不信都不行；眞與假，是一拍兩瞪眼，無關信與不信；信者恆信這四個字，本就是騙子擁愚自重的一塊遮羞布、是專門用來欺詐蠢蛋的話呀！」

「太子爺呀……我知錯啦……」林嬌哭哭啼啼抹著眼淚，仍不住要跪，卻被太子爺搖手扯動混天綾拉近韓杰身邊。「我會記著您說的話……」

「妳可眞要記得呀！」太子爺翻了翻韓杰的手，托出一只瑩亮亮的小瓷瓶，遞向林嬌，說：「給妳。」

「這……這個……」林嬌望著手中的小瓷瓶，只覺得掌心麻滋滋的，正想開口詢問，便見到韓杰身旁那樹根上方，飄浮著一個熟悉人形。

正是她死去多年的丈夫黃吉。

「阿公！阿公——」黃有孝在一旁也清楚見到黃吉的身影，愕然大叫上前，要抓黃吉的手，雙手一撈，卻撈了個空。

「蠢蛋小子——」太子爺眼睛一瞪，韓杰胳臂上混天綾倏地撥開黃有孝再次抱向黃吉的手，說：「別太粗魯，你祖父現在魂很脆弱啊，丁點陽氣都可能燙著他呀！」

「有孝、有孝，乖乖看，別動手、別講話！太子爺辦正經事！」林嬌連忙叮囑黃有孝，卻感到自己雙手，在混天綾纏繞操使下，托著那小瓷瓶，湊近黃吉魂魄臉前。

「黃吉的魂受了傷、損傷了一些記憶，我特地向天庭醫官討了靈藥治他魂魄，妳親手餵他吃下吧。」太子爺這麼說。

「是……是……」林嬌感到自己雙手能動了，顫抖地一手托高黃吉下巴，一手將瓷瓶口湊近黃吉嘴邊，將瓶中藥液倒入黃吉口中。

只見一股瑩亮汁液循著黃吉咽喉滲入他魂魄各處。

黃吉那呆滯的眼神沒有半點變化，魂魄卻隱隱透出彩光，也不知是不是那靈藥作用。

太子爺用韓杰的手在黃吉腦門上輕點兩下，只見黃吉魂魄倏地化爲一道青光，鑽進了紙蓮花裡。

太子爺手再一托，將那紙蓮花憑空捲起，托至林嬌面前，令她接下，說：「接下來幾日，妳有空和他說說話，看能不能讓他快點恢復心智記憶。」

「是……是是是……」林嬌捧著紙蓮花，鼻端隱約嗅著黃吉往昔身上氣味，哇的一聲哭了起來。

「有孝。」一直沒作聲的韓杰，這時才開了口，對黃有孝說：「帶你阿嬤進屋休息，太子爺還有事情吩咐我。」

「是是是……」林嬌聽韓杰這麼說，不等黃有孝來扶她，恭恭敬敬對韓杰鞠了幾個躬，捧著紙蓮花往屋裡走，一路對著紙蓮花低聲說話：「阿吉啊，我買了花生呀，你不是最愛吃花生嗎？你要早點醒來啊，我煮花生給你吃……」

□

「怎麼？」太子爺的聲音在韓杰喉間響起。「你對我這計畫有意見？」

「沒有。」韓杰站在地瓜田邊，回頭望著三合院，說：「我只是怕那傢伙詭計多端。」

「那又如何？」太子爺冷笑：「我招黃吉魂魄，是知他魂魄與樹相連生長多年，寶鯵枝幹帶著他的氣味，到時候我借他神力、教他專屬符法，讓你帶著他找出自己的樹——除非那小子棄那寶鯵不用，否則我必能令黃吉找出失竊寶鯵——我這計畫，已經知會過上頭了，上頭沒意見，你眞以爲我只是賭氣想報私仇？」

「那……」韓杰問：「你要我替他們戴在手上的兩道金符，我猜是正版乾坤圈對吧……」

「是呀，那是我借給祖孫倆的護身法寶呀。」太子爺嘻嘻笑地說：「我擔心那傢伙出陰招，趁著祖孫出門，使生靈上祖孫倆身，一路摸進三合院襲擊黃吉魂魄——要是他膽敢如此，就會像喜樂那時一樣，被乾坤圈箍住，我第一時間降駕阿福，轉眼就能飛來逮他啊。」

「嗯……」韓杰點點頭：「那我跟他們說，這陣子盡量少出門。」

「不用！」太子爺笑著說：「他們想出門就出門！現在我在天上盯著祖孫倆的時間，比盯著你的時間還多；還有我手下一批天庭差役幫忙盯著，加上陰間商人小歸也派了支情報組上來幫忙看著，在這當下，世上沒有比這對祖孫更安全的陽世活人啦！」

「所以……我這幾天，只要負責搶軍火就行了……不過……」韓杰問：「你要我扣下一半陰間軍火？你想用來幹嘛？」

「造船吶！」太子爺哼哼說：「不然到時候黃吉清醒，你牽著他散步找寶艤？當然是坐船找啊——要是一路找下陰間，那批軍火就用得著了。」

「啊！」韓杰有些驚訝。「你也要造王船？」

「你不想弄艘船在底下開？」太子爺說：「你下了陰間，老是踩風火輪跑來跑去不是辦法，地府一直向天庭投訴啊！小歸那直升機快是快，但需要專人駕駛，瑣碎活動時不麻煩嗎？總之我工班都替你找好了，這幾天會陸續過去你那兒，你先想辦法把三合院裡的樹根給我挖出來。」

「樹根？」韓杰好奇問。

「是啊。」太子爺揚起韓杰的手指著三合院內埕空地，說：「那樹根本來就是王船寶艤一部分，受神力加持多日，拿來造船再好不過了。」

「好，我挖樹根……」韓杰點點頭。

拾柒

翌日午後，韓杰和黃有孝汗流浹背地蹲在榕樹根前。

榕樹根周圍的土已被兩人挖空、幾條粗壯根莖也被鋸斷，僅餘下無數細根埋在更下方土中。

黃有孝喝口水，舉著鏟子湊近樹根想繼續挖土，但韓杰似乎已失去耐性，揮了揮手要黃有孝退開，取出一片尪仔標揉爛，往樹根斷面一抹。

「哇！」黃有孝見韓杰施法，興奮得哇哇大叫，瞧得目不轉睛。

韓杰按在樹根斷面上的手掌，掌緣溢出了一道道紅火，牢牢綑縛住整塊樹根，另一頭，循著韓杰胳臂纏上韓杰全身。

韓杰緩緩起身，姿勢彷如拔河，想將榕樹根硬生生拔出地面。儘管這榕樹根主要分根都被鋸斷，但仍有大半細根埋在土裡，即便他有副蓮藕身，力氣遠勝一般男人，但要拔出這大榕樹根，仍然十分吃力。

他摸出第二張尪仔標，塞進口裡嚼了起來，像是嚼口香糖般。

一股股火焰自他口鼻燃起，鑽出數條火龍。

韓杰揚手將纏著身子的混天綾延伸打上天，先後捲過數條火龍身子，再指揮數條火龍協力拉動混天綾，終於將整截榕樹根拖出地面。

「哇、哇哇……」黃有孝坐在地上，看得合不攏嘴。

韓杰撤去了火龍和混天綾，拍拍樹根，拿起飲料喝了一口，突然聽見一陣奇異鈴聲，他轉頭四顧，只見聳立四周的中壇元帥旗幟隱隱發亮。

他低頭望定腳下半晌，轉身回房，穿過梳妝鏡子，來到陰間。

他走過正廳，來到陰間三合院內埕空地，只見三合院外，兩個陰差擋著十幾人，外頭道路上還停著一輛貨車，車廂上印有小歸集團的標誌。

「怎麼了？」韓杰走近陰差身邊問。

那陰差牛頭說：「太子爺乩身大人，這些人說是太子爺派來支援你的工班，說要進三合院裡施工……」

「讓他們進來吧。」韓杰點點頭。

那陰差便不再阻攔，退遠了些，讓這些穿著小歸集團制服的傢伙踏進陰間三合院。

「太子爺乩身啊。」一個像是工頭的傢伙，對韓杰說：「我們都是小歸老闆第一冥船部的員工，小歸老闆要我們過來，替你打造一艘專屬冥船。」

「在這裡？」韓杰望了身後三合院一眼，好奇問：「小歸沒有工廠嗎？怎麼不在工廠裡造船？」

「嗯……」工頭苦笑說：「因爲太子爺設計的那艘船有點……不合規矩，要是在自己廠裡造，可能會惹上麻煩……所以太子爺吩咐直接進他轄區，也就是這地方造船，有事他扛。」

「我明白了。」韓杰見這群造船工人七手八腳地從外頭貨車上，搬下各式各樣的工具箱和大型機台，總算明白先前太子爺令他拿下一半軍火的原因了。

「那麻煩你了。」他拍拍工頭肩頭，指著自己那間房說：「我平常都從那間房進出陰間，你們別進去，我怕蹦出鏡子時踢著人，其他房間、院子你們隨便用吧。」他掏出手機，向工頭說：「有急事的話直接找我，不用透過外頭陰差。」

「咦？」那工頭也取出手機，和韓杰交換了電話，回頭望著三合院外兩名陰差，說：「剛剛他們說這地方歸他們管……」

韓杰冷笑兩聲，說：「這地方現在是中壇元帥轄區，他們在外頭要怎麼劃地盤是他們的事，進來裡頭，就不關他們的事了。」他說到這裡，微笑低聲說：「而且你剛剛不是說，小歸老闆要你們造的船，不大合規矩嗎？如果不想以後惹上麻煩，還是聽我的吧，真惹上麻煩，才不會牽連到你們。」

「是是是……」工頭連連點頭，指揮手下將部分關鍵組件、重要工具搬進三合院正廳，跟著在內埕空地上搭起棚架、鋪蓋帆布。

韓杰扠著手看他們施工半晌，想起樹根還留在陽世三合院空地上，便花了點工夫將樹根抱來陰間造船棚子裡。

只見工頭指揮手下捧來個大鐵盆，將樹根放入盆中，倒入藥液，拿著大杓反覆舀起藥液，澆淋露在藥液水面外的樹根部位。他見韓杰扠著手瞧他動作，解釋說：「陽世東西得先經過特殊處理才能用。」

「這我知道，我有另一個問題，這艘船需要武裝對吧，所以太子爺要我去徵收一批軍火，可是……」韓杰還沒問完，手機響起，是陳亞衣打來的，他向工頭揚揚手機，步出棚架接聽。

「韓大哥，我傳一張照片給你，你看看這是不是姜家香舖老闆姜連發？」陳亞衣在電話那端這麼說，隨即傳來一張照片，照片裡一個老人，呆愣愣坐在一張鐵椅上，雙手被綁縛在椅後，一旁蹲著廖小年，似乎忙著替老人解開繩子。「他好像老人痴呆，問他什麼都沒反應，但綁架嘍囉說他姓姜，是個紙紮師傅。」

「什麼！」韓杰連忙開啓先前姜連發資料照片，比對一番，確實就是姜連發。他問：「妳在哪裡找到他的？」

陳亞衣說：「我們收到密報，鎖定一個目標，靠著大岳小年的眼睛跟耳朵，一路跟蹤過去，找到這個地方，救出兩個紙紮師傅跟三個王船師傅；幾個嘍囉都被制伏了。順風耳將軍降駕在大岳身上，正押著那些嘍囉問話……」陳亞衣說到這裡，突然拉高分貝，急急說：「韓大哥，順風耳將軍有話要跟你說！」

「好。」韓杰點點頭，聽電話那端傳來順風耳說話聲，立時問：「需要我過去幫忙？」

「不！」順風耳急急說：「太子爺乩身，你現在人在南部？」

「是，我在——」韓杰還沒說完，又被順風耳打斷。

「我給你一個位置，離你比較近。」順風耳說：「是一座冥船工廠！有好多造船師傅被關在那邊！」

「我立刻過去。」韓杰奔出三合院，奔向田野上的直升機，向待命駕駛報上位置，急急下令。「去這個地方。」

拾捌

十餘分鐘後，直升機飛至嘉義山區上空——

韓杰仔細盯著手機上小歸提供的陰陽地圖對照APP。

順風耳說的那位置，在陽世算是觀光景點，有座大廟，四周有觀光步道、主題公園和露營區，但在陰間，放眼望去，卻是滿山焦岩黑草枯樹，大廟也如同廢墟一般。

直升機停進那大廟廣場空地上，韓杰下了直升機，一時卻不知該往哪兒找。

「我找到順風耳說的那座廟了。」韓杰撥了通電話給陳亞衣，說：「但是沒看到冥船工廠。」

「這下麻煩了……」陳亞衣苦笑答：「這些嘍囉說他們負責在北部綁人，只知道造船廠藏在那座廟附近的混沌空間裡，具體位置他不知道……韓大哥，你得找出混沌入口、找進混沌，才能見到造船廠。」

「什麼！這怎麼找啊？」韓杰愕然，四顧張望，只見眼前最近的建築是那廢墟般的大廟正殿，四周還有十來座陰森漆黑的廟宇建築，廣場外的山道沿途上也有整排低矮建築，對應著陽世餐廳、雜貨店等商家民居。

韓杰掛了電話，無頭蒼蠅似地四處晃了晃，突然感到身後一股陰氣竄來，他急忙抬頭，只見是隻漆黑怪鳥；那怪鳥在韓杰頭頂盤旋兩圈，飛向大廟正殿。

韓杰朝正殿望去，只見正殿屋簷一角，蹲著個白色的怪傢伙。

那傢伙白衣白髮，戴著白色鬼怪面具，露出面具、衣袖外的臉頰和手，也是白色的。

「……」韓杰摸出兩張尪仔標揉爛一抛，抛起一團金火，回頭吩咐直升機駕駛將直升機駕回市區待命。

他自金火中抓出火尖槍，踩上風火輪，站定不動，等直升機飛遠，這才往那白鬼走去。

白鬼蹲在正殿簷上，見韓杰走來，倏地躍高，竄向正殿斜後方一片漆黑枯林中，這片枯林對應著陽世大廟裡一處景觀庭園。

韓杰追入枯林，只見白鬼飛竄極快，一下子竄到枯林後方兩棟廟宇建築之後，立時踩風火輪疾速追去。

兩棟廟宇建築後方有一處圓形水池，池水漆黑渾濁，中央突起平台上立著一座破損佛像。

韓杰追到水池前，只見白鬼蹲在那佛像頭頂，像隻猴兒般朝四周大樹比手劃腳。

韓杰注意到，這水池四周瀰漫著淡淡陰氣，幾處樹叢深處隱隱有些騷動。

白鬼指指腳下佛像，臉上那只白色鬼面具，嘴巴咧開老大，像是在笑。

「……」韓杰一時不明白這白鬼究竟什麼意思，小心翼翼挺著火尖槍逼近水池，只見水池裡有奇異身影游動。

白鬼從衣服中掏出一把符，揚手施起法。

四周樹叢的騷動愈漸大了，水池裡那游動身影也浮躁起來，越游越快，濺起水花，還微微露出奇異背鰭。

白鬼高高站起，扯開喉嚨唱起怪異歌曲，將手中怪符撒了漫天，一張張怪符發出異光，腳下那尊佛像微微震動起來。

白鬼瘋了似地蹲在大佛肩上，用腦袋不停撞著佛像腦袋，每一撞，大佛不但會微微震動，表情也隱隱出現變化。

像是強耐著怒氣。

一張張怪符落進黑水裡，濺起一股股激烈煙霧。

黑水裡的身影像是被那些怪符燒得受不了，唰地竄出水面，是條數公尺長的怪魚，魚身上生著滿滿人臉。

大怪魚彈起老高，張大嘴巴，要咬那白鬼。

白鬼嘻嘻一笑，蹦彈上空，避開大魚一咬，跟著又落回佛像肩上，對著佛像腦袋拳打腳踢。

佛像突然動了，大手一伸，一把抓住白鬼，猙獰張口，咬去白鬼的頭，咕嚕吞下肚。

白鬼的身子在大佛像手中化成白煙，轉眼消散，大佛像卻像是吃壞肚子般捧腹嘔吐起來。

池中黑水激烈噴濺，彷如沸騰一般，佛像腳下平台緩緩翻轉一百八十度，將大佛像翻倒沉進水裡，翻出一顆巨大奇異魔頭。

那巨大魔頭張著大嘴，嘴中深處透出異光，彷如通往異界的門。

「混沌……」韓杰感到那魔頭大口透出的氣味，確實就是先前經歷過的混沌氣息。

他走近水池，盯著水中怪魚身影，正思索怎麼跨過水池、走進魔頭口中，便見池水嘩啦激烈掀起，大魚破水躍起好高，張口要吞他。

他挺起火尖槍，對準了大魚要刺，但水中又竄出幾條巨大章魚觸手，捲住那怪魚，將大怪魚又拖回池中。

魔頭大口前走出幾個人影，穿著黑色西裝，嘻皮笑臉地對韓杰說：「前面的大哥，您……是太子爺乩身是吧？請問有什麼事嗎？」

「……」韓杰皺眉思索此時究竟是什麼情況，他問：「你哪位啊？這裡什麼地方？」

「這……」那西裝男人笑著搓手，說：「這地方是五蘊企業冥船廠，有執照的，完全合法。」

韓杰問：「剛剛那白色的傢伙是怎麼回事？」

「白色的傢伙……」西裝男人苦笑說：「那是三昧企業的間諜，他們想刺探我們造船機密，三不五時派人來騷擾我們公司……」

「三昧企業、五蘊企業……」韓杰冷冷說：「既然合法，我能進去看看嗎？」

「你……」西裝男人像是有些爲難，問：「天有天法，地有地法，太子爺乩身想進我們公司……有沒有閻羅殿發的搜索票啊？」

「我沒有搜索票，我只有火尖槍。」韓杰搖搖頭，揚了揚手中火尖槍，說：「我要進去觀摩一下你們工廠，你要攔我嗎？」

「我……」西裝男人搓手苦笑，猶豫半晌，說：「我去問問老闆，看他讓不讓你進來，太子爺乩身可以稍等一下嗎？」

韓杰還沒回答，魔頭突然傳出一陣奇異說話聲音——

「讓他進來。」

這聲音聽在韓杰耳裡，似遠似近、忽男忽女、時老時少。

韓杰手機一震，陳亞衣傳來了訊息——

韓大哥！那些嘍囉剛剛招供了，他們老闆是陰間一個老魔王五蘊魔，順風耳將軍說這魔王非常厲害，要你千萬小心！

「……」韓杰瞧了瞧手機，只見四周林間，漸漸有鬼怪探出頭來盯著他。「謝謝提醒……」

「怎麼，不是要下來觀摩？」魔頭大口裡的聲音嘻嘻笑了起來。「聽到我的聲音，怕了？」

一股魔風隨著那聲音，一齊從魔頭大口中颳出，拂過韓杰身軀，幾乎要將他一雙風火輪上的金火撲滅了。

韓杰嘖嘖兩聲，當真有些害怕——畢竟對方是陰間魔王，是他耗盡尪仔標也難以戰勝的對手。

他抬頭望望天，心想不知此時太子爺是否盯著他，跟著，他想起陰間與陽世，天地顛倒，陽世的天空，其實在陰間地底，他低下頭，又是一股魔風迎面颳來，風裡的腥臭熏得他皺起眉頭，強悍至極的魔氣震得他手腳有些發軟。

他嘴巴開始緩緩嚼動，嘴角鼻孔微微冒出火光，抬腳跨上水池邊緣。

「啊！你眞要下來觀摩？」西裝男人有些驚訝，說：「要不要我接你下來？」他說完，大力拍掌兩聲。

西裝男人掌聲剛停，數條巨大觸手轟然竄出水面，捲向韓杰。

韓杰鼓嘴一吐，吐出數條火龍，纏倒每一條觸手。

韓杰抓住其中一條火龍犄角，隨著火龍往前飛竄，腳下風火輪在水面上飛奔，轉眼竄到中央平台魔頭大口前。

「不用麻煩，我自己會走。」韓杰扠手瞪著西裝男人。

西裝男人剛剛拍掌的雙手還沒放下，見韓杰已經站在他面前，不禁愕然，有些結巴地說：「那……那那那……讓我替您導覽吧……跟我來……」他說完，轉身循著巨口裡一條長梯下樓。

韓杰回頭吹了聲口哨，將數條火龍召回，呑進腹中，他知道陰間魔王可不好惹，便不敢輕易撤去火龍，而是令火龍在肚子裡待命，且再摸出一枚九龍神火罩尪仔標塞進嘴裡含著。

「蠢蛋，這魔王要你進去你就進去？」太子爺的聲音自韓杰耳裡響起。

「咦？你怎麼……」韓杰猛地一驚，對於太子爺突然降駕有些驚訝，但也同時像是吃下顆定心丸，微微顫抖的雙腳不再抖了，長長吁了口氣。

「別說話。」太子爺低聲吩咐。「我隱著神力，想看看那魔王囂張嘴臉。」

韓杰點點頭，加快腳步往下，跟在西裝男人身後，來到一處數層樓高的寬闊廠房，裡頭擺放著數十艘建造到一半的冥船，這些冥船之中，小的約莫汽艇大小，最大一艘主力艦，船身超過五十公尺，接近陽世豪華遊艇大小。

「那麼……」西裝男人搓著手，笑咪咪地望著韓杰，說：「太子爺乩身大人，你現在……想觀摩什麼呢？」

「我想觀摩什麼呢？」韓杰單手將火尖槍扛在肩上，似是自言自語，實則是徵詢太子爺意見。

「我無所謂，你想觀摩哪裡都行。」太子爺這麼說。

「我到處看看。」韓杰也不顧西裝男人，扛著火尖槍隨意漫步，接連逛過幾艘大小冥船；他見西裝男人一直跟著他，隨手舉起火尖槍，指著一艘冥船，問：「船上沒有亂裝違禁武器吧？」

「當然沒有。」西裝男人堆著笑臉說：「我們有申請正式造船執照……怎麼會幹不合法的事情？」

「你剛剛說的三昧企業，又是什麼東西？」韓杰想起剛剛那白鬼，忍不住問。「是你們的競爭對手？」

「是啊。」西裝男人點頭說：「那三昧企業處處找我們麻煩，一天到晚侵門踏戶，我們向城隍府告狀也沒用。」

「呵呵。」太子爺壓低聲音對韓杰說：「陰間五蘊魔辛妖、三昧魔闕滅，在摩羅一統天下前就是世仇啦。」

「這樣啊……」韓杰回頭望著那西裝男人，說：「所以那三昧企業，現在應該也在趕工造冥船對吧？」

「是啊。」西裝男人點頭說：「他們的船絕對不合法。」

「你怎麼知道他們的船不合法？」韓杰問。

「因爲他們的執照前兩天被吊銷了。」西裝男人噗嗤一笑。「是我們檢舉的。」他說完，還補充說：「循正當管道檢舉。」

「一切合法啊？」韓杰停下腳步，揚起火尖槍，指著身旁一艘大型冥船，說：「那我可以上船看看嗎？」

「呃……」西裝男人表情有些僵硬，說：「我剛剛有說過……這陰間歸地府管，就算是陰差，要查我們的船，也得要有搜索票……」

「我也說過了。」韓杰也重複剛剛的話：「我沒有搜索票，只有火尖槍。我想上船，你要攔我嗎？」他這麼說的時候，故意大力呼氣，口鼻隱隱透出火光。

「這……」西裝男人再次面露難色，搓手半晌，說：「我……我請示一下老闆，可以嗎？您稍等……」

「我說啊——」剛剛那奇異說話聲音再次響起。「太子爺乩身吶！你專程來這荒山野嶺查我工廠，到底是爲了什麼事呀？」

韓杰感到背後襲來強悍魔力，但他此時腹中呑著火龍，身中藏著太子爺，自然一點也不害怕，緩緩轉身，朝那聲音方向望去。

只見廠房高處辦公室外架高甬道欄杆旁，站著一群人，正中一個矮胖老人，穿著黑金長袍，蓄著一頭長辮，將臉湊在欄杆間隙望著韓杰——正是五蘊魔辛妖。

「我全心趕工造船，只爲了造福陰間子民。」辛妖握著拳頭，氣嘟嘟地說到這兒，似乎覺得將臉貼在欄杆間隙說話有些滑稽，轉頭朝隨從使了個眼色。

隨從立時屈身伏下，將後背當成台階。

辛妖踩上隨從後背，扠著手對韓杰說：「我不記得得罪過太子爺，也不想得罪太子爺，你可以給個方便，隨便逛逛就算了嗎？有需要的話，我可以給你些好處……」

「好處不必了，請你把綁架的陽世活人交出來吧。」韓杰這麼說。

「什麼陽世活人？」辛妖呆了呆，啊呀一聲，從隨從身上跳下，惱火瞪了瞪幾個隨從，朝他們招招手，將他們全招進辦公室。

拾玖

「你們眞上陽世綁架紙紮師傅來教我們工人造船？」辛妖瞪大眼睛，望著辦公桌前幾名隨從。

隨從們你看看我、我看看你，都搖搖頭，其中一個說：「造船的事我們沒經手啊……」

「造船一切細節，都是總設計師跟大富爺負責的……」

「辛……辛妖大王……」其中一個隨從，怯怯地舉手說：「我聽說工廠地下三層，確實藏了幾個陽世活人……」

「什麼？」辛妖大吼一聲，驚怒拍桌，本要大罵，卻又擔心外頭韓杰聽見，壓低聲音說：「怎麼回事？大富人呢？把總設計師給我叫上來。」

「大富爺上北部出差，總設計師請了兩天假……」那隨從這麼說。

「什麼？」辛妖氣得兩顆眼珠子都要從眼眶裡蹦出來般，壓低了聲音，揪著一名隨從領帶，怒氣沖沖地瞪著他說：「這些傢伙領我薪水，一個個都偷懶是吧，今天我若不是心血來潮，來工廠視察探班，你們全下班吃喝玩樂了是吧？」

「我……我……」那隨從無奈說：「大富爺是這兒廠長，總設計師是副廠長，我們這兒的人，全得聽他指揮啊……這也是辛妖大王您的吩咐啊。」

「我的吩咐？」辛妖惱火說：「我這麼吩咐過嗎？」

「是啊。」另個隨從說：「您說……大富爺說的話，就是您說的話，除非您有其他意見，否則在這個地方，就是大富爺說了算……」

「我不是說過……」辛妖雙眼怒得像是要噴出火來，揪著那隨從領帶，將那隨從腦袋拉近至嘴邊，咧開嘴，露出滿嘴利牙，溢出窮凶魔氣，一字一句地說：「不、許、上、陽、世、擄、活、人——我們隨時要跟闕滅開戰啊……你這時候擄陽世活人，不是自找麻煩嗎？」

「不……」那隨從嚇得雙腿發軟，嚷嚷說：「不是我擄的啊……」

「辛妖大王……」另個隨從說：「大富爺說那些活人是他花錢請下來的，是我們的客人，不是強擄來的……」

「那怎麼沒跟我報告呢？」辛妖氣問。

「大富爺說已經知會過您了……」隨從這麼說。

「什麼！」辛妖怒得額頭青筋畢露，整張臉扭曲得已不像人，更像是隻凶惡爬蟲。他拿起桌上電話，撥了個號碼，一等電話接聽，立時問：「大富，我現在在工廠，你是不是在工廠裡藏了些陽世活人？」

「抱歉，大王……」電話那端的聲音緩緩地說：「良禽擇木而棲，我這幾天北上見了闕滅大王。我覺得跟著他，比跟著你，應該更有前途。」

「什麼……」辛妖張大嘴巴，口鼻溢出黑霧，兩枚黃褐眼珠子閃耀起殷紅異光。「大富，你……」

嘎嚓一聲，大富掛了電話。

「喝！」辛妖暴怒一吼，頭臉身軀變形脹大，背脊突出一支支脊柱，活像是隻人形蜥蜴。「敢掛我電話？我最恨人掛我電話……」

「大王！不好啦……太子爺乩身擅自上船啦！」幾個嘍囉衝進辦公室大聲嚷嚷。

「什麼！」辛妖猙獰回頭，又是一聲怒喝，也不走門，直接撞破了辦公室鐵皮壁面，唰地落地，接著兩蹦，蹦得又高又遠，登上了船，垂著一雙滿布奇異鱗片的大手，落在韓杰面前。

韓杰提著火尖槍，站在冥船甲板上一堆木箱前，其中兩箱東西被挑開了箱蓋，裡頭是一枚枚砲彈。

「你不是說你們領有合法執照？」韓杰冷笑問：「執照拿出來瞧瞧。」

一直緊跟著韓杰的西裝男人，見辛妖暴怒變身的模樣，連忙說：「太……太子爺乩身啊，你別鬧……過火了……我們大王是給天上太子爺面子，才客客氣氣待你……你……」

「我怎麼了？我在問你話啊。」韓杰挑挑眉，望望辛妖，又望望西裝男人，用火尖槍接連挑開幾只木箱，指著裡頭砲彈說：「這些砲彈，肯定不合法吧，執照拿出來，我要撕爛它……」

「太子爺乩身吶……」辛妖面目猙獰，走到韓杰面前，此時他這身人形蜥蜴的體型，比韓杰大上一號，說話時一條濡濕長舌不時突出口外。「你無權在陰間執法呀……」

「你擄陽世活人下陰間，我就有權了。」韓杰扛著火尖槍說：「那些紙紮師傅呢？還不交出來？」

辛妖動作飛快，一把掐住韓杰脖子。

韓杰挺起火尖槍要刺辛妖，被他搶下，唰地扔出老遠。

韓杰鼻孔噴氣，噴出一條條火龍往辛妖臉上竄，全被辛妖吐舌捲入口中，嚼滅了火、嚼碎了龍，吞下肚去。

「你這傢伙是狗仗人勢啊……你以爲你有太子爺撐腰，就可以橫著走啦？」辛妖掐著韓杰頸子，提到面前，瞪著他說：「你是不是忘了，你現在在我的混沌裡啊，我這混沌還帶著遮天術啊……那中壇元帥再厲害，看不見你、找不著你，還能替你撐腰嗎？」

韓杰鼻孔又鑽出兩條火龍，張牙舞爪地撲向辛妖，又被辛妖吐舌捲進嘴巴，嚼爛嚥下肚去。

「你這些玩具在我面前，跟零食沒兩樣……」辛妖打了個飽嗝，笑嘻嘻地說：「我有點餓了，還有沒有龍呀？」

「有……」韓杰被辛妖掐著脖子，漲紅了臉，微微點頭，鼻孔又一噴氣，又噴出一條火龍。

辛妖再次甩舌將火龍捲入口中，但才咬著龍首，立時察覺不妙——

這條火龍，比起先前幾條火龍，滾燙百倍不只。

別說嚼碎吞下肚，口舌都要給燙熟了。

「怎麼……」辛妖想將火龍吐出，但那火龍兩隻龍爪緊緊扣著辛妖雙肩，龍頭不停往辛妖喉嚨裡鑽，就是不肯出來。

「嘔——」辛妖扔下韓杰，揪著火龍身子使勁往外扯，費了好半晌勁，催動三、四次魔氣，終於將火龍從嘴裡拉出，一雙手也給火龍身子燙得焦黑冒煙。

他急急拋開火龍，倏地向後蹦開老遠，還沒站穩，便見到眼前金光閃耀，韓杰已經竄在他面前，一把掐住他咽喉，迎面一巴掌搧在他口鼻上。

辛妖被韓杰這巴掌拍得頭昏眼花，只感到韓杰掌心炙熱如同爆發火山。

韓杰左手掐著辛妖咽喉，右手摀著辛妖口鼻，三昧眞火自他右手掌心湧出，轟隆隆灌入辛妖眼耳口鼻，燒進他五臟六腑。

「嘿。」韓杰嘿嘿笑著，雙眼金光大盛，太子爺的聲音宏亮響起。「你很餓，吵著要吃零食，我餵你吃個飽！」

「唔、唔唔……」辛妖被太子爺灌了一肚子三昧眞火，身軀裡外都給燒得劇痛難當，鼓足全力噴發魔氣，強行抵抗太子爺這三昧眞火。

「這味道眞是噁心……」太子爺像是有些厭惡辛妖被他三昧眞火燒烤出來的氣味，呸了兩聲，將全身燃火的辛妖微微拋起，再一拳擊飛。

全身燒成一顆火球的辛妖，從冥船甲板給打上半空，再落在船廠地板，哀號滾動好一會兒，終於撲滅身上的火，伏在地上回神喘息，仰頭一看，只見韓杰人已站在冥船首尖上，居高臨下瞪著他。

此時韓杰全身金火繚繞，肩臂纏裹著火紅長綾，雙腳風火輪從木輪變成金輪，且長大一圈。

「太……太子爺……」辛妖嚇得兩隻眼睛瞬間黯淡，身子像是洩了氣的皮球般漸漸縮小，又變回那矮小老頭，且全身烤焦。

「你還餓不餓啊？」太子爺附在韓杰身上，站在船首尖端，冷笑揚起韓杰右手，剛剛那被辛妖扔遠的火尖槍，倏地竄回韓杰手中——

原本金黃閃耀的火尖槍，被太子爺揚手接著，槍身上焚起金紅烈火，像是火爐煉鐵般，金黃槍身漸漸發紅，跟著變成亮紅，跟著黯淡，崩出一道道裂紋，落下一片片焦片之後，露出更爲閃耀的金黃槍身，原本樸素的火尖槍槍頭，也變得華麗閃耀，一叢燃火紅纓緩緩飄動，紅纓下方槍桿上，盤繞著九條龍紋。

「爲……爲什麼？」辛妖驚恐問：「這……這裡是混沌，且施了遮天啊……您……是怎麼降駕的？」

太子爺冷笑兩聲，揚手點點韓杰胸口，「他進來之前我就降駕了，你遮著天又有何用？」

「什麼……什麼……」辛妖害怕地縮著身子，退到甲板邊緣，說：「您……您專程下來，又是爲了什麼事啊……」

「別說廢話，我沒時間和你囉唆。」太子爺冷笑兩聲說：「一，把陽世活人交出來；二、這兒不合規矩的傢伙讓我沒收。」

「我……我……」辛妖怯怯地說：「我正想和太子爺您告狀呢……這整間工廠我交給心腹大富負責，但大富背叛了我，投靠闕滅，這間工廠裡的違禁品和活人，全是大富幹的好事，我若不是今天恰好過來視察，根本不知道他把我這合法冥船廠搞成這樣吶……請您給我點時間，我會找出他，好好問個清楚，給太子爺您一個交代……」

太子爺摳摳耳朵，抖抖韓杰左腳，將風火輪轉得飛快，唰地飛竄下船，轉眼落在辛妖面前，揪著他下巴鬍子，將他提起，瞪著他說：「把陽世活人交出來——這話我說第二次了，你想讓我說第三次的話，那我就用這把槍跟你說——」太子爺說，邊用火尖槍身敲著辛妖腦袋，將他那禿頂腦袋又燙出幾塊新焦疤。

「陽世活人、陽世活人……」辛妖扯開喉嚨朝著船下隨從大喝。「你們到底把陽世活人藏在哪兒啊！快交出來啊——」

「在地底！」船底有個隨從這麼喊：「陽世活人都關在地底小牢裡！」

「帶我下去。」太子爺將辛妖扔下船，跟著踩著風火輪蹦到辛妖身邊，瞪著他和周邊隨從，哼哼地說：「這造船廠裡還有地下牢房。」

「都是……」辛妖急急站起，嚷嚷要隨從們帶他去造船廠下層，一面轉頭向太子爺解釋。「都是大富幹的好事，這工廠是他設計的，我都不知道還有牢房……」

「當然了。」太子爺冷笑說：「你這魔王打架夠凶夠狠，可惜蠢笨貪婪，一天到晚幹傻事，千百年來都被那三昧魔壓著打，後來和三昧魔接連敗給摩羅，讓摩羅一統陰間；現在，你趁摩羅失勢，想要復出，結果連間工廠都管理不好，眞是廢物。」

「……」辛妖聽太子爺譏諷，雙眼又閃耀起怒火，腦袋身形不停變化，一會兒大一會兒小，像是強行壓抑心中怒氣。他回頭偷瞧韓杰，見韓杰一雙眼睛金光閃閃盯著他，彷彿看穿他心思，連忙轉頭避開太子爺視線。

幾個隨從領著辛妖和太子爺轉進一條深長甬道，一路向下，來到一處倉庫，只見一間間倉庫裡全是槍砲軍火。

「哇……」韓杰走過幾間庫房，見到巨量庫存軍火，問：「老闆，這批傢伙看起來，應該比啖罪那批更棒啊……」

「……」太子爺冷笑道：「辛妖，你囤這麼多軍火，足夠將你那些船，從甲板武裝到船底啦。」

「這……」辛妖似乎也對這巨大庫房裡堆積如山的軍火武器感到吃驚，連問隨從。「這到底怎麼回事？」

「大富廠長說是您進的貨。」隨從答：「前些天每日不停有貨運進來，我們整間廠上下光是搬貨就累死啦……」

「太子爺啊……」辛妖回頭對太子爺說：「您聽見啦，全是那大富想要栽贓嫁禍我啊……」

「哼。」太子爺沒有理會辛妖控訴，隨著他走至最後幾間庫房，盯著一個隨從取鑰匙開了門，果然見到裡頭鎖著六個陽世活人。

這些陽世活人手腳受縛，眼上蒙著符，深深沉睡著。

太子爺一揚手，將混天綾甩進小牢，捲出六名陽世活人，然後召出一頭大豹、捏出條金繩，用金繩將六名活人綁在大豹背上，盯著辛妖問：「還有沒有啊？」

辛妖轉頭吼那隨從：「還有沒有呀！」

「我……我不清楚……」隨從連連搖頭。「應該沒有了吧。」另個隨從說：「這幾個人是隨著那些貨一起運進來的，大富廠長說是大王您的貴賓，說派了專人伺候他們，我們平時也不清楚小牢裡的情形，也不敢過問大富廠長，他很兇……」

「他兇？他兇得過我？」辛妖朝那隨從露出一張蜥臉怒容，嚇得隨從貼在牆上不停哆嗦。

「你不清楚是吧，那我自己找，要是被我知道你另外偷藏了東西，哼哼、哼哼哼……」太子爺搖搖火尖槍，槍桿上龍紋耀出金光，九條火龍轟隆隆竄出，依照太子爺吩咐，在庫房各處飛梭搜尋。

「還愣著幹啥？也幫忙找人啊！」辛妖也急忙指揮隨從檢查每一間軍火庫房深處，還有沒有其他隱密小室，或是能夠用來裝藏活人的大箱子。

十餘名隨從分散在各間庫房裡找了半晌，突然紛紛叫嚷起來：「大王、大王……不對勁啊……」

「怎樣不對勁？」辛妖瞪大眼睛問。

「辛妖啊……」太子爺領著大豹，站在一間庫房裡幾箱軍火前，盯著一只大箱裡的一只方盒，方盒上有只計時裝置，太子爺冷冷說：「看來你那心腹廠長，不只背叛你，還想炸死你啊……」

太子爺剛說完，吹了聲口哨，全身金光閃耀。

四周火龍全聚回太子爺身邊，在太子爺和揹負六名活人的大豹周邊環繞成球形，猶如一座球形牢籠。

「什麼……」辛妖尚未理解太子爺這麼說的意思，跟著聽見後方幾間庫房傳出爆炸聲。

下一刻，巨大的震波轟上辛妖全身。

倘若是一般山魅鬼怪，被這震波轟過，瞬間就魂飛魄散了。

但辛妖終究是地底魔王，本能地釋放魔氣抵禦爆炸震波。

四周天旋地轉，爆炸一記接著一記，彷如海浪，永無止盡。

且一波波爆炸，可不只是單純的爆炸，還混雜了各式各樣的毒咒、各種破解防身法術的咒、破解混沌的咒，甚至是專門針對辛妖弱點的咒。

辛妖被炸得頭昏眼花，總算明白太子爺剛剛那句話的意思。

他的心腹不只是單純投靠三昧魔，而是想帶著大功投靠辛妖的千年死敵。

「大富……闕滅……」辛妖鼓足了全力催動魔力護體，漸漸失去了意識。

□

「起來，別給我裝死！」

辛妖隱約聽見太子爺說話，還迷迷糊糊，突然感到臉頰熱燙劇痛，哇的一聲從地上彈起，只見四周是一片漆黑枯林，太子爺領著負人大豹，站在他身旁，冷冷望著他。

「怎麼了？怎麼回事？」辛妖掙扎站起，連連喘氣，只覺得身子虛弱疲軟，撲通又坐倒在地。

「不愧是勉強能跟摩羅、喜樂相提並論的魔王啊。」太子爺冷笑說：「剛剛那爆炸，足夠炸燬整座閻羅殿了，竟然沒炸死你，看來我低估你了，我應該趁爆炸前，和你打久一點兒，我好久沒認真打架了，手很癢吶……」

「我……我哪裡打得過您吶……」辛妖見韓杰兩隻眼睛金光閃閃，臉上浮現興奮神情，知道太子爺沒有說笑，是當眞手癢難耐，他害怕地撐著身子後退，一面左顧右盼，只見四周原本是他那冥船工廠入口外的水池，但此時水池、魔頭和佛像皆已消失，只剩一圈低窪凹坑，驚恐得喃喃自語：「我的工廠、我的嘍囉們呢……」

「全炸沒啦。」太子爺聳聳肩，扛著火尖槍一步步走向辛妖。「五蘊魔辛妖啊，你說我該怎麼處置你呢？你強擄陽世活人、私藏巨量軍火，還計謀炸死本元帥……」

「什麼！」辛妖聽太子爺細數他幾項罪名，可是冤枉到了極點，不再撐著身子後退，反而掙扎向前爬，爬到韓杰面前，伸出兩隻枯老焦手，抓著韓杰牛仔褲，嚷嚷哀求說：「太子爺大人，你這不擺明冤枉我嗎？整個過程你親眼見著，我被手下背叛設計，差點連我都給炸死啦！我幹嘛拿自己的工廠和自己的命來炸天庭神明啊！」

「我才懶得管這麼多。」太子爺這麼說：「光憑你過去所作所爲的千分之一，我都能一槍刺死你了。不過嘛——」太子爺盯著辛妖，冷笑說：「我總覺得，一槍刺死你實在便宜你了，我其實應該放你一馬。」

「啊……」辛妖聽太子爺說要放他一馬，連忙叩頭答謝，但一時卻又不明白，爲何一槍刺死他比放他一馬更便宜他？

「你那心腹幫著闕滅炸了你的冥船工廠，炸傷你大半魔力，顯然盤算很久了。」太子爺笑著說：「你其他地盤大概也逃不出闕滅手掌心了，你很快就會一無所有、會落在他手中——闕滅動手宰你，應該比我宰你，要殘忍千倍萬倍啦，嘻嘻。」

辛妖頹喪跪地，面如死灰，一想起闕滅過往處刑手段，再想起自己和闕滅多年過節，當眞有股衝動求太子爺一槍刺死他算了。

「這樣吧，我可以給你機會。」太子爺揚手一轉，捏出一道金符，說：「你當我陰間線人，替我跑跑腿、探探消息、找一個人。如果闕滅欺負你，你燒了這張符，我會派這小子下來幫你，必要的時候，我會降駕教訓闕滅。」

「啊……」辛妖聽了太子爺開出的條件，起初呆愣半晌，但仔細想想，似乎不虧，連忙磕頭道謝。「多謝太子爺施恩，太子爺有什麼吩咐，辛妖我赴湯蹈火！」

「我話說在前頭。」太子爺說：「這只是我給你的臨時機會，你今後命運如何，仍然看你所作所爲。今天之前的事，我先擱著，暫時不和你算帳，今天之後，你要是再幹壞事，我不但不饒你，還會加倍責罰呀。」太子爺這麼說的時候，舉著火尖槍在辛妖面前晃呀晃的，槍上火龍不時吐口火出來，將辛妖的臉都燻得焦了。

辛妖忍著三昧眞火燒灼之痛，動也不敢動，不住說：「太子爺吩咐，我一定謹記在心……啊對了，您剛剛說，您想找什麼人？」

「一個不知好歹的陽世活人。」

貳拾

「你眞要收魔王當線民？你相信那傢伙會改邪歸正？」

坐在直升機上的歸途中，韓杰忍不住這麼問太子爺。

「當然不相信。」太子爺冷笑回答：「那傢伙情勢不對低頭下跪，情勢大好囂張跋扈，千百年來都是一個德行，我只是利用他害怕闕滅找他算帳這點，讓這蠢魔王替我跑跑腿、蒐集點風聲——在底下能幹到魔王的傢伙也沒幾個，消息應該比我現有眼線靈通不少。」

太子爺說完，又快速吩咐幾項瑣事，便退了駕。

韓杰令直升機駛去王船大廟，下了直升機，從廟宇廁所開了鬼門返回陽世，下倉儲探探班，想將姜連發獲救的事告訴小姜。

但小姜已經先一步得知消息，也不驚訝，隨口應付幾句，又全心和小范鬥嘴吵架。

韓杰在旁觀戰半晌，快分不清楚小姜小范究竟是來造船還是來吵架的，他忍不住嘀咕說：「你們乾脆一人造一艘船，誰也別干涉誰，說不定更有效率。」

小姜小范倒是一致同意韓杰這說法，這是他們合作至今，意見最一致的時刻。

其他師傅聽了只是搖頭嘆氣，有個說：「范姜兩人一人造一艘，其他人合造一艘，一共三艘，這樣更好……」這師傅說的話，立時獲得更多人附和。

韓杰見這地下倉儲工作氣氛比化糞池氣味還糟，也不願久待，走出大廟，和香客大樓的阿福簡單通了電話，確認一切無事，便準備返回黃家三合院。

「嗯？」韓杰遠遠見到黃有孝牽著腳踏車，低頭默默走在路邊。

一群大小孩子圍著他笑，有的還伸手往他菜籃裡掏摸，都被他揚手撥開。

「白痴，你除了白痴，還很小氣耶，分我們一點又不會怎樣，白痴！」一個矮瘦少年，也不怕人高馬大的黃有孝足足高他一個頭，揮肘拐了黃有孝後腰一下。

黃有孝也沒停下腳踏車，只是揉揉腰，笑著道歉說：「不好意思……這些菱角、花生跟草仔粿，是阿嬤要我買給阿公的，都是阿公喜歡吃的東西……」

「你阿公不是死很久了？」另個少年問：「你阿嬤要拜他喔？今天是他祭日喔？」

「不是……是阿公他……嗯……」黃有孝支吾半晌，咧嘴一笑，說：「阿嬤說……不能跟別人說……」

「什麼啊！」「白痴喔！」五、六個少年們起著鬨，不停推著黃有孝肩頭。

一個年紀比周遭少年大上幾歲的青年，身形削瘦，但個頭倒是和黃有孝一般高，他口裡嚼著檳榔，伸手搭上黃有孝的肩，說：「你阿嬤要你出來買阿公愛吃的東西啊？」

「對啊。」黃有孝點點頭。

「吶。」青年摸出一根菸，湊近黃有孝嘴邊。「來一根吧。」

「我不抽菸。」黃有孝搖搖頭。

「那要不要口香糖？」青年收起菸，掏出口香糖遞向黃有孝。

黃有孝還是搖搖頭，說：「阿嬤說，不能隨便吃陌生人給的東西……」

「我又不是陌生人，我們是朋友啊……」青年呵呵笑著，撥開口香糖包裝紙，往黃有孝嘴巴湊，一面說：「你阿嬤要你出來買東西，她給你多少錢？你阿公只吃菱角嗎？吃不吃檳榔？抽不抽菸？」

「我阿公不抽菸、也不吃檳榔……」黃有孝搖搖頭，像是想跨上腳踏車離開。

那青年按著黃有孝腳踏車龍頭，說：「你怎麼知道你阿公不抽菸？不吃檳榔？說不定他很愛啊……你口袋還剩多少錢，要不要買點檳榔回家孝敬你阿公？」

黑瘦少年掏出一只檳榔盒搖了搖，喀啦啦地響，裡頭似乎只有一顆。「一顆算你五百，你要幾顆？」

「一盒草仔粿一百塊、兩斤菱角一百四十塊、兩斤花生一百塊，一共三百四十塊……阿嬤給我五百塊，還剩一百、一百……」黃有孝有些惶恐，但仍咧著嘴巴，維持笑容——他記得老師曾經說過，面帶微笑，大家就會喜歡他。

「一百……」他喃喃應話，似乎忘記自己還剩多少，伸手掏了掏口袋，望著掌上零錢，對青年說：「一張一百塊，六個十塊……我還剩一百六十元……」

「成交。」黑瘦少年搶下黃有孝那一百六十元，將那檳榔盒塞給黃有孝。「算你賺到。」

「我……我不要買檳榔……」黃有孝有些著急，伸手想搶回他那一百六十元，黑瘦少年卻像隻猴兒般蹦彈跳開。

「喂！回來！」嚼著檳榔的高瘦青年朝少年大喝一聲，將他喚回，拍了他腦袋一巴掌，搶回一百六十元，塞還給黃有孝，摟著他肩膀，說：「別理他，他很壞。我問你，你阿公死多久了？」

「我阿公……死很多年了……」黃有孝喃喃應著，像是在思索黃吉究竟死了多少年。

「好好好，先別管他死多少年。」青年攬著黃有孝肩膀，將他硬往前方一條巷子裡推，笑嘻嘻地說：「你阿公撿骨了嗎？需要一座塔位吧？我看你阿嬤年紀也不小了，她以後也需要一座塔位，你孝順阿公阿嬤嗎？我有一些便宜的塔位，專門賣給孝順的孩子，你阿嬤知道你這麼孝順，一定很開心……」

他將黃有孝硬帶入死巷，從口袋掏出一張紙，攤開，是一張契約。

一旁一名少年立時掏出一盒印泥，揭開。

「阿嬤說……」黃有孝見那青年拉著他的手去按印泥，急忙出力抵抗。「不可以隨便在陌生人紙上簽名，也不能按指印……」

「你阿嬤廢話怎麼那麼多？」青年抓著黃有孝的手要按印泥，卻感到黃有孝力氣比他想像中大。「這也不行、那也不行……」

「阿嬤說我頭腦不好……」黃有孝著急說：「隨便簽名，會被騙……」

「……」青年見壓不下黃有孝的手，朝少年使了個眼色。

「哈！」少年托著印泥，湊向黃有孝的手，按了他滿手殷紅。

青年順手將那契約蓋上黃有孝手掌，然後揭開，退開兩步，檢視著契約——契約上那掌印雖不完整，但拇指和食指的指紋倒是印得十分清楚。

「你阿嬤說的沒錯，你眞的很笨。」「他是白痴。」少年們哈哈大笑。

「我……我……」黃有孝望著手上殷紅，心中委屈，望著青年手上那張契約，說：「我沒有要跟你簽合約，你那張不算數……」

「算不算數，等你阿嬤跟我大哥談囉。」青年轉頭問那黑瘦少年：「你知道他家地址電話？」

「知道啊，在地瓜田那邊，他家電話是——」黑瘦少年笑著報了個電話。

「好，電話姓名地址我們替他寫。」青年晃了晃合約，鼓嘴吹著未乾的掌印，對嘍囉們說：「去他家找他阿嬤，看他阿嬤要花錢解約還是買下來。」

「說不定會買下來喔。」黑瘦少年笑著說：「他阿嬤也是白痴。」

「我阿嬤不是白痴！」黃有孝難得露出怒容，指著青年手上的契約說：「我沒有要簽名、沒有要蓋手印，你那張不算！不算、不算——」

黃有孝一急，上前要搶青年手中的契約，卻被青年抬腿蹬在腹上，搗著肚子跌倒在地，連帶將他腳踏車也撞翻倒地。

「哈哈哈！眞是白痴耶——」少年們本想湊上去多補兩腳，但被青年喊停，要他們別浪費時間，領著他們往死巷外走，要去找林嬌。

韓杰雙手抱胸站在巷口，默默望著青年手上那張合約。

他從大街一路跟到巷口，本想看看黃有孝如何應對這類無禮騷擾——他知道自己不會永遠守在黃家、守著黃有孝，幫得了他這次，卻幫不了他一輩子；他見黃有孝乖乖遵守阿嬤吩咐，不隨便吃東西、不簽約，幾乎無可挑剔，但見這些人開始動手來硬的，便不得不插手了。

「嗯？」青年見韓杰突兀站在巷口，也不讓路，便伸手朝韓杰胸口一推。「閃開！」

韓杰被青年伸手推著，卻一動不動，青年推不動韓杰，瞥了身旁少年一眼，覺得臉上無光，臉頰一鼓，將滿嘴檳榔汁連同檳榔渣全吐在韓杰腿上，朝他嚷嚷喝罵一大串髒話，揚手指著黃有孝：「幹嘛？我跟小朋友做生意，你有意見？」

「我沒意見，我只是替他阿嬤叫他回家吃飯。」韓杰這麼說，探頭朝黃有孝喊：「有孝，你阿嬤有事找你，要你快點回家。」

「喔……」黃有孝連忙扶起腳踏車，拾起幾袋菱角、花生和草仔粿，走過韓杰身旁，望了那瘦高青年一眼，哽咽對韓杰說：「我沒有跟他簽約……」

「我知道，我看見了，我幫你處理合約。」韓杰點點頭。「你先回去，你阿嬤急著找你。」

「好……」黃有孝連忙跨上腳踏車，往三合院騎。

青年揚手搭上韓杰肩膀，掏出那張蓋上掌印的契約，哼哼說：「你說替他處理這張？你要不要看清楚。」

「四座塔位？」韓杰瞧了瞧合約，問：「所以一共多少錢啊？你合約上怎麼沒寫清楚？」

「哦？」青年似乎沒料到韓杰問他價錢，呵呵兩聲，指著合約上幾處空格，說：「普通塔位一座三萬二，四座十二萬八；豪華蓮花塔位一座四十六萬八，四座一百八十七萬二，你要哪種啊？」

「隨便，你決定囉。」韓杰攤攤手。

「眞的假的啊？」青年呆了呆，向身旁跟班少年們要來支筆，像是想在那合約塡上塔位等級和總價。「你認眞的？你要替他付錢？」

「是啊。」韓杰點點頭，問：「還是你要我蓋指印？行。」

「這麼爽快！」青年有些傻眼，立時又掏出一張新合約，令少年揭開印泥，托向韓杰。

韓杰指了指那蓋有黃有孝掌印的合約，說：「我可以用我的身分買，但是他那張你還給我。」

「好啊。」青年大方將黃有孝那張合約遞給韓杰。

「那弟弟父母跑路，爺爺死了，從小和奶奶相依爲命，加上生病腦筋不靈光……」韓杰接過黃有孝的合約，撕成數塊塞進口袋，跟著伸指按了按印泥，在青年遞來那張空白新合約上，蓋上一枚清楚指印。「你這樣做他生意，良心不會不安？」

「良心？」青年拿回合約，鼓嘴吹乾，瞪眼大笑問身旁幾個少年跟班。「那是什麼東西？」

「是什麼啊？」「我也不知道。」少年們哈哈起鬨，剛剛那黑瘦少年，還伸手推了韓杰胳臂，嚷嚷說：「能吃嗎？」

「好好好。」青年一手拿筆，一手托著合約，笑著問韓杰。「你要一個三萬二的普通塔位，還是四十六萬八的蓮花塔位？」

「隨便啦，你替我選囉。」韓杰說：「選完帶我回你公司見你老大。」

「啊？」青年呆了呆，警覺地望著韓杰半晌，說：「你是條子？」

「不是啊。」韓杰搖搖頭。

「那你見我老大幹嘛？」青年問。

「這樣大家都方便嘛。」韓杰說：「要不然我過兩天付不出錢，你們還是得想辦法找到我，扣我身分證健保卡，抓回公司毒打一頓拍裸照什麼的，那不如現在就帶我回去，大家心平氣和坐下來談怎麼分期還錢，不是比較省事嗎？」韓杰這麼說，還掏出皮夾，拿出身分證、健保卡和駕照遞向青年。

青年傻眼接過韓杰證件翻看幾眼，喃喃唸：「韓……杰……」

「哇靠……」少年們驚訝到笑了，嚷嚷起鬨：「這人是肥羊還是白痴啊？」「該不會是那白痴的親戚，也是白痴吧？」「他們家有白痴基因？」

「……」青年狐疑走遠幾步，取出手機撥給自家大哥，低語半晌，掛上電話對韓杰說：「老大說沒問題，他也想看看你這奇葩。」

「好。」韓杰笑笑點頭。

貳壹

半小時後，青年領著幾名少年，分乘幾輛機車，在一排低矮公寓前停下。

韓杰自那青年後座下車，幾名少年領著韓杰來到一樓鐵門外，按下電鈴。

韓杰瞧那鐵門上還貼著一塊招牌，上頭寫著——天七企業社。

裡頭有人開了門，招呼大夥兒進屋。

韓杰踏入玄關，還不忘回頭吩咐關門那小弟。「喂，把門鎖好啊。」

「啊？」那小弟皺了皺眉，一時不明白韓杰意思。

「我叫你把門鎖好。」韓杰說：「我來跟你們老大談錢、談生意，不想有人打擾。」

「快鎖門。」青年回頭大聲吆喝那小弟。「他是奇葩，照他的話做！」

「哈哈！」一群少年幫腔起鬨：「懷疑啊！奇葩大大要你鎖門你就鎖門！」「快鎖門！」

那小弟乖乖照做，將鐵門上五、六道鎖全鎖上了。

「奇葩，你滿意了吧？」青年笑著拍拍韓杰肩膀。

「滿意。」韓杰點點頭，隨口問：「好了，哪位是老大啊？」他問歸問，但其實一進門便已盯著客廳後方一張大辦公桌後，那個穿著花襯衫、西裝褲，戴著金錶金項鍊，一副大哥模樣的中年男人。

中年男人還持著電話講個不停，見韓杰望著他，笑著向電話那端說：「張董，我小弟把奇葩帶來了，我先和他聊聊，晚點再跟你說。」

中年男人掛上電話，大笑起身，向韓杰招手。「來來來。」

韓杰走到中年男人面前，扠著手，回頭望那拿著他那張合約的青年，說：「所以我現在總共要付多少錢吶？」

「蓮花塔位一座四十六萬八，四座總共一百八十七萬二。」青年捏著合約，大搖大擺走到韓杰面前，笑著拍他肩膀。「所以你想怎麼還啊，奇葩？」

「扣掉你弄髒我褲子的清潔費之後，多退少補。」韓杰指著腳下被那青年吐紅一片的牛仔褲，對那中年老大說：「這是被你手下弄髒的。」他說完，拍拍青年的肩。「老弟，敢做敢當，你不會不承認對吧。」

「啊？」中年老大一臉困惑，問那青年：「你弄髒人家褲子？」

「呃……」青年料想不到韓杰這時才開始追究他那口檳榔汁，儘管訝然，卻也沒否認。

「是啊，一件破牛仔褲了不起算你兩千，所以你還欠一百八十七萬啊，奇葩老哥。」

青年一面說，還伸手在韓杰臉上拍了兩下。

第三下，被韓杰扣住手腕。

韓杰哈哈笑說：「兩千？不對喔，這是我老婆送我的生日禮物，在我心中，值一億啊，多退少補，你要補我多少，你、算、算、看——」

韓杰這麼說時，左手扣著青年的手，右手往青年臉上拍了拍，拍得十分大力，啪啪作響。

「幹——」青年驚怒朝韓杰揮拳。

韓杰撇頭扭身，揪住青年胳臂，一記過肩摔，將他重重摔在中年老大辦公桌上，嚇得那中年老大從椅子摔下地。

「嘩——」「是怎樣啦？」「怎麼突然幹起來啦？」天七企業社裡騷動起來，青少年們吆喝圍了上來。

「你、你……」那青年癱在辦公桌上摀腰想罵人，又被韓杰揪著頭髮拖下桌。

韓杰用胳臂勒著那青年脖子，從他口袋摸回自己剛剛交出的證件，緩緩轉圈，環視一群齜牙咧嘴的青少年，笑著問：「一億減一百八十七萬二是多少？說啊！」

他接連問了幾遍，見無人回答，便鬆手放開那青年頸子，一腳踹在他後背上，像是打保齡球般，踹得那青年往前撲衝，撞倒好幾人。

「他不是來還錢的，他是來亂的，給我打死他——」中年老大掙扎站起，暴怒下令，話還沒講完，臉上磅啷一聲，被韓杰擲來的玻璃菸灰缸結結實實砸中鼻子，摀著炸血鼻子倒地哀號。

「我不是來亂，是來談生意的。」韓杰左手接著一名少年砸來的鋁棒，右手揪著另個少年手中鐵管，磅磅兩腳，踢在兩名少年腰上，將少年踢退老遠，搶下鋁棒和鐵管。

他左手倒轉鋁棒，噹噹地和右手鐵管互敲了敲，哼哼冷笑。「你們不是開公司做生意？連帳都不會算，一億減一百八十七萬二，沒人算得出來是吧？沒關係我一個一個問——」

韓杰舉著鋁棒鐵管四處追打整屋青少年，將他們一一擊倒在地，逼他們算數，少年們起初抄傢伙扛椅子要和韓杰拚命，但交手一陣，發現眼前的韓杰就和電影裡超級特務、武俠高手一樣厲害，誰拿東西砸他，他就追著那人痛打到對方倒地不起。

有些少年驚恐要逃，但門窗外守著一批模模糊糊的奇異身影，少年們開窗、開門，就有一堆手伸來抓他們的手，將他們推回屋內——

原來韓杰早在青年機車上便捻香灰施咒召集老鄰居跟來支援。

韓杰噹地擊倒一個胖壯少年，轉身走向剛剛欺負黃有孝的黑瘦少年，黑瘦少年急忙拿出手機亂按，見韓杰走到他面前，立時舉起手機，害怕求饒說：「我……我算出來了！九八一二八……零零零……」

「零你媽個頭！」韓杰一棒將他手機打落，喝問：「多少！」

「九……九千八百……八百……嗚嗚我不知道啦！」黑瘦少年摀著被鋁棒打腫的手，嚎啕大哭起來。

「就算你們九千八百萬好了。」韓杰用鐵管輕敲著少年的頭。「你想怎麼還？」

「我……我沒那麼多錢啊……」黑瘦少年哭著求饒。

「你沒錢賠我褲子？」韓杰舉著鋁棒，抵著黑瘦少年胸口，問：「那黃有孝奶奶就有錢買你們的破塔位嗎？」

「我……」黑瘦少年嚷嚷哭著：「我怎麼知道她有沒有錢！」

「現在知道了吧！」韓杰噹地再一棒敲在那黑瘦少年手上，敲得他倒地摀著手暴哭；韓杰轉身追打逼問其他青少年。「那你呢？你有沒有錢？你也沒錢？操！」

韓杰一路打回辦公桌，將那拿著電話躲在辦公桌後求救的中年老大拎出，持著鋁棒敲他屁股，喝問：「你到底有沒有發薪水給他們？」

「有有有，我有發！」中年老大跪地求饒。「三節獎金都沒少給……」

「勞健保呢？」

「勞……勞健保？」中年老大囁囁說：「快了快了，就快要去替他們辦了……」

「很好。」韓杰彎腰盯著那中年老大，問：「那我的九千八百萬，你想怎麼還？」

「九……九千八百萬？」中年老大問：「為什麼要我還……你九千八百萬？我……我什麼時候欠你錢了？」

「什麼時候欠我錢？」韓杰從桌上拿起本筆記本，撕下一頁，拿筆寫下——

本人欠款九千八百萬

韓杰寫完，拋下筆，捏著中年老大手指，往他臉上沾了沾鼻血，在那紙頁蓋上指印，揪著他的頭髮，讓他看清楚借條。「你剛剛蓋下指印的時候欠的。」

「什……什麼……」中年老大瞪大眼睛。「你……你這樣跟搶劫有什麼分別？」

「你們不就這樣賣塔位嗎？」韓杰問：「我是搶劫，你們是什麼？」

「你……你到底想怎樣？」中年老大氣喘吁吁地說：「你那張合約我不要了……今天的事我也不追究……這樣行了嗎？另外再賠你一條新褲子，最高級的，可以嗎？」

「當然不行。」韓杰嘿嘿一笑，大力拍拍手，扯開喉嚨說：「小明，進來吧，換你們接手。」

那中年老大聽韓杰這麼喊，本來不知道什麼意思，但見辦公室壁面竄入十來個模糊身影，有老有少、面目猙獰，可嚇得不停哆嗦。

「我趕時間，換他們伺候你們。」韓杰拍拍中年老大的臉。

王小明飄到韓杰身旁，望著地上那中年老大，問：「韓大哥，這也是個神棍？」

「不是神棍，是群流氓。」韓杰隨口說：「逼人簽合約，賣塔位。」

「那你要我們怎麼處理？」一個乾奶奶問。

「一樣。」韓杰說：「找出帳本，一個個退款，沒錢就抄家，能賣的全賣了。」他這麼說時，將那九千八百萬借條摺起收入口袋，拍拍中年老大的臉，說：「你把該退的錢都退了，欠我的這筆帳就勾銷，以後好好做人，不然我這奇葩，還會再來找你泡茶。」

「你……你到底是誰？等等你別走啊，這些傢伙是什麼鬼啊？」中年老大見韓杰說完，頭也不回就走，四周本來倒地哀號的青少年們一個個站起，陰森恐怖地朝他走來，將他從地上架起，嚇得那中年老大驚恐嚷嚷：「你們怎麼了？怎麼一個個像鬼上身一樣？」

「答對啦！」王小明附在那吐韓杰檳榔汁的青年身上，湊近中年老大，顯露自己眞面目，還刻意七孔流血、兩眼血紅。「本來就是鬼上身喲。」

中年老大嚇得尿濕了一褲子，被眾嘍囉壓在辦公椅上逼問帳本和身家財產。

貳貳

五天後的深夜，韓杰扠著手，站在黃家三合院陰間內埕空地棚架外，盯著棚裡那艘即將完工的冥船，只覺得這艘「船」，怎麼看怎麼古怪——

船身約莫六公尺長，前半截銳長如同槍頭；後半截兩側，加裝著月牙形甲板；整艘船形狀乍看之下，猶如一只方天戟的戟頭。

更奇特之處，是這槍形船頭、月牙形甲板上，各自挺著一隻半身紙紮壯漢，這三隻紙紮壯漢模樣凶惡，嘴角生著獠牙，頭上有六枚眼睛，身軀兩側有六隻手臂。

最令韓杰感到困惑之處，在於整艘船上沒有船舵，甚至找不著駕駛座——本來應當是駕駛座的後側中央，此時留出一條兩公尺長、數十公分寬的長形溝槽。

韓杰只能暗暗猜測這艘船尚未完工。

幾聲電話響，是王小明打來報告禪善大師和天七企業社今日最新賠償進度。

「禪善大師夫妻兩間房子跟三塊地，都委託給房地產公司了，其中一間房子快成交了，今天有古董商來他家裡估價，整間房子古董差不多可以賣兩百萬吧。他很走運啊，騙錢買來的兩間房子漲了不少，加上古董全賣掉的話，整本帳本應該差不多可以還清了。」王小明這麼說：「他老婆昨天應徵上賣場店員，他也乖乖工作的話，以後兩人生活應該不是問題。」

「很好。」韓杰問：「另一個呢？」

「賣塔位那些人，十幾個嘍囉幾乎沒有存款，大部分人只有機車、手機比較值錢，老大倒是有房有車，有些存款，但是不夠還給所有人。」王小明這麼說：「要長期逼他們工作還債嗎？」

「不必啦，老大能還多少還多少，嘍囉們的機車跟手機別賣，留給他們方便找工作。」韓杰吩咐：「收工前嚇嚇他們，叫他們以後腳踏實地做人就行了。」

「是。」王小明問：「那我們收工之後過去你那裡支援嗎？」

「不。」韓杰說：「這地方太子爺另有打算，不必特別看守，不過今晚另外有個任務，你們準備一輛貨車，我給你位置，準備好了立刻去附近待命，替我搬一批東西。」

「搬東西？什麼東西？」王小明問。

「一批軍火。」韓杰答。

「搬軍火？」王小明不安地問：「安全嗎？會不會有危險啊？」

「我會先把該打的架打完了，才讓你們動手搬……這樣夠安全吧！」韓杰走出陰間三合院，走向荒田裡的直升機。

兩個陰差佇在路邊公務車旁，見韓杰要搭直升機，大聲問：「太子爺乩身，又要出去忙啦？」

「是啊。」韓杰望了他們一眼，登上直升機。

兩個陰差恭恭敬敬站在公務車旁，仰頭目送直升機起飛。

十來分鐘後，直升機飛抵一處偏鄉小鎮，挑了個空曠地方降落，韓杰令直升機駕駛待命，獨自循著山郊小路上山。

韓杰走了二十分鐘，來到山腰處，遠遠往山下眺望，可以瞥見山腳下那城隍府——若陳亞衣消息無誤，此時此刻，那間城隍府裡的城隍，應當正帶齊了陰差，準備將私藏軍火送過地道、穿過鬼門，運上陽世山區一座廢棄學校，與買家碰頭。

韓杰撥了通電話給許保強——許保強昨日傍晚就來到這小鎮，今天一早先行登山，在黃昏時抵達那廢棄學校，此時正在學校某處默默待命等韓杰指示。

他倆與陳亞衣沙盤推演數次，不確定那城隍今夜交易規模，不知那城隍府裡是否還藏有更多軍火，便決定讓許保強扮演上山探險的無聊大學生，假意撞破這起軍火交易，倘若城隍或買家企圖對許保強這位「陽世學生」不利，那麼半路殺出的韓杰便有充分理由一路打下陰間，搜索整間城隍府。

韓杰手機一震，陳亞衣傳來了訊息——

韓大哥，我們剛剛收到新消息，今晚軍火買家來頭不小，是三昧魔闕滅，你跟小強千萬要小心！

「怎麼不早說……」韓杰急忙撥電話詢問許保強情況，同時加快腳步上山——為免打草驚蛇，他這次沒有用風火輪，且在身上施下能夠隱匿氣息的法術。

「別心急。」太子爺的聲音自韓杰喉間發出，嚇了韓杰好大一跳。

「哇，老闆你最近很常下來啊！」韓杰乾笑說。

「現在底下群魔亂舞，是非常時期。」太子爺說：「況且三昧魔闕滅上陽世做買賣，天庭主動發令我降駕坐鎮啊。」

「那批軍火裡到底有什麼？能讓地底魔王親自上陽世交易？」韓杰好奇問。

「誰知道呢。」太子爺待在韓杰身中，也不操控他手腳，讓他自行登山，懶洋洋地說：「等等看了便知。」

韓杰加快腳程，奔得氣喘吁吁，又奔了二十餘分鐘，終於見到那廢棄學校外圍設施，他往學校正門方向走，卻被太子爺低聲喝住——

「別動，闕滅已經在裡頭了。」太子爺這麼說，靜默半晌，揚起韓杰的手指了個方向。「往那兒去。」

「嗯？」韓杰照著太子爺指示，矮著身子沿著學校圍牆，繞至校舍後方，從後門溜進學校，低聲問：「怎麼不直接進去逮他？」

「蠢蛋，城隍還沒到呀。」太子爺這麼說，揚手指路，令韓杰翻過破窗，鑽入教室，再從長廊登至三樓，蹲在牆沿，探頭往操場望。

許保強坐在操場中央一張童軍椅上，身前擺了只小火爐，火爐上還架著烤肉架，上頭擺著幾條香腸。

在許保強身後百來公尺外司令台高處，站著十餘個黑衣傢伙，一動也不動地望著許保強烤香腸背影。

「你這徒弟是怎麼回事？」太子爺不悅斥責：「闕滅見他這怪異模樣，肯定起疑了！」

「他是鬼王徒弟，不是我徒弟……」韓杰莫可奈何，遠遠見到許保強拿起手機，像是要撥號，立刻將自己手機轉成靜音。

下一秒，果然亮起許保強來電顯示。

他思索半晌，沒有接聽，而是傳了條訊息過去——

你別回頭，別東張西望，買家已經到了，在你背後司令台上。

許保強見到韓杰訊息，哦了一聲，挺直身子有些興奮，但總算記得韓杰叮囑，並沒有太大動作，只捏起一條香腸準備要吃。

許保強和韓杰，一個吃著烤香腸，一個蹲在牆邊，來來回回傳遞起訊息。

我派你來埋伏，你他媽給我在操場生火烤香腸，這樣他們怎麼交易？

我以為韓大哥你要我吸引他們注意，主動綁架我，你才有理由下去燒城隍府，你上次不是這麼說的嗎？

我哪裡是這麼說的！

明明就是啊，不然我們問亞衣姊！

「城隍來了。」太子爺突然低斥一聲，韓杰立時刪去本來打到一半的訊息，只要許保強別輕舉妄動。

「……」許保強嘴裡叼著香腸，全身如往常一樣全副武裝，工作褲數只寬大口袋裡，裝著滿滿的退魔符籙、驅魔符水和鹽米丸子，一雙手牢牢纏著寫滿符咒的手綁帶，背後球棒袋則裝著他那柄遍布修補痕跡的鬼王桃木刀，看來有模有樣。

他感到陰風陣陣，隱約瞥見前方校門浮現出一支車隊。

他沒有抬起頭，倒是記得自己正扮演一個閒來無事上山探險的大學生，應當看不見城隍、陰差。

那漆黑車隊是兩輛轎車和兩輛廂型車，外觀破破爛爛，並非陰差公務車，無聲無息地駛進校門，在許保強數十公尺前停下，車上下來一批便服男人，從廂型車中扛出六只巨大箱子，放上板車，往司令台方向走。

後方司令台上十餘人隨即躍下，居中那男人身材高瘦，一身藏青色長袍，袍上大帽幾乎覆住整張臉，雙腳赤裸踏在草地上——男人露在大帽沿下的臉頰，和袖口、袍底下的手腳，都是死寂的青灰色，且帶著明顯傷口。

這長袍男人身後十餘人，腳底都未踏在地上，而是離地數公分、飄浮在空中。

「哼哼。」太子爺透過韓杰雙眼盯著那長袍男人，冷笑說：「這三昧魔還知道魔王不能直接上陽世，所以附著具死人，當起活屍來著。」

「……」韓杰望著兩邊人馬都往前走，三昧魔那方不僅距離許保強越來越近，離自己所處三樓位置，也越來越近，忍不住問：「老闆，你遠遠就發現三昧魔，那他豈不是也……」

「蠢材，你拿我比閼滅？」太子爺冷冷說：「我隱著神力，也隱去你的人味兒，別說隔這段距離，就算對桌吃飯，他雙眼盯著你，也嗅不著我。」

「可是……」韓杰見兩方人馬，距離許保強更近，依然有些擔心。「小強實在太可疑了……魔王只要懷疑，可能隨手就宰了他……」

韓杰話還沒完，只見三昧魔闕滅突然轉頭，朝他這方向望來，連忙矮身低頭。

「別怕，他不是瞧你。」太子爺低聲說：「是瞧你樓上那些傢伙。」

「什麼……」韓杰咦了一聲，終於發現上方果然隱約有淡淡鬼氣——那不是尋常的鬼氣，而是和此時的他一樣，刻意壓抑著的鬼氣，且不只一兩隻，而是一群。

「我就覺得奇怪——」身披藏青大帽長袍的「屍體」，裂成數瓣的嘴唇微張，一動不動，喉間卻發出尖銳說話聲。「怎地鬼王也來啦？」

「怎麼回事？」「鬼王？」車隊那方人馬聽闕滅開口提醒，這才紛紛轉頭往韓杰上方望去，只見本來空無一物的校舍樓頂牆沿，在闕滅開口之後，緩緩站起一排黑影。

黑影紛紛躍起，在牆沿蹲成一排，個個青面獠牙，是一群鬼。

居中粗矮壯鬼，兩側額頭突出兩支短角、一對獠牙橫出口外，背上揹著一座比他身軀還大上許多的木造小廟，小廟門窗隱隱飄出淡淡的檀香氣息。

「鬼王——」車隊那批人馬見那校舍屋頂一排鬼，各個嚇得魂飛魄散。「那是鬼王？鬼王鍾馗？」「鬼王怎麼來了？」「怎麼消息走漏了？」

許保強聽兩路人馬都喊出「鬼王」名號，這蹩腳戲也演不下去，尷尬站起，和車隊人馬一起望向校舍牆沿上那排鬼影，口裡喃喃抱怨：「老大，你要出場怎麼不降駕出場，要帥帶我一起帥啊……」

「俺主公……」粗矮壯鬼落下地，指著車隊人馬中幾只大箱，沙啞說：「說從來沒見過地府城隍盜賣軍火給魔王，想開開眼界……」

「什麼盜賣軍火……」車隊人馬指著粗矮壯鬼叫罵起來：「你哪隻眼睛看到裡頭裝的是軍火了？」「又哪隻耳朵聽說我們來做買賣啦？」

粗矮壯鬼沒有答話，他背後的小廟傳出一陣雄渾粗野的說話聲，鬼王開口了：「李城隍，你帶著同僚下屬，半夜三更摸上陽世，不是做買賣，難道是上來度假的？」

車隊人馬站出一個矮胖老漢，正是鬼王口中的李城隍，他氣嘟嘟地說：「是啊！我是上來度假沒錯呀，城隍怎麼了？城隍不能度假嗎？」他說到這裡，揚手指著天上渾圓月亮，說：「今天月亮美，帶手下上來瞧瞧月亮，慰勞一下大家。」

「你整間城隍府陰差，都排休在同一晚上陽世看月亮？」鬼王笑呵呵地說：「我底下有些小弟想報案吶。」

「想報案就報啊。」李城隍說：「我那城隍府裡還有值班人員，一切照規矩來啊。」

「好啊。」鬼王呵呵一笑說：「那祝你假期愉快啦。兄弟們，他們賞他們的月亮，我們烤我們的肉。」

鬼王這麼說完，周圍七、八隻鬼舉手吆喝，走到許保強身邊，圍著烤肉架坐成一圈。

粗矮壯鬼將背上木造小廟轉向烤肉架，在廟旁盤腿坐下。

許保強手上捏著半截香腸，見七、八隻鬼一齊盯著烤肉架上剩餘的三根香腸，便又從腳邊塑膠袋裡，挾出兩根香腸，放上烤肉架。

「臭小子。」木造小廟透出鬼王說話聲：「我出動這麼大陣仗陪你烤肉，你身上就帶著這幾條香腸？」

「老大啊……」許保強無奈說：「下次你要帶手下陪我烤肉，事先跟我說一聲，我會準備多一點肉……」

「好，下次我提前跟你說！」鬼王這麼說，點了隻矮鬼，要他用一手銳利指甲切香腸，盡量切得一樣長，讓兄弟們公平享用。

粗矮壯鬼捏起兩截香腸，一截塞進嘴裡，一截放進小廟中。

「不錯，挺好。」鬼王在廟裡吃著那口香腸，吃得津津有味，對著闕滅那路人馬說：「闕滅老兄啊，城隍來賞月，我來烤肉，你又是來幹啥的？」

「……」闕滅附著青藏大袍裡那具人屍，默默走至李城隍人馬前，瞧瞧李城隍身後拖板車上數只大箱，又瞧瞧木造小廟，冷冷說：「我說鍾老弟，我就搞不懂，以你的資歷道行，要是在地底想稱王，早和我們平起平坐，但你不願成魔，又不肯受天庭冊封，寧可窩在陽世當天庭的派遣奴工，千百年來不神不魔，混了這麼多年，還是隻鬼，我就好奇，你這樣，到底有什麼意義？」

「意義？哈哈！」鬼王大笑兩聲。「我當天庭派遣員工不受陰司管轄，無拘無束，今天上天找神明喝酒、明天下地找老友敘舊，隨時隨地都能看夕陽月亮，不用請假，好玩、自由、無拘無束，就是我的意義！」

「……」闕滅走到許保強身邊，冷冷瞅著許保強。

許保強感受到闕滅那陰邪至極的魔氣，本能站起警戒，只覺得渾身發冷，雙腿抖個不停。

「自由？」闕滅冷笑幾聲，說：「你一身道行已經超出天庭規定，平時不能隨意動用真身，得窩在小廟裡，或是透過乩身才能任意行動，這就是你想要的自由？」他邊說，還揚手摸了摸許保強腦袋。「這毛頭小子就是你御用乩身？毛長齊了沒有？」

「幹！早就長齊了！你要不要檢查看看……」許保強惱火伸手要撥，卻覺得腦門一麻，被濃烈魔氣籠罩住全身，令他頭暈耳鳴、渾身發麻。

下一刻，一股雄渾豪氣充滿他全身，驅散那襲入他體內的闕滅魔氣。

同時，他的手自動揚起，撥開闕滅附體那人屍枯手。

「我喜歡自由，有錯嗎？」他喉間響起沙啞聲響，是鬼王降駕開口：「我喜歡陽世，喜歡夕陽、喜歡吹海風，喜歡自由自在對著星星月亮喝酒，怎麼了嗎？要我在陰間那又黑又臭的鬼地方當魔王，我寧可賴在陽世當鬼王。」

「至於這小子，他是我御用乩身沒錯。」鬼王邊說，邊舉起許保強的手，向前一探，伸進闕滅青袍大帽裡，也捏了捏闕滅附身的那具人屍臉頰，笑著說：「你這隻呢？三昧魔闕滅的御用殭屍？嘖嘖，怎不挑好點的身體，你這隻殭屍是怎麼死的，怎全身破破爛爛的？」

鬼王邊說，邊用許保強的手，在闕滅那具人屍臉上摳摳摸摸。

「老大，別這樣摳屍體啊！」許保強驚恐抗議。「你用的是我的手啊……」

「臭小子，老子我難得降駕你身上，不用你的手用誰的手？」鬼王這麼說，又調侃起闕滅。「你看，我這乩身還會跟我對話，你說好不好玩？你這殭屍會說話嗎？叫兩聲給我聽聽啊？」

「……」闞滅默默揭開青袍大帽，露出裡頭那顆破爛腦袋，冷冷說：「我說鬼王吶，我剛剛稱你能和我們這些魔王平起平坐，你當眞了？我如果是你，可不會這麼無禮呀……」

闞滅這麼說時，魔氣陡然高升數倍，一股股魔風向外湧出，吹熄了烤肉架的火，吹得鬼王小廟周圍幾隻惡鬼和李城隍等陰差們，都難受得連連後退。

「失禮失禮，是我不對……」鬼王這才收回手，轉身吆喝手下蹲成一排，全望著李城隍身後數只大箱。

闞滅向身後手下使了個眼色，幾個手下都提著箱子走向李城隍。

李城隍瞧瞧鬼王，連連對闞滅搖手，說：「等等、等等……要不，我們改天吧？」

「改天什麼啊？」鬼王高聲問：「你不是放假上來看月亮嗎？看月亮還改天？你想改哪天？改到下個月月圓那天？」

「我要改哪天看月亮關你什麼事！」李城隍惱火對鬼王說：「你不是要烤肉？你肉都沒了、火也熄了，還賴在這裡幹啥？怎不去做自己的事？」

「我要賴在哪裡又關你什麼事！」鬼王大聲反駁：「我就是喜歡看城隍看月亮，不行嗎？」

「李城隍，別理他了，我很忙的，你開的價碼我帶來了，你點點。」闞滅這麼說，七個手下排成一排，一齊揭開托在手上的大皮箱，裡頭是滿滿的金銀珠寶。「都是極品，夠你揮霍百年了。」

「哦——」鬼王附在許保強身上，蹲在一旁拍手大叫：「李城隍請假上陽世看月亮，竟然有魔王送珠寶給他，這麼好的事怎麼沒發生在我身上？奇怪，太奇怪了！」

「闞滅大王……」李城隍搓著手，瞧瞧鬼王、瞧瞧闞滅，爲難說：「我們……去底下談好了。」

「走走走，李城隍要去底下談，我們跟他去，看他怎麼談！」鬼王吆喝一聲，領著手下站起，扠著手，盯著李城隍一路人馬。

「鬼王，你這是找我碴嗎？」李城隍惱火說。

「我就是找碴，怎樣？我就是好奇你那幾個箱子裡裝著什麼，怎樣！」鬼王指著李城隍身後三只拖板車上六只大箱喊：「打開來讓老子瞧瞧——」

「你憑什麼！」李城隍暴怒大吼。

「你這麼生氣幹嘛？」鬼王攤攤手。「我只是想看你和闞滅一手交錢一手交貨的樣子。你就算現在把箱子帶回城隍府也沒用，我底下的兄弟已經報案了，隔壁鎮上的張城隍、楊城隍都帶隊去搜你那間城隍府了，你現在運回去，剛剛好被他們堵個正著。」

「你……你……你到底……」李城隍瞪大眼睛，惱火至極。

「李城隍。」闞滅像是漸漸失去耐性，說：「他想看就讓他看，看看又如何？」

「闞滅大王……」李城隍說：「我……我回到了底下……還得繼續當城隍吶……」

「這筆錢足夠讓你退休享福了，你不想在陰間享福，這些錢也夠你買好幾打輪迴證了。」

闕滅哼哼地說。

「可是……」李城隍怯怯地東張西望。「我聽說這鬼王新收的弟子，和那太子爺乩身交情不錯，我怕……」

「你怕什麼？你不是派了手下盯著太子爺乩身？」闕滅沒好氣說：「你說今晚請了朋友出馬，引他去外地辦案，方便我們交易，我才專程上來。」

「好！說大聲點──」鬼王拍手吆喝，身邊幾個惡鬼手下都拿著手機，對著李城隍和闕滅錄影。

「我……」李城隍見鬼王和一票手下拿著手機拍他，急得惱火咆哮：「你們在幹嘛？不准錄！」跟著他轉頭對闕滅說：「抱歉……闕滅大王，今天實在沒辦法，我們還是改天好了……」

「……」闕滅吸了口氣，屍身再次溢出濃烈魔氣，籠罩住李城隍一行人，他轉頭，冷冷望著鬼王一票傢伙，對李城隍說：「我現在替你收拾掉這些『目擊證人』，你就可以放心把東西交給我了吧？」

「你……」李城隍愕然說：「你要『收拾掉』……鬼王？」

「你們聽見沒？」鬼王附在許保強身上，笑著對身邊眾鬼說：「他說要收拾掉我們？」

「鬼王。」闕滅也不等李城隍答應，轉頭望著許保強。「你還剩下丁點時間，可以懺悔自己這般多事啦……」

「少廢話，來來來。」許保強雙手張揚，胳臂上方浮現兩道寬闊大袖，袖口外那黑影大掌足有車門那麼大。「讓我看看你怎麼收拾我。」

闕滅提步朝許保強竄來。

鬼王唰地合掌一拍，彷如拍打蚊子，響起落雷般的巴掌聲——拍空。

闕滅不僅閃過鬼王這記巨雷巴掌，且繞到許保強背後，烈吼一聲，左爪按上許保強肩頭，將他按跪在地，跟著右爪抓上許保強後頸——像是想硬將許保強腦袋拔下般。

鬼王即時反手，扣住闕滅按肩掐頸一雙手，同時雙腿也出力要站，開始和闕滅比拚蠻力。

兩股魔風轟隆隆相撞，將三方人馬全逼得睜不開眼，緩步後退，想插手都難。

「老闆……」韓杰眼見鬼王硬扛闕滅，明顯落了下風，忍不住催促：「現在該是我們中壇元帥上場的時候了吧。」

「是呀，不過……」太子爺說：「眞是太不湊巧，我得退駕了。」

「啊！」韓杰愣然。「爲什麼？」

「老師現身了。」太子爺這麼說：「這樣好了，我替你打十秒，十秒之後，你接手繼續打，九——」

「什麼？」韓杰尙沒會意，身子已經竄在半空，全身金光閃耀，腳踏風火輪、臂捲混天綾，右手火尖槍上金龍舞爪狂嘯。

「喝！」闕滅駭然轉身，見韓杰已經竄到他身後、挺槍刺來，連忙翻身避開那槍。

「八！」太子爺不給闕滅喘氣機會，腳下風火輪疾轉，倏地追到闕滅面前連刺七、八槍。

「噫——」闕滅避得狼狽，在地上連滾帶爬幾圈，逮著個空隙唰地高高一躍，雙手一攤，變化出一對大斧，但突然唉呀一聲，雙腿已讓太子爺甩來的混天綾纏住腰身。

「闕滅，你忘了自己身在陽世，還不習慣附著屍體當活屍吶！」太子爺狂笑兩聲，火尖槍一指，槍上火龍一隻隻飛竄上天，啣住闕滅雙手，咬下他那對大斧。「七！」

闕滅被奪了大斧，鼓足全力，炸出魔氣，震鬆捲著他腰際的混天綾，落在地上，才剛變化出兩柄大刀，還沒握穩，便讓太子爺追到眼前，一槍刺斷了他右臂。

「六！」太子爺這槍猶如火砲，刺在闕滅肩上，不是刺透，而是將他整個肩頭刺炸，斷臂飛揚上天，跟著，太子爺旋身補上一腳，踹在闕滅心窩上，將他附體屍身胸口踹凹一個坑，身子向後飛彈，但沒飛遠，又被太子爺甩出的混天綾捲回。

闕滅被混天綾捲回，左手大刀高舉，藉勢往韓杰腦袋上劈，又被太子爺挺槍挑飛大刀。

「五！」太子爺一槍穿透闕滅胸膛，將闕滅串在槍上，突然尖叫哎呀一聲。「我先走，這些法寶讓你接手！」

「什麼！」韓杰耳際迴盪著太子爺這說話聲音，感到四肢能動了，手上還握著正版火尖槍，正版混天綾也還捲在臂上，腳下正版風火輪倒是沒了。

韓杰見闕滅還串在火尖槍上尖嚎，只得硬著頭皮出力挺槍，喝令正版火龍捲上闕滅全身，用爪扒他、張口咬他、吐火燒他。

「吼——」闕滅被太子爺刺炸一臂、刺穿心窩，又被火龍圍攻一陣，負傷極重，但終究是地底魔王，太子爺一退駕，眼前韓杰即便手持正版法寶，但力量明顯弱了許多，他一面鼓動魔氣抵禦胸口火尖槍透體焚燒，一面讓身體強行落地，且奮力挺胸，用胸口挑起火尖槍，將韓杰漸漸舉起離地，同時，還惡狠狠地瞪向遠處那李城隍，齜牙咧嘴說：「李城隍……這是你設計的陷阱？」

「不……不是啊！闕滅大王！」李城隍一行人見太子爺橫空殺出，都嚇得魂飛魄散，聽闕滅這麼問他，更是驚慌惶恐，連連否認：「我不知道那太子爺乩身怎麼會在這裡啊！他應當……在別的地方才對啊！我那陽世朋友是這麼和我說的啊……」

「你……」闕滅還沒應話，身後張開一雙巨大黑掌——太子爺雖然退駕了，但鬼王卻還附在許保強身中。

「哈哈！」鬼王大笑一聲，許保強大力拍掌，漆黑大掌對準了闕滅腦袋轟隆合掌，將闕滅腦袋整個拍合在掌中。

「師父，我來幫你！」許保強雙掌攤開，依附在雙臂上方的漆黑大掌也跟著張開，鬼王在他身中插嘴說：「是我來幫忙才對！」

闕滅附身那人屍腦袋被拍扁許多，頭殼崩裂、眼珠突出。

儘管闕滅道行高出鬼王許多，但他胸口被火尖槍貫穿，身軀和獨臂被九條火龍牢牢纏捲，全身被三昧眞火籠罩，好不容易催動凝聚的魔氣被鬼王大掌一拍，消散不少。

「走……走走走……」李城隍見苗頭不對，急忙指揮手下推著拖板車掉頭想開溜。

「喂！」「你們想去哪啊？」闕滅手下追了上來，攔下李城隍等，有的將珠寶箱子往李城隍懷裡塞，有的直接揪著拖板車不放，像是想硬搶箱子。

「各位朋友，別這樣啊，請你們跟闕滅大王說，今天生意做不成啦，我們改天再約……」

李城隍連忙安撫闕滅手下，但另一邊，鬼王手下那批獠牙惡鬼也擁了上來，一面錄影一面和闕滅手下爭搶起拖板車，鬧哄哄地亂成一團。

三路人馬爭搶打鬧半晌，李城隍人馬和闕滅人馬開始聯手，鬼王手下們漸漸寡不敵眾，只見後方火光陡然亮起，一條火龍飛快竄來，對著李城隍和闕滅人馬噴吐三昧真火，情勢瞬間逆轉。

原來韓杰聽了身後騷動，從九條火龍裡抽調一條過來助陣。

李城隍一路人馬全是陰差，大家顧忌著鬼王手下手裡那些錄影手機，不敢戴上牛頭馬面的面具，便只有尋常亡魂道行，被三昧真火噴著，登時哀號逃竄、潰不成軍。

闕滅手下也被火龍逼開，只能恨恨地瞧著鬼王手下們奪得拖板車，仗著火龍護衛，舉著手機朝他們拍照叫囂挑釁，儘管憤恨，卻也無計可施。

磅、磅、磅、磅——

許保強站在闕滅背後三公尺處，一雙手不停虛搥。

他胳臂外一雙漆黑大拳頭，可是結結實實砸在闕滅腦袋上，一連砸了七、八拳，將闕滅依附的人屍腦袋整個砸扁。

闕滅屢次鼓動的魔氣，都被鬼王搥散，正無計可施，突然感到胸口一陣撕扯，整個胸腔炙熱劇痛——韓杰讓肩臂上正版混天綾循著火尖槍一路纏捲鑽進闕滅胸腔破口，在闕滅身軀裡催動三昧真火。

「哈哈！三昧魔闕滅，你不是要收拾我？來啊，你收拾啊，你的頭呢？怎地縮進身體裡了?」鬼王一拳接著一拳往闕滅身子亂搥，大笑嘲諷。「三昧魔被三昧眞火燒烤，眞有意思……咦?」他嚷嚷到一半，見闕滅被火龍纏捲的身軀激烈蠕動變形，陡然警覺，一雙大袖一抖，將闕滅連同火龍一併裹進漆黑大袖之中。

轟隆——漆黑大袖突地鼓脹好幾倍，彷彿爆炸一般。

「哇靠!」許保強見韓杰被震飛好遠，急得大叫：「這魔王自爆啊!韓大哥，你有沒有事?」

「操……」韓杰翻身站起，手裡還牢牢抓著火尖槍，摸出片尪仔標往小腿一按，附上風火輪，準備接戰，卻見前方幾條火龍在空中盤繞，闕滅附身的人屍炸得七零八落，四處都是碎爛屍塊。

下一刻，千百塊屍塊同時伸出一條條蟲足，四處亂爬。

「闕滅沒死!他想逃回陰間!」鬼王大聲吆喝，操使許保強身子，抬腳亂踩，巨大黑腳轟隆隆地在許保強身前踩出一枚枚腳印，踩爛無數蟲足屍塊。

韓杰也指揮火龍四處噴火焚燒屍塊，見仍有些零星屍塊不但逃得遠了，甚至還生出蟲翅飛天竄逃，他也懶得追擊，轉身來到三輛拖板車前，檢視那六只大箱。

李城隍人馬和一干闕滅手下早在闕滅炸成碎塊時，便鳥獸散了，連車都沒開走。

鬼王指揮手下，將六只大箱自三輛拖板車搬下一字排開，揭開箱蓋。

六箱之中，五箱是軍火，一箱是屍塊。

韓杰瞪大眼睛，望著那箱屍塊裡的一段段胳臂、軀幹切塊，察覺到屍塊上那股熟悉魔氣，不禁愕然——

是業魔啖罪的屍塊。

他這才明白，三昧魔闞滅親身上陽世付錢，甚至不惜與鬼王翻臉，爲的可不只區區幾箱軍火。

貳參

鈴鈴——鈴鈴——

黃有孝睜開眼睛，在漆黑中轉頭望向床旁小櫃上的手機。

「喂……」他挺坐起身，迷迷糊糊地接聽電話。

電話那端的聲音聽來虛弱痛苦，像是身負重傷一般。

「有孝……有孝……」

「啊？」黃有孝呆愣愣地問：「我是有孝，你是誰？」

「我腳……斷了，能不能扶我一把？」說話聲音十分微弱，幾乎全是氣音。

「你是誰？」黃有孝揉著眼睛問。

「我韓杰啊……」那聲音說：「我受傷了，腳斷了……我需要你幫忙……」

「阿杰哥！」黃有孝驚訝站起。「你受傷？你在哪邊？」

「我在你家外面的……地瓜田裡……」那聲音喘著氣。「痛……我沒力氣……能不能出來扶我進你家……」

「好！」黃有孝僅穿著內衣褲、持著手機，急急忙忙跑出房、跑出正廳、穿上拖鞋，奔過內埕空地、奔過家門馬路、奔到地瓜田邊，左顧右盼，著急問：「阿杰哥，你在哪邊？」

「這邊……」地瓜田裡搖搖晃晃站起一個人影，遠遠地朝黃有孝揮手。

「啊！」黃有孝持著手機往那人影奔去，只見他直挺挺站著，困惑對著手機問。「阿杰哥，你不是說……你腿斷了？」

黃有孝說到這時，已經奔近那人身前。

那人身形確實和韓杰差不多高，穿著戴帽夾克，帽沿蓋得極低，還低著頭，直到黃有孝奔到他身前，他才抬起頭。

「你……」黃有孝望著那人陌生面貌，茫然地問：「你不是阿杰哥……」

「對。」那男人咧嘴一笑，伸手搭上黃有孝肩頭。「我不是他。」

黃有孝吸了口氣，還沒來得及說話，便失去意識，呆立地瓜田中。

□

「哈哈——」

數公里外王船大廟香客大樓一扇窗戶啪地揭開，一道金光沖天而出。

阿福穿著白色內衣、開襠內褲，雙眼金光閃耀，一雙赤腳下是風火輪，唰地飛竄老遠，落在公寓加蓋鐵皮屋頂上，疾奔幾步，再次躍起，一口氣又躍過一個街區。

數公里路程，不到兩分鐘，被太子爺降駕附體的阿福，已經躍入黃有孝家地瓜田中。

黃有孝跪在地瓜田中，面目猙獰，右手托著左手不住發抖，左手腕上那圈金印正閃耀發光。

「手到擒來呀。」阿福喉間傳出太子爺得意笑聲，探手掐住黃有孝後頸，拉他起身，拖著他走出地瓜田，返回三合院，踏進正廳，吹了聲口哨。

黃有孝手腕上那圈金印唰地耀出金光，變化成一只鍋蓋大小的金環——乾坤圈。

太子爺接下乾坤圈在手上晃了晃，跟著手一揚，自黃有孝後頸裡抓出一團光，捏在手上，跟著將那暈頭轉向的黃有孝推上一張椅子，也不等黃有孝回神，倏地竄出三合院，站在地瓜田邊，捏著手上那枚軟綿綿如同麻糬般的光團放聲大笑。

「太子爺，抓到老師了？」阿福欣喜地問。

「我要帶這小子上天好好審問。」太子爺吩咐阿福：「你留下來待命，等韓杰回來。」

「是。」阿福這麼應答，等了好半晌也毫無動靜，這才知道太子爺已經悄悄退駕，一陣夜風吹來，冷得他打了個哆嗦，這才想起自己只穿著內衣內褲，內褲還是開襠的，連忙慌亂地摀著胯間，左看右看，只見這深夜鄉間田邊道路，連輛車也沒有，便也鬆了口氣，在田邊挑了個乾淨位置坐下，望著天上明月，等待韓杰回來。

阿福這樣坐了半晌，被冷風吹了一陣，打了好幾個噴嚏，不免有些埋怨太子爺出動時竟連換裝的時間都不給他，此時身上也無手機，無法聯絡韓杰。

他又打了幾個噴嚏，想起身活動一下驅除寒意，剛站起轉身，嚇了好大一跳——

他身後站著一個穿著戴帽夾克的男人。

「請問——」男人笑著問：「你就是韓杰的朋友？」

「啊？」阿福呆了呆。「是啊，我是韓杰朋友，你是……」

「我也是他朋友，他託我過來，交給你一個東西──」男人提起手，五指攏起彷彿捏著個東西，遞向阿福。

「什麼？」阿福好奇伸手去接。「阿杰要給我東西？」

男人手一張，手上空空如也，沒有東西。

阿福還沒反應過來，已被男人抓住手腕。

他雙眼呆滯兩秒，跟著換了張神情，咧嘴冷笑。

原本握住他手腕的那夾克男人，彷如失了神般，癱軟倒下。

阿福跨過夾克男人，走過馬路，穿過三合院內埕，進入正廳，來到猶自昏昏沉沉的黃有孝面前，伸手蓋上黃有孝腦袋。

然後，阿福昏厥倒地。

黃有孝笑著站起，跨過阿福，來到林嬌房前。推門進房。

林嬌躺在床上呼嚕睡著，黃有孝來到林嬌床邊，伸手抵著她額頭，低喃唸咒。

林嬌睜開眼睛，昏昏沉沉，說起話來含糊不清，彷如夢囈般：「有孝啊，幹嘛啊……」

「奶奶。」黃有孝微笑說：「起來，我帶妳去一個地方。」

「啊？」林嬌恍惚坐起，瞇著眼睛說：「你要帶我去哪裡呀？」

「我帶妳去一個很好玩的地方。」黃有孝這麼說，伸手托著林嬌胳臂，將她一把拉起，牽著她走到門邊，突然回頭，盯住了林嬌床旁小櫃上那朵紙蓮花。

「奶奶，那朵蓮花裡頭──」黃有孝問：「是不是我爺爺呀？」

「是你阿公啊……」林嬌昏昏沉沉地說：「太子爺要我……每天和你阿公說說話，他就能早點醒來……找回我們家寶餮啊……」

「是嗎？那眞是太遺憾了。」黃有孝呵呵一笑，轉身來到小櫃前，拿起紙蓮花交給林嬌。「奶奶，妳好好捧著爺爺，我帶你們一起去。」

「你到底……」林嬌問：「要帶我們去哪裡呀？」

「等等就知道了，我先換個衣服，妳去找找手機錢包，我們得叫計程車呢。」黃有孝這麼說，找著自己房間，換上外出衣褲，牽著林嬌走出三合院，朝著市街方向走。

貳肆

「什麼——」

韓杰剛坐進飛來接應的直升機，屁股都沒坐熱，便接到了阿福的求救電話。

電話那端的阿福，神智依舊有些錯亂，說話顛三倒四，但這幾日在香客大樓待命，閒來無事之際，倒是將韓杰手機號碼背得滾瓜爛熟——

「等等……你好好說一次！」韓杰愕然問：「你說太子爺降駕，逮到老師，帶上天庭審問，然後呢？」

「然後、然後……」電話那端，阿福喘息不止，喃喃說：「然後……太子爺要我在外頭等你回來……然後、然後……我、我……應該是被附身了……被其他東西附身了，我又回到三合院，然後……我醒來之後，孫子跟阿嬤都不見了……」

「什麼！」韓杰儘管一頭霧水，但「孫子跟阿嬤都不見了」這幾個字倒是聽得清清楚楚，他急問：「你現在在三合院？你說有孝跟阿嬤都不見了？他們不在三合院裡？」

「對。」阿福答得確切。「我來來回回找了好幾遍，他們房間都沒人。」

「我立刻過去，你等我幾分鐘。」韓杰一時問不出所以然，無奈掛上電話，對坐在對面的許保強——體內的鬼王鍾馗說：「鬼王大哥，我那邊出了點事，得過去看看，你——」

「我懂。」鬼王附在許保強身上，扠著手，聽韓杰開口，立時明白他意思，點頭說：「我替你壓陣送貨，你別擔心，去吧。」

「謝了。」韓杰立時吩咐直升機駕駛，轉向加速駛往陰間三合院。

許保強啊呀一聲，手腳能動了，是鬼王退駕了。他湊近窗邊，望著下方車隊——底下有五輛車，中央貨車裡載著六只大箱，車內是王小明等東風市場老鄰居們，前後四輛車則是李城隍匆忙撤退之際留在廢棄學校的車輛，此時由鬼王手下駕駛，沿路護送貨車駛向那王船大廟。

韓杰接到阿福求救電話，得盡快趕回三合院，鬼王便退駕坐進護送車隊中，代替韓杰壓陣護送軍火。

十餘分鐘後，直升機飛返陰間三合院荒田，韓杰急急躍下直升機，領著許保強奔過荒田，奔進陰間三合院，見內埕空地棚架裡的幾個造船工匠悠哉喝茶，急急問：「地上出事了，這裡沒動靜嗎？」

「啊？出事？出什麼事？」幾名工匠你看看我、我看看你，都不知道發生了什麼事。

韓杰沒時間解釋，領著許保強奔入房中，施法穿鬼門返回陽世，來到正廳，只見阿福穿著內衣內褲，著急地在內埕空地東張西望，冷得直哆嗦。

「阿福——」韓杰奔出屋，大聲喊著阿福，只聽見身後嘰嘰喳喳，小文抓著一根紙管飛來拋下。

韓杰接著紙管，人也剛好跑到阿福面前，立時揚手示意阿福別說話，急急揭開紙管，望著上頭籤令——

黃家祖孫一切安好，不必擔心，你令阿福先回香客大樓待命，記得要他待命時，除了沐浴之外，盡量穿著衣褲；我現在雖瞧不見你，但仍能透過小文對你發籤。你平時有籤便按籤行事，無籤就警戒待命。我退駕前留下幾樣寶貝給你護身，你可要給我好好保管，要是玩壞刮花了我火尖槍，我會和你算帳吶！

「怎麼這麼多字？」韓杰見太子爺這籤令難得密密麻麻燒滿了字，仔細看過，見小文又抓了管籤來，便將手上籤令交給阿福，讓他自己看，同時揚手接下小文拋來的第二管籤，揭開——

你如果閒得發慌，可以去揍外頭盯著你的陰差，揍完還不過癮，去把他們所屬城隍府也給我砸了——那間城隍府正是扣押了啖罪軍火想賣給闕滅的城隍府！且還和老師勾結，假意派陰差接應支援你，其實是監視你一舉一動——我已掌握如山鐵證，別怕閻羅殿事後爲難你，儘管砸吧。

「什麼……」韓杰看得一頭霧水，和阿福交談半晌，稍稍弄清剛才始末，又將三合院幾間房全找了一遍，不僅找不著黃有孝和林嬌，且發現連藏著黃吉魂魄的紙蓮花都沒了，不禁憂心忡忡地返回內埕空地，望著漆黑蒼天，喃喃自語：「老闆，我實在搞不懂你啊……」

他邊說，邊從口袋摸出三張黃金尪仔標，大小比他尪仔標大上一圈，兩面都刻著華美紋路，這是太子爺退駕時留給他的三樣正版法寶——九龍神火罩、火尖槍和混天綾。

過去他也曾摸過這正版法寶許多次，但幾乎都是在太子爺降駕附體與魔王惡戰的當下，如現在般眼前無事，卻拿著太子爺正版法寶，可是頭一遭。

「師父，那接下來要幹嘛？」許保強見韓杰捏著黃金尪仔標發呆，忍不住湊上來問：「剛剛太子爺籤令上不是要你去揍陰差砸城隍府嗎？你想什麼時候揍？」他略顯興奮地問：「我應該可以幫得上忙。」

「……」韓杰望著許保強那副摩拳擦掌的模樣，冷冷問：「你不知道現在幾點啦？你不睏嗎？」

「不睏啊。」許保強搖搖頭。「我白天睡一整天耶。」

「眞的不睏？」

「不睏。」

「那來吧。」韓杰點點頭，令阿福回香客大樓待命，讀太子爺吩咐，自己領著許保強轉回房間，穿過鏡子又下了陰間，走出三合院，往城隍府公務車走去。

韓杰來到車邊，敲敲車窗。

車窗降下，車內駕駛座上那陰差馬面禮貌點頭，問：「太子爺乩身，有什麼吩咐？」

「我沒吩咐，是太子爺有吩咐。」韓杰這麼說。

「喔？」馬面問：「太子爺有什麼吩咐？」

「你自己看吧。」韓杰將太子爺第二張籤令，遞給那馬面。

「啊？」馬面剛接著那籤紙，還沒來得及細讀，一頭鬃毛已被韓杰一把揪住，被韓杰大力從車窗拖出車外。

「怎麼了、怎麼了？」副駕駛座上的牛頭愣然下車，見韓杰揪著馬面還朝他肚子掄拳，連忙上前阻止，但見韓杰從口袋捏出枚黃金尪仔標，揉出熊熊烈火，可嚇得退開好幾步。

「我不是把太子爺的籤令給你們了嗎？自己看太子爺的吩咐啊！」韓杰將混天綾纏上肩臂，只覺得太子爺這正版法寶力量非同小可，反而不敢大力打那馬面，只提著他繞到公務車後座，開了車門將馬面塞進車內，自己也一屁股坐了進去。

牛頭剛剛鑽上駕駛座要撿那籤紙細讀，見韓杰揪著馬面坐了進來，一時不知如何是好，想要下車，但混天綾飛梭捲來，揪著門把關上車門。

許保強也啪嚓開了車門，坐上副駕駛座，此時的他，一雙胳臂雄渾粗壯，生滿黑毛，一張臉猙獰嚇人，額上生角，這是鬼王鍾馗授予他的大絕招「鬼見愁」。

他本來全副武裝，南下支援韓杰，剛剛在山上廢棄學校和韓杰並肩大戰闕滅儘管過癮，但終究不是親自動手，此時逮到機會，還沒上城隍府，就使出鬼見愁，顯然迫不及待想要大展身手。

「太……太子爺乩身……你……」那牛頭坐在駕駛座上，捏著太子爺籤令，害怕地透過後視鏡，盯著後座韓杰。

「開車。」韓杰攬著馬面，抬腳踹了踹駕駛座椅背，說：「回你們城隍府。」

「回城隍府……」牛頭害怕問：「幹嘛呢？」

「你不識字是不是？」許保強頂著一副猙獰鬼面，湊近那牛頭，用他那粗壯黑毛大手，指著牛頭手中籤紙，說：「我們要去砸你們城隍府啊——」

「什……什麼？」那牛頭終於看了手中籤令，嚇得嚷嚷求饒。「太子爺乩身你聽我解釋，這是誤會啊……」

「我說——」韓杰哼了一聲，抖抖手，令混天綾纏緊牛頭胸腹，像是替他繫好安全帶，冷冷地說：「開車！」

「是、是是是！」牛頭感到那混天綾雄渾火力，嚇得連忙發動引擎，駛向所屬城隍府。

貳伍

深夜冷風颼颼颳過林嬌臉龐，將她一頭灰白亂髮吹得更亂。

她兩眼半閉，半夢半醒地被黃有孝牽著往前走，左手倒是牢牢抓著那朵紙蓮花，紙蓮花一朵朵花瓣不時浮現淡淡的青色螢光。

「有孝啊，你要帶我去哪裡啊？」林嬌不時這麼問。

「我帶妳去一個好玩的地方。」黃有孝有時答，有時不答。

黃有孝牽著林嬌來到市鎮街區，左顧右盼，盯上無人巷弄裡一輛車。

他微微一笑，秤了秤手上那枚拳頭大的石塊——那是他自田邊隨手撿來的。

他走到汽車後座車門旁，咬破手指，用指尖鮮血在車窗畫下一道血咒。

血咒亮起數秒紅光，漸漸黯淡。

黃有孝舉起石頭砸碎車窗，探手進窗打開車門，撥了撥座椅上的玻璃渣，跟著將林嬌推入車內。

林嬌被先後乍響的砸窗聲和警報聲嚇得瞪大眼睛，跟著被黃有孝這麼一推，彷如大夢初醒，驚訝地坐在車中左顧右盼，嚷嚷起來：「啊？我怎麼會在車上？」

「別怕別怕。」黃有孝隨後也擠進車內，拍拍林嬌臉頰，在她面前彈了記手指，林嬌一雙眼皮立時沉重垂下，再一次陷入夢境。

隔街二樓一扇窗亮起，是車主聽見了警報聲開窗察看，指著車內的黃有孝大喊：「有人偷車！」

黃有孝朝那車主咧嘴一笑，關上車門。

車廂內，窗外景色飛快變化，夜色彷彿變得更加深沉，天空飄起紅雲，田野焦草遍布，空中颳起帶著灰燼的風。

外頭，車主氣急敗壞地帶著棍棒衝下樓，來到車邊，揭開車門，什麼也沒有，只留下滿地碎玻璃。

穿過鬼門來到陰間的黃有孝，牽著林嬌繼續往前走了半晌，來到一條隱密巷弄深處一輛漆黑廂型車旁。

廂型車側門揭開，後座坐著兩個傢伙，臉上戴著白色面具，前方正副駕駛座上兩人，也戴著同樣的白色面具，且穿著款式相同的墨黑色工作衣褲、黑色手套和球鞋。

四人一齊望向黃有孝。

黃有孝攙著林嬌坐上廂型車，淡淡地說：「可以走了。」

面具駕駛點點頭，發動引擎，駛出隱密小巷。

一小時後，漆黑廂型車駛入中部一處市鎮大街旁停下。

黃有孝帶著林嬌下車，向車內白面具傢伙們說：「暫時沒別的事了。」

白面具傢伙們也沒回答，關上車門，駛遠離去。

黃有孝牽著林嬌走入巷弄，轉進一條防火窄巷，來到一扇小門前，喃唸一陣咒語。

門上浮現起一只圓盤，外觀類似老式電話的數字轉盤，但轉盤孔洞裡頭卻不是常見數字，而是一枚枚奇異文字。

黃有孝伸指撥動轉盤，一連撥動三十二次之後，小門喀嚓開了。

「有孝啊……你到底要帶阿嬤去哪裡呀？」林嬌再一次問。

「就是這裡。」黃有孝微笑回答，牽著林嬌走進小門。

關上門，裡頭是一條高度不足一百五十公分的奇異甬道，別說人高馬大的黃有孝得半蹲著前進，就連林嬌都得稍稍低頭，才能通行。

他們穿過甬道，來到一處數十坪大的昏暗房間，這房間形狀方正，四面牆上並排著一扇扇門。

房間正中央，有三張長桌，並擺成一個「ㄇ」字形；中間長桌擺著十幾面電腦螢幕，和好幾台筆記型電腦；兩側長桌則堆放著各式各樣的符籙、法器和一疊又一疊的文件資料。

辦公桌旁不遠處，豎著一條長梯，連接著天花板上一扇方形小門。

黃有孝將林嬌帶到角落一張沙發入座，不等她發問，伸指在她眼前畫了道咒，彈了兩記手指，令她沉沉睡著。

黃有孝從林嬌手中拿過那朵紙蓮花翻看把玩，來到中央辦公桌前坐下，從桌上拿出一道符貼上紙蓮花，像是對紙蓮花施下了封印。

然後，黃有孝拿起電話，撥了個號碼。

「長壽爺，黃家祖孫連同那爺爺魂魄都到手了。」黃有孝說：「這樣一來，您那用神木寶艣打造的主力艦，便不會被抓著把柄了。」

「很好。」電話那端，響起死魔長壽的笑聲。「你不但替我規劃冥船艦隊，還替我惡整死敵，我聽說那五蘊魔被你整慘啦。」

「我買通了一些小幫派，上陽世綁架活人，嫁禍給五蘊魔，再請朋友替找不著辛妖船廠的太子爺乩身指指路，幫助太子爺乩身成功破獲辛妖船廠。」黃有孝微笑說：「再等一下，長壽爺您應該會收到三昧魔的最新消息。」

「三昧魔闕滅？他也讓你整啦？你怎麼整他的？」長壽驚喜好奇問。

「就用您借我的那批啖罪屍塊呀。」黃有孝笑說：「我把啖罪屍塊和一批軍火藏進啖罪舊地盤裡，再找一個和三昧魔有點交情的蠢城隍，哄他扣押啖罪屍塊，聯絡三昧魔，騙三昧魔上陽世交易，卻一邊向神明眼線通風報信，算算時間，現在那三昧魔應該已經和神明乩身槓上啦。」

「他和哪位神明槓上？」

「也是中壇元帥太子爺。」

「哈哈哈，那他玩完了。」長壽樂不可支。

「只可惜那批啖罪屍塊，應該是沒辦法回收了。」黃有孝這麼說。

「是啊。」長壽說：「那批屍塊做成藥湯，增加個一兩百年道行不是問題——不過如果可以一舉滅了三昧魔，接收他地盤、勢力，這代價挺划算的。」死魔說到這裡，頓了頓，繼續說：「第六天魔王摩羅、煩惱魔喜樂、業魔啖罪、五蘊魔辛妖、三昧魔闕滅一個個失勢，現在整個陰間，就只剩下毒魔一派，算得上是威脅啦。」

「我聽說——」黃有孝說：「那毒魔又叫作『藥王』，千百年來行事低調，不踏出自己地盤，跟陰間主要勢力沒有太多交情、也沒有特別過節，若是有人想找毒魔麻煩，甚至會被其他勢力聯手圍剿。」

「過去幾百年是這樣沒錯。」長壽說：「但那毒魔換人當啦，是以前那老毒魔的學生，是個女娃兒，繼承了老毒魔的地盤勢力，我想趁她坐穩之前，一口氣剷了她，這樣一來——」

「整個陰間，就剩死魔長壽一家獨大了。」黃有孝微笑接話：「需要我替長壽爺您想個辦法，整整那毒魔嗎？」

「不了，對付毒魔，我想來硬的。」長壽大笑幾聲，說：「你替我策劃出一支無敵艦隊，又替我搞垮啖罪、辛妖跟闕滅，但要是沒有敵手，我那無敵艦隊未免寂寞了——我聽說毒魔也在籌備冥船隊，收買了一些小船廠全力趕工，我等不及出動我旗下艦隊轟她老巢了。」

「不知道我有沒有榮幸——」黃有孝說：「參加長壽爺您出征毒魔的戰宴，喝口戰酒，沾沾喜氣？」

「當然呀。」長壽說：「上次收拾啖罪，戰前戰後，接連幾攤慶功，你不都喝過了。我們酒宴，本來就有你一份。怎麼突然客氣起來？我都當你自己人了，你還把自己當外人？」

「謝謝長壽爺。」黃有孝說：「那我就等長壽爺出戰酒宴通知了。」

「等等，還有件事。」長壽問：「你上次說，拿下那家祖孫之後，要活燒火祭他們，再向天庭舉報中壇元帥？」

「是啊。」黃有孝笑說：「長壽爺您也想瞧瞧？」

「我是想瞧，不過——」長壽默然半晌，語氣略顯遲疑。「你真打算和那中壇元帥這樣硬幹？火燒陽世活人？這可比砍榕樹嚴重百倍不只。」

「是啊，長壽爺。」黃有孝解釋說：「我跟那太子爺乩身周旋很久了，那中壇元帥自作主張在黃家祖孫家外插旗幟劃地盤，大張旗鼓設計陷阱想捉我，反而讓黃家祖孫落入我手中，害那祖孫遭火焚活祭——這樣的結果，除了讓他顏面無光之外，肯定要讓他被天庭究責削權——在太子爺權限縮減這段空窗期裡，正好方便長壽爺您全面接管業魔、三昧魔、五蘊魔和毒魔旗下勢力地盤，進而將勢力一舉深入閻羅殿，然後，長壽爺就能隨心所欲，將整個陰間盡情打造成您心目中的樣子啦。」

「將整個陰間打造成我心目中的樣子……」長壽喃喃地說：「聽起來挺不錯，但燒活人這事兒，你有信心能脫身？不會連累我？」

「我不需要脫身。」黃有孝笑說：「只盼到時候長壽爺帶我進藏寶庫挑點好藥、好材料，讓我煉成魔身。我有了魔身，就不需要現在這臭皮囊，到時候我隨便找個魂，塞點假記憶給他，教他頂著我肉身扮演我，讓陰差逮去交差，或是由您親手交給天庭結案——再壞再惡的案子，一旦凶手伏法，事情也得了結。」

「原來如此。」長壽嘿嘿冷笑。「看來你一直覬覦我那藏寶庫呀。」

「上次長壽爺帶我參觀一次，到現在我夜夜作夢，都夢見那地方啊。」黃有孝這麼說。

「好。」長壽說：「等我滅了毒魔、一統陰間，論功行賞，少不了你的份，一定帶你進我藏寶庫挑東西。不過燒活人這件事，你別急著動手，把人帶來給我，我再看情況斟酌。」

「是。」黃有孝點頭應允，寒暄幾句，掛上電話。

然後撥起另一個號碼，但他還沒撥完號碼，桌上另一支手機響了起來。

手機螢幕上的來電顯示，是李城隍。

黃有孝拿起手機接聽，李城隍的聲音氣急敗壞，惱火問著：「剛剛是怎麼回事？你不是說替我引開太子爺乩身？為什麼他會在我和闕滅交易的地方現身？像是早埋伏好一樣呀！鬼王鍾馗的乩身也在那兒等著呢！」

「……」黃有孝淡淡一笑，聳聳肩說：「我確實設了個局，引太子爺乩身離開三合院。不過其實呢，這個局不是替你設的，目的也不是幫你賣啖罪屍塊抽點佣金這麼簡單。我設這個局真正的目的，是要引太子爺去誅三昧魔呀。你說太子爺乩身現身，鬼王乩身也在，然後呢？三昧魔如何？被打死了嗎？」

「什麼！」李城隍暴怒大罵：「你這混蛋！你利用我設計闕滅？你……你背後到底是誰？」

「你猜猜。」

「是五蘊魔辛妖！」

「答對了，眞聰明。」黃有孝這麼說，掛上電話。

手機再次響起，來電顯示仍是李城隍，黃有孝嘿嘿一笑，將手機調成靜音，放進抽屜。

「哈哈。」黃有孝笑著拿起本來那支未撥成的電話，重新撥了號碼。

電話那端，響起一個年輕女人的聲音。「是周老師？」

「是。我附在一個傻子身上，聲音有點不一樣，別擔心。」黃有孝說：「我和死魔通過電話了，一切順利，死魔開戰前的戰宴，確定會邀我出席。」

「我安排在酒商那邊的人昨天回報，那批『瘋酒』，已經出貨給死魔了。」電話那端女人說：「只要他們喝下瘋酒，會慢慢變得遲鈍、蠢笨易怒，直到酒醒之後，才會漸漸恢復正常，這些症狀和酒醉相似，但無關酒量，一喝必醉——所以你到時候，可別忘了事先喝下我給你的解藥啊。」

「當然。」黃有孝笑著說：「我等他們酒醉，會找機會入侵死魔艦隊系統，開啓鬼門裝置，把他整支艦隊弄上陽世，成千上百個醉鬼在陽世一起發酒瘋，一定很精彩。」

「不過啊——」女人問：「我這邊已經入庫的冥船只有兩艘大船和五、六艘小船，另外已經買下但賣家還沒交貨的有四艘，有幾艘還在談……這樣夠嗎？」

「嗯，稍微少了點……」黃有孝苦笑說：「死魔這邊主力旗艦剛完工，另外有十艘大型護衛艦和五、六十艘小艇……要是藥王妳那邊的船隊規模不夠，他看不上眼，可能懶得御駕親征——不過倘若大王妳願意犧牲一個手下，先讓我修修他記憶，假裝讓他偶然落在死魔手中，死魔對自己的逼供手段相當有信心，他對自己親口問出的東西，深信不疑。」

「原來如此。」女人似乎挺中意這計策。「所以我交給你的手下層級越高，死魔上當機率也越高了。」

「是的。」黃有孝答。「同樣的情報，從小卒口中問出來，說服力肯定比不上心腹開口。」

「好，這兩天我挑個人給你。」電話那端的女人說：「另一路進攻死魔藏寶庫的突擊隊，我會親自帶隊，成員全是老藥王親授愛徒，也是我過去的老同學、現在的心腹忠臣，如果到時候你計謀不管用，沒把死魔誘出老巢，那我自己跟他拚了——反正，我也留著一手殺手鐧。」

「喔？」黃有孝好奇問：「方便告訴我，是什麼樣的殺手鐧嗎？」

「不太方便喔，這是我私人祕密。」

「抱歉，失禮了……」黃有孝笑說。「那我就先等大王妳送人過來了——」他說到這裡，稍頓了頓，遲疑問：「大王，我得重申——妳挑出來的人，不但會被我修改記憶，且會被死魔帶入地牢拷問，據我所知，被死魔帶進地牢拷問的人，沒有一個再出來過。」

「這還需要你提醒嗎？你當我三歲小孩？」女人冷笑幾聲。「反正我挑個人給你，只要計謀能成，不管死魔要切要剁、要吃要玩，隨他開心。」

「是。」

貳陸

陰間，山腳下那李城隍城隍府，從裡到外亂成一團。

城隍府外，好幾路不同城隍府的陰差，外加閻羅殿派來的偵查隊，將城隍府周圍數條街圍得水洩不通，有些陰差拿著擴音器向裡頭喊話，要裡頭所有人撤離；有隊陰差已經列好隊伍準備攻堅，帶隊城隍卻叼著菸滑手機遲遲不肯下令；有隊陰差氣急敗壞和另一路陰差辯論起轄區管轄權。

這些陰差之中，有些是李城隍冤家對頭，盯梢多時，想一舉抄了整間城隍府；有些則是李城隍死黨，是來護航的；有些則是單純打那批軍火主意，想逮著李城隍把柄進而拿些油水。幾路陰差在這周圍埋伏數天，彼此都看對方不順眼，早已瀕臨衝突臨界點。就在半小時前，韓杰和許保強乘著陰差公務車，直直衝進城隍府。

韓杰領著許保強下車，不理城隍府裡雜役攔阻，大步踏進府裡——陽世活人頂著肉身來到陰間，彷如穿著科幻電影裡的動力裝甲般，銅皮鐵骨、力大無窮。

韓杰雙臂捲著混天綾，手持火尖槍——都是正版貨；從正門一路碾進城隍府，遇門破門、遇桌掀桌、遇牆拆牆，一連貫穿過辦公室、審訊間之後，來到後方停車場，砸爛幾輛公務車，然後又破牆打回城隍府。

韓杰一面砸，還一面拿出電話，要小歸派輛車過來載他。

許保強則用他那雙經鬼見愁加持的粗壯猿臂，一連拆爛十幾台電腦，取出硬碟收進背包，想從硬碟中找出更多李城隍不法證據。

由於這城隍府裡的資深陰差都被李城隍帶上陽世交易，扣除在外值勤的、休假的陰差之後，整間城隍府便只剩兩位值班菜鳥和幾名雜役，見韓杰和許保強猶如土匪一樣破牆打進城隍府亂搶亂砸，都嚇得不知所措，不僅不敢攔阻，還被許保強沒收走手機，說要一併上繳天庭，好好調查他們通聯紀錄。

在外待命的各路陰差，見韓杰蠻橫肆虐城隍府，即便是李城隍對頭，也隱隱有些不服，但幾路城隍在外叫囂半晌，卻也沒有一路進去阻止韓杰，只能不停向閻羅殿請求支援。

閻羅殿車隊、直升機都來了，喊話半晌也不見韓杰回應，幾個黑白無常硬著頭皮準備攻堅，卻見到韓杰和許保強，身上或提或揹著大包小包，從城隍府破爛正門走出。

黑白無常急急奔到韓杰面前，高聲喊出一串陰間法條壓他，想截下韓杰自城隍府裡搜出來的東西。

「是太子爺派我來砸城隍府，閻羅殿有意見，就向天上申訴吧。」韓杰揚了揚手上兩只提包，說：「這些是我搜出來的證據，要帶回太子爺陽世轄區，你要硬搶？」他說到這裡，拍拍口袋那枚正版九龍神火罩黃金尪仔標，全身燃起熊熊黃金火焰，嚇得黑白無常退開老遠，以為太子爺降駕了。

韓杰也沒多說什麼，領著許保強直直往前，前方拉起封鎖線的陰差，見韓杰走來，也不敢攔阻，都向兩側退開。

後方路口，一輛印有寶來屋集團的休旅車緩緩停下，側門揭開，小歸員工探身出來，對走到車旁的韓杰說：「太子爺乩身，小歸老闆要我們過來接你。」

「謝了。」韓杰和許保強上車，吩咐駕駛往南，將自城隍府抄出的硬碟、文件等各種可疑證物全運回陰間三合院。

□

韓杰和許保強將大批證物帶回陰間三合院時，只見三合院裡外頗爲熱鬧——王小明等東風市場老鄰居們將軍火和啖罪屍塊送去王船大廟之後，也不忘韓杰吩咐，分出「一半軍火」載來三合院，交予王船工匠進行後續施工。

韓杰簡單吩咐了東風市場老鄰居們一些瑣事，帶著許保強穿過鬼門返回陽世，準備洗澡休息。

韓杰走進林嬌替他準備的客房要拿換洗衣物，只見床頭小櫃上，堆著一張又一張新籤令。小文踩在一本日曆上，將日曆撕得破破爛爛，一見韓杰進房，氣得振翅亂叫，像是責怪韓杰沒有事先替他準備更多空白籤紙，讓他用一雙小鳥爪子辛苦撕紙。

「發生什麼事？」韓杰從未見過太子爺在這麼短的時間裡，一口氣發來這麼大量籤令，連忙喊來許保強，兩人捧著所有籤令來到客廳，開燈細看。

這些籤令之中，有一半以上是小文自行撕紙燒籤，籤紙破破爛爛並不工整，所幸字跡還看得清楚，但數量太多，順序亂成一團。

兩人開始拼圖般地依照每張籤紙上下文，重新排列，整理著太子爺這堆籤令順序內容，一面拼、一面讀，許保強也一面將內容鍵入手機——

小子，多準備點籤紙，我要令小文燒新情報給你啦，這些情報繁雜瑣碎，我想到什麼講什麼，你一條條記下——

我交上天庭那魂，不是老師眞身，只是魚目混珠的假魂。

眞的老師姓周，他眞是老師，在北部一間高中教電腦資訊。

他還是個駭客，懂得許多電腦入侵技術；他那生靈術，不僅能讓生靈出竅附體，還能改造他人記憶，猶如人肉駭客。

老師有妻子和一個不足兩歲的兒子。

他和妻子分居兩地，一人獨居在學校提供的宿舍裡，他在宿舍裡建了個混沌，上通陽世、下達陰間。

我們近日先打辛妖、後打闕滅，全是老師一手策劃——他收買辛妖心腹，將陽世活人連同大量炸藥，送進辛妖船廠嫁禍予他，再放出消息引你上門、替你指路、誘我降駕降伏辛妖、炸燬辛妖船廠。

他又向死魔借得啖罪屍塊，哄騙城隍聯繫闕滅交易，他要城隍派手下盯你舉動，稱今夜會誘你外出辦其他案子，讓他們平安交易，實則卻是誘你我過去剷除闕滅，同時讓他得以趁隊進三合院擄走黃家祖孫。

他雖替長壽剷除眾多敵手，但他眞正合作對象，卻非死魔長壽，而是新任毒魔。這新任毒魔，和過去第六天魔王摩羅愛寵之一的見從，師出同門，是老同學。

老師當前最後兩步棋，是煽動死魔長壽率領冥船艦隊，和新毒魔一決死戰、一統陰間，但他與毒魔聯手，派出臥底，潛入長壽合作酒商，在長壽訂購的酒中下藥，長壽出戰之前，習慣帶著手下喝開戰酒，屆時全軍喝下那批下了藥的瘋酒，會漸漸喪失心神，酒醉失控；老師會趁機入侵艦隊系統，控制鬼門裝置，把整支艦隊連同一群醉鬼，送上陽世大鬧，想讓長壽被天庭全力征討；老師則趁隙偷溜，與毒魔主力會合，直攻長壽藏寶庫，搜刮煉魔藥材和各種寶物。

最後，老師要火焚黃家祖孫，讓上天究責於我、削我權限，你那些尪仔標、飛火宮、小小文、柴吉、紅孩兒，連同你家周圍轄區，恐怕要被拔除大半——在我陽世管轄權限削減的空窗期裡，便是老師修魔煉功、擴張勢力的大好時機——

不過你無須擔心，他這詭計現在無法得逞了。

你速速將這些消息，報給媽祖婆乩身，要天庭盡快做好出戰準備、令王船廠和小歸加緊趕工造船。

從現在開始，你將小文二十四小時帶在身邊，我一知長壽艦隊藏匿地點、出征時間，立刻燒籤給你。

你猜猜我怎麼得到這些消息的？

好好給我猜猜啊。

「……」韓杰和許保強拼出了完整籤令，仔細看完，登時沒了睡意，撥了通電話聯絡陳亞衣，令許保強將整篇籤令筆記傳給陳亞衣，準備帶許保強去祭祀博覽會與陳亞衣碰面詳談。

他倆穿過鬼門，經過陰間三合院棚架，只見幾個造船工忙著將軍火武裝上船——韓杰這時才明白先前那甲板上三尊六眼六臂的紙紮壯漢的用途——

韓杰劫得的這批軍火，大多是槍枝、火箭筒等手持武器，因此船匠造了紙紮兵，直接手持這些武器。

「武器就這些嗎？」韓杰隨口問。

帶頭工匠指著紙紮壯漢身後幾只長箱，對韓杰說：「其他武器和彈藥，都裝在武裝甲板上的軍備箱裡，這些軍備箱可以自由拆卸；紙兵手上的武器也可以改拿扇子、燈籠，方便太子爺乩身你視情況……規避陰間法規，呵呵……」

「武裝甲板？」韓杰扠手盯著整艘「船」，只見船上三尊獠牙紙漢，不僅六手都拿著重武器，還將一串串彈藥和手榴彈念珠似地掛在頸際胸前，全副武裝、威風凜凜，但整艘船上，依舊沒有船舵和座艙，忍不住問：「那……這船怎麼開？船舵呢？總不會要我站在船上，拿著槳划船吧？」

「哈哈。」工匠莞爾說：「這艘船還有座船艙，船艙部位是合法的，可以直接在小歸老闆船廠裡造，但這武裝甲板不合陰間法規，所以才拉進太子爺轄區裡造。」

「什麼……」韓杰這才知道，這模樣奇特的「船」，原來只是武裝甲板，還少了一座船艙沒有安裝，但他左看右看，見這「武裝甲板」前端狀似長槍槍尖，兩側像是方天戟上的月牙，中央空間留著一條溝槽空洞，用來安放座艙，未免太窄。

但韓杰此時自然無心細究這船設計，只拍拍工匠肩膀，說句「辛苦了」，便帶著許保強登上直升機，急急飛往祭祀博覽會與陳亞衣會合。

貳柒

黃有孝雙眼無神，蹲在馬桶前，捲著袖子、持著菜瓜布，一遍又一遍地刷著馬桶。

男人走到廁門外，輕咳兩聲，黃有孝毫無反應，繼續呆滯刷著馬桶。

「暫停暫停。」男人大力拍了拍手。

「是的老師。」黃有孝這才停下動作，起身退到一邊。

老師走到馬桶前，拉開拉鍊，掏出老二撒了泡尿。

「刷得夠乾淨了，出去掃地吧。」男人拉起拉鍊，洗洗手，離開廁所。

「是的老師。」黃有孝呆愣愣地跟著老師走出廁所，拿起掃把掃地。

老師坐在床旁電腦桌前，繼續和妻子視訊。

「周晨，你又叫學生幫忙打掃宿舍啦？」電腦螢幕那端的女人，有雙美麗的眼睛，身邊倚著個兩歲左右的男孩。

男孩和母親一樣，有雙又大又圓的漂亮眼睛，安靜扳弄著手中那只玩具機器人。

老師——周晨，瞅了黃有孝一眼，笑著對視訊那端妻子說：「他考試作弊還考不及格，本來要記過了，主任通知他爸爸來學校，他爸爸一見他就揍他，我替他向學校求情，讓他放學來我宿舍寫作業，我免費當他家教，不收他補習費，讓他掃掃廁所，他爸同意我的提議，覺得很划算。」

黃有孝抓著掃把，茫然掃著地，轉頭望了望老師周晨，只覺得老師似乎在說自己，但對於老師口中這段故事感到有些陌生——

他從來沒有作弊過，因爲他連作弊都不懂；他爸爸也沒有去學校打過他，他連他爸爸長什麼樣子都不知道。

他抓抓頭，不明白自己究竟在幹嘛。

自己爲什麼在這個地方掃地？

這裡到底是什麼地方？

他拄著掃把，東張西望——這是間數坪大的房間，房內擺設著簡單家具，是個平凡無奇的單身男人宿舍。

「有孝。」周晨注意到黃有孝神情困惑，起身接過他手中掃把，帶他來到門邊，拍拍他的肩。「時候不早了，你先回去吧，你阿嬤在家裡等你。」

「阿嬤……」黃有孝想起林嬌，正想說些什麼，只見周晨伸手對著他額心比劃兩下，立時又感到全身輕飄飄地彷如墜入夢境。

周晨微笑搭著黃有孝肩頭，揭開宿舍房門，門外是一條長廊。是陽世。

黃有孝抬腳要往外走，但被周晨按住肩頭。

「等等，門還沒打開。」周晨低聲喃唸一段咒語，關上門，再打開。

門外依舊是長廊，但是燈光光線顏色有些奇異，廊間壁面斑駁陳舊，空氣中飄著焦味氣息。

是陰間。

「再一次。」周晨再次唸咒、關上門、再唸咒、再開門。

門外不是長廊了，而是一處僅如一間更衣室大小的密閉空間，空間前方地板，有一處開口，開口底下，有一條筆直長梯。

是混沌。

「可以下去了，去陪你阿嬤聊聊天。」周晨在黃有孝耳邊這麼說，拍拍他的肩，低聲叮囑說：「爬梯子時小心，別摔著了。」

「是的老師。」黃有孝點點頭，走入那神奇空間，循著長梯直直攀下。

回到那處他待了五天的大房間——老師周晨在宿舍造出的混沌空間。

黃有孝步下直梯，往沙發走去，在林嬌身旁坐下。

「乖孫吶，你去哪裡了？阿嬤等你好久……」林嬌窩在沙發上，瞇著眼睛，半夢半醒問。

「我幫老師刷馬桶。」黃有孝喃喃應著話：「因爲我考試作弊……」

「考試……作弊……」林嬌夢囈般呢喃說：「你……不是畢業好久啦？你……怎麼又回學校……還作弊啦……」

「唔……」黃有孝歪著頭思索，想破腦袋也想不透自己爲什麼又回到學校，且還作弊了。

喀、喀、喀、喀——

一陣皮鞋聲響，老師周晨攀下直梯。

此時的他換上休閒西裝褲、襯衫和一件風衣，穿著皮鞋、戴著淺褐色墨鏡，一身都會雅痞裝扮。他拎起那裝著紙蓮花的小袋，喊了黃有孝兩聲。「替你阿嬤穿鞋子，準備出發囉。」

「是的老師。」黃有孝從沙發起身，替林嬌換上新鞋和外套，自己也套上球鞋，攙著她往周晨走去。

「拿好，別掉了。」周晨微笑地將裝著紙蓮花的提袋，遞給林嬌。

林嬌呆愣愣接下提袋，伸手觸了觸蓮花瓣，緊張地問周晨：「阿吉好幾天沒動靜了，他沒有事吧？」

「放心。」周晨笑著拍拍林嬌手背，說：「我帶你們去一個地方。」

「又要出去？去哪兒啊？」林嬌這麼問，轉頭東張西望。「這裡……又是哪裡呀？我好幾天沒回家了……」

「……」周晨揚起雙手，分別對著林嬌和黃有孝額心畫了道咒，說：「乖，除非我問你們話，不然別開口說話。」

林嬌和黃有孝眼睛隨著周晨手指骨碌轉動，神情變得更加呆滯，一齊點點頭。

「走吧。」周晨帶著祖孫倆，推開一扇門，走進一條陰森漆黑的狹窄防火巷。

黃有孝抬頭，自兩側樓宇高處縫隙望向天空，只見天空紅雲捲動，雲裡悶雷閃動。

防火巷外的大街陰風颼颼，風中飄著點點餘燼，大街對面，停著一輛漆黑廂型車，車門揭開，裡頭仍是那四個白面具傢伙。

周晨領著祖孫倆走出防火巷、乘上廂型車，一聲令下，關門開車。

周晨坐在車中，從胸前口袋取出一只小瓶，揭開瓶蓋，飲下毒魔替他準備的瘋酒解藥。

貳捌

陽世黃家三合院廁所裡，韓杰剛揭開拉鍊，撒尿到一半，便聽見小文飛在門外，尖聲啾啾叫個不停，甚至咚咚地撞著門。

「來了！」韓杰急急尿完，洗了個手，隨意在褲子上抹抹，開門。

小文抓著一管籤令，尖叫拋向韓杰。

韓杰接著籤令，揭開——

老師帶黃家祖孫離開混沌，與死魔長壽會合。

你現在立刻照計畫行動。

「什麼！」韓杰急急回房，穿上鞋襪，抓起外套、手機，穿透鏡面鬼門，來到陰間，奔到三合院內埕空地。

此時內埕空地上的造船棚架已經拆去，那艘武裝甲板兩天前正式開光啓用，距地十餘公分懸空飄浮著，甲板上三具紙紮壯漢，頭上綁著寬闊紅布，遮著六隻眼睛。

韓杰奔到武裝甲板前，急問那待命工匠：「這船可以開了嗎？不是說還有個座艙沒裝上？」

但那待命工匠一問三不知，只說座艙不歸他管，也無人向他回報進度。

韓杰即時向小歸撥了通電話，問座艙進度。

「正要聯絡你呀。」小歸在電話那端興奮地說：「昨天剛出廠，一天測試下來完全沒問題！保證你會喜歡！要是阿武看到你這台車，一定嫉妒到爆炸！」

「什麼？」韓杰聽得一頭霧水。「車？不是冥船駕駛艙嗎？」

「啊，一樣啦！陰間現在的冥船，功能就等於過去的汽機車，只差有沒有輪子、能飛多高。我跟你說啊……」

「你先別囉唆。」韓杰急急打斷小歸的話，問：「太子爺來籤令了，要我現在開船辦案，你駕駛艙什麼時候送來？」

「半小時前已經上貨車了，正在路上呀。」小歸說：「是哪件大案這麼急？這次要打哪個魔王？」

「我打完你就知道了。」韓杰為防走漏消息，並未將太子爺籤令告知陳亞衣以外的人，包括小歸。

他來到三合院牆邊，望著前方廢田上的直升機，一下子猶豫是該直接登直升機出發，還是耐心等待冥船駕駛艙到來。

他撥了通電話通知陳亞衣，太子爺下令行動開始。

□

深夜，王船大廟裡外騷動起來。

已經入睡的廟方人員，同時從床上彈下，大叫大嚷著神明託夢了。

還沒入睡的廟方人員，都被廟內數只香爐同時燃燒起火的情形給嚇傻了。

香客大樓裡上百名造船工匠，穿衣提褲地奔出房，彼此吆喝呼叫，不是說在洗澡如廁、宵夜談天時聽見神明降旨，就是自夢中驚醒，說神明託夢，每位工匠師傅們口述的神明旨意內容，完全一致——

陰間魔物將上陽世作亂，天差兵將準備登船巡狩；立刻替所有王船大爺點睛開光，準備焚船。

在香客大樓驚呼聲中，工匠師傅們一通通電話撥進廟裡——這個月來，廟方始終宣稱王船祭時間未定，只要他們全力造船，直到今日深夜，已有三十餘艘大小王船相繼完工。

幾個剛從睡夢中驚醒的廟方人員，衝上香客大樓，口裡也喊著同樣的事情。

本已熄燈的大廟，登時燈火通明。

一個年邁老廟祝在同事攙扶下，捏著毛筆、沾著硃砂，替數十尊王船大爺點睛開光，交給各船師傅安裝上船。

大夥兒將一艘艘開光王船自造船棚架推出，這才紛紛想起今夜神明旨意來得太過突然——這些王船塞不進大廟金爐，幾十艘王船一齊露天焚燒，未免太過擾民。

就在王船師傅和廟方人員交頭接耳討論之際，一輛輛卡車駛進大廟停車場，幾個資深廟方人員簇擁著那老廟祝來到大夥面前，要大家安靜。廟方人員先是低頭聽那年邁老廟祝低聲呢喃一陣，跟著大聲宣布：「神明有旨，準備了天火焚船，大家快幫忙把王船運上車。」

在喧譁吵嚷聲中，一艘艘王船被搬上卡車。

車隊如同長龍，浩浩蕩蕩駛向海岸。

□

車隊穿過大片蚵田之後，駛達一處沙灘。

貨運公司老闆穿戴宮廟鴨舌帽和夾克，帶著十餘名員工，已經在沙灘上等著，一見卡車停下，立時領著員工上前協助廟方人員和王船師傅們將一艘艘王船搬運下車。

「要在這裡燒船？」「現在燒船？」「有沒有向相關單位申請啊？」王船師傅們一邊搬船，一邊交頭接耳。

沙灘另一側，也有十餘輛私人車輛陸續停下，下來好多人，都戴著不同廟宇的帽子，或者老揹少、或是少攙老，先後往王船聚集處奔來。

這些人之中，一部分眼睛閃爍著銀白光芒，他們奔到了海邊站成兩排，有些人甚至小腿都泡進了海水裡。

陳亞衣、馬大岳和廖小年跟在這批人後頭壓陣，馬大岳和廖小年的雙眼金光綻放、氣勢非凡，可不同於平時的浮躁和畏縮。

「來——」一個眼泛銀光的大肚子老漢，站在海邊兩排人最前頭，扯開喉嚨，對著將王船扛進沙灘的隊伍嚷嚷大喊。「船來——」

「啊？」王船師傅們一面扛船，一面驚呼。「王船要下水？」「不是要燒嗎？」「我們的船還沒做防水啊……」王船師傅們這麼問一同扛船的廟方人員，但是廟方人員同樣一頭霧水，都說：「我也不知道，剛剛神明託夢要燒船呀，怎麼到了海邊要下水了……」

「陽世火燒得慢，這批王船直接用天火燒。」大肚子老漢聲如洪鐘，喊聲響遍了整片沙灘。「船來——」

「快快快！動作快！」陳亞衣領著馬大岳和廖小年，奔向王船隊伍，帶領隊伍走向海邊兩排人。「他們是上頭從十幾間廟裡選出來的臨時乩身，現在天差降駕，護送王船進天火、上天河。」

只見海邊兩排天差乩身銀光綻放，身後立起一面面幡旗，幡旗上方若隱若現地盤旋著一條條白龍；天差乩身們虛空抓下號角、大鑼、大鼓、酒壺、長劍和各式各樣的祭祀法器，開始敲鑼打鼓、吹鳴號角。

一聲聲鑼鼓號角聲悠遠柔和得有如夢境幻聲，第一艘王船扛進這兩排天差乩身隊伍中間。持著長劍的天差乩身舉劍指著船身虛刻畫咒，捧著酒壺的天差乩身含酒朝空中噴吐五彩光雲。扛船的王船師傅和廟方人員，只覺得王船重量漸漸輕了，大夥兒驚呼著，感到王船浮空離手，緩緩飛上了天，駛向大海。

前方海面上空，落下一陣銀白流星雨，在海面燒出一片銀白火光。

「啊！你們看——」「那就是天火？」扛船隊伍見到海面那片銀白火光，都驚訝得合不攏嘴。

「送王船上天的師傅先讓開，別擋著後面的船！」陳亞衣嚷嚷指揮人群，讓一艘艘王船經過天差乩身加持，浮空上天，駛向海面天火。

一艘艘王船駛入銀白天火，燒起五彩光芒。

「亞衣！」馬大岳突然開口，對陳亞衣說：「這邊差不多了，媽祖婆要我們先行北上部署。」

「好，我打通電話給韓大哥，看能不能請小歸爺派直升機過來接我們。」陳亞衣與馬大岳、廖小年奔出沙岸，奔到了停在蚵田邊的機車旁，取出手機撥給韓杰。

□

王船大廟地下倉庫，小姜小范共六名王船、紙紮師傅，在廟方人員協助下，登上那完工不久的大王船。

由於這大王船是用木骨結構外加紙紮貼皮做成，船身比純木造王船脆弱不少，六名師傅小心翼翼踏在一處小平台上，身子貼著身子，大氣也不敢多喘一下，生怕一不小心就踏壞了大夥兒多日心血。

大王船從船首至船尾有十公尺長，船底到艙頂約三公尺高；船身兩側分別加掛上數公尺長箱，箱裡裝的是帆桅和紙船帆，這些帆桅之所以沒有直接造在船上，是因為這地下倉庫不夠高，只得分開製造、另行組裝。

王船前後甲板則堆放一只只大箱，裡頭裝的正是韓杰劫得的那批啖罪軍火，和小姜小范特製的紙紮兵——這便是這艘王船無法和地上其他王船一齊送進天火的緣故。

廟方人員快速搬空王船船首方向所有雜物，在船首正對著的那面牆前，張開一面畫上金黃符咒的大布。

一位資深廟方人員在大布前方地板擺上一只米杯，點燃四炷香拜了幾拜，將其中三炷香插進米杯，拿著最後一炷香、招呼其他廟方人員走出倉庫、關上大門。

青森光芒自門縫底下透出，將倉庫前的廊道映得陰邪嚇人。

倉庫隱隱透出喀啦啦的聲響，所有人都不知道裡頭情形。

兩名年紀輕的廟方人員好奇地將耳朵貼在門上細聽，其餘廟方人員則默默盯著帶頭那人手中線香的亮紅香頭。

數人在倉庫前廊道中，足足等了半小時，直到線香燃盡，這才重新開了倉庫大門——

十公尺長、三公尺高的大王船，連同小姜小范等師傅，已經不見影蹤。

那張大布上的金黃符籙字跡也完全消失，只留下一張空白大布。

布前地板上的米杯傾倒，白米撒了一地。

貳玖

陰間，黑色廂型車在港區一座巨大倉庫前停下。

周晨帶著黃有孝和林嬌，微笑走向站在倉庫門前等他到來的死魔長壽。

長壽捏著紅色雪茄，盯著周晨下來那黑色廂型車，和車裡的白面具傢伙。等周晨來到面前，便問：「他們就是你說的私人助理？」

「是啊。」周晨點點頭，轉身朝廂型車裡的白面具傢伙揮揮手，示意他們離去。

車門關上，廂型車掉頭駛遠。

「這麼神祕？」長壽笑著問：「這幾個傢伙難得來我工廠，不來拜拜碼頭？我都想瞧瞧他們到底是何方神聖。」

「小工作室而已。」周晨笑說：「我就是看在他們行事低調，才請他們當助理，替我跑腿、當我司機，要是他們見了大老闆就湊去攀關係搏感情，那我也不敢請他們了。」

「呵呵，也是。」長壽抽了口雪茄，呼出口猩紅血風，微笑攬著周晨肩膀，帶他走進倉庫。

長壽回頭望了一眼昏昏沉沉跟在周晨身後的黃有孝和林嬌，問：「他們就是你打算活燒的陽世活人？」

「是啊。」周晨點頭說：「長壽爺你那旗艦船身材料，就是摻上這祖孫家中榕樹燒成的木灰。那榕樹經過上天加持，自帶神力，用這榕樹木灰造出來的冥船，比其他陰間魔王的冥船強大太多，您的主力旗艦，一艘能抵人家五艘、十艘。」周晨說到這裡，回頭望了林嬌一眼，繼續說：「美中不足的是，那老阿嬤以前不知道聽哪來的江湖術士的建議，把她死去老公的骨灰撒在樹下祭魂，整棵樹都染上老頭魂魄氣息，即便燒成木灰、造成冥船，短時間裡還是抹不去老頭氣味——太子爺在這祖孫家三合院插旗劃地，派了乩身韓杰過去招魂，似乎想讓那老頭像狗一樣，用鼻子『聞』自家榕樹的氣味，進而追蹤長壽爺旗艦位置，那樣的話，這艘旗艦火力再強、船身再堅固，每次出航都要想辦法湮滅航行氣味，十分麻煩。我擄走這對祖孫和老頭魂魄，直接燒了，簡單省事。」

「嗯，這些我聽你說過了……」長壽微笑點頭，帶著周晨、黃有孝和林嬌，來到倉庫深處，揭開一道門，向下走過數層樓高的寬闊長梯，來到一處巨型船塢。

這船塢有數層樓高，接近一座體育館大小，停駐著一艘巨船。

這巨船噸位不下一艘現代陽世巡防艦，船身長達百來公尺，通體烏黑，造型爲古代風帆戰艦，兩側船身上有整排砲門，裝設著百來座巨砲。

長壽帶著周晨三人登上這艘巨型冥船，冥船甲板上彷如流水宴席般擺開一條條長桌，桌上是美酒佳餚。

寬闊主桌前站著七男三女，手上端著水晶酒杯，杯中美酒閃耀著點點彩光，彷如星河。

「這就是鼎鼎大名的死魔十將？」周晨望著主桌十人，對長壽說：「好難得看到他們同聚一堂啊。」

「別說你了，就連我也很少同時召集他們十人。」長壽呵呵笑著，吸了口血雪茄。「我擺出這陣仗出征那新毒魔，也算給她面子了，之前打啖罪時都沒帶齊十將呀。」

「各位大哥大姊，幸會了。」周晨來到主桌七男三女前，恭敬朝十將鞠了個躬。十將沒有回禮、沒有應話，甚至連看也沒看周晨一眼，彷彿將他當成空氣。

周晨不以爲意，微笑接過侍者遞來的美酒，望著酒裡的星空彩光，喝了一口，陶醉說：「長壽爺出征前必喝的戰酒，還是一樣美味。」

「我是這家酒商老顧客了。」長壽也接過一杯酒，長長吸了口雪茄，沒吐煙，直接吞下整杯酒，仰頭閉目、雙頰起伏鼓動，像是緩緩漱口般。

「哈——」長壽吞下酒，張開嘴，呼出一股血霧，血氣裡隱隱透著彩光，像是閃雷般，他得意地說：「像不像陰間天空上的血雷雲？」

「長壽爺童心未泯。」周晨呵呵笑著，將杯中美酒喝盡。

「這支酒的產線，一直被我獨包，其他魔王想買也買不著。」長壽又接過一杯酒，一口喝盡。「出戰之前喝幾杯，當作提前慶功。」

「嗝——」周晨也接過第二杯酒，喝下半杯，打了個大大的嗝，拍拍肚子，笑說：「不曉得我這陽世活人肉身撐不撐得住這酒？」

「這是美酒，不是毒藥，不過接下來的主菜，你自己斟酌吧，我眞不知道你撐不撐得住啊——」長壽揚了揚手。「上菜。」

幾名侍者從船艙裡推出一個赤裸女人。

女人呈大字形被綁在方形鐵架上，全身體膚遍布花刀痕跡，均勻抹著醬料。

彷如一道生鮮人形料理。

「這就是長壽爺你說的毒魔心腹？」周晨望著那女人，輕啜口酒。

「你猜她是誰？她可是第六天魔王老姘頭見從的妹妹呀！」長壽揚開雙臂，讓侍者替他繫上用餐圍巾，笑著對周晨說：「這小丫頭本來還不承認自己和毒魔的關係，經我拷問半天，什麼都招了——那新毒魔老巢地點、機關、平時行蹤習慣、各大據點兵力分布什麼的，全都交代得一清二楚，哈哈哈哈！」

一個大廚模樣的傢伙，持著利刃來到鐵架女人前，切乳豬似地從女人身上削下一塊塊肉，放上一旁侍者手中白盤。

女人雙眼嘴巴都被縫著，發出痛苦呻吟。

侍者端著一盤盤肉，分發給長壽、周晨以及十將和四周眾嘍囉們。

「別怕！肉經過處理，用藥汁醃了兩天，沒有毒。」長壽見周晨托著餐盤，細看盤中肉，遲遲沒有動叉，笑著對他說：「不過你現在還是陽世肉身，害怕的話，不吃沒關係。」

「……」周晨望著盤中褐紅色肉塊，吸了口氣，說：「我的目標是成魔，吃幾口鬼肉，應該是我這成魔之路上，一件再簡單不過的事了。」

他這麼說，扠起肉塊，放入口中，細嚼品味。

他覺得這魂肉初入口時，像是經過醃製的生肉，咀嚼幾口，嚼出了各種滋味——不只是味覺上的滋味，而是她這條魂魄生前死後的記憶滋味，彷如快速品嘗她的一生。

「第一次吃鬼？」長壽見周晨半閉著眼睛，神情掩飾不住陶醉，笑嘻嘻地問：「喜歡嗎？」

「喜歡。」周晨點點頭，將盤中餘肉吃盡，喝了口酒。

「等你成魔之後，活人的滋味，你會更喜歡。」死魔呵呵笑著。

「是嗎？」周晨哦了一聲，望向身後的黃有孝和林嬌。

黃有孝和林嬌，呆愣愣地佇在原地，一動也不動。

「差不多了。」長壽一連吞下三盤肉、數杯酒，接過手巾抹抹嘴，對持刀大廚說：「推下去熬湯，晚點慶功時喝。」

「是。」大廚點點頭，指示手下將那被切得七零八落卻仍不停痛苦呻吟的女人推回船艙。

長壽揚手高呼一聲。「兄弟們，準備出航啦——」

死魔十將紛紛放下酒杯，領著手下飛離甲板，魚貫離去。

周晨向黃有孝彈了記手指，帶著他和林嬌，隨長壽登上艦橋——這艘巨型冥船外觀雖是古代風帆戰艦模樣，但艦橋內部卻像是科幻電影太空船駕駛艙般，有巨大螢幕牆和高科技操縱裝置。

長壽讓周晨坐在他斜前方那副船長座位，自個兒來到專屬船長座位，象徵性地搖了搖那黃金大舵，隨即下令舵手出航。

陰間港區一座座巨型倉儲上方，浮現一個又一個巨大方孔。

一艘艘冥船自方孔浮空升起——

這港區是死魔長壽的造船廠，有數十座巨型船塢，每個船塢都藏在獨立混沌空間裡，此時所有船塢一齊開門，所有的船艦全數出動，在空中排列整隊。

長壽那艘百來公尺的巨型旗艦居中，十魔分別坐鎮十艘護衛艦，護衛在旗艦前後左右，領著五十餘艘小艇，浩浩蕩蕩北上，朝毒魔船廠進軍。

參拾

深夜，碧潭渡船頭。

田啓法窩在三輪車旁，捧著葫蘆一口口喝著他那不是酒的酒。

一旁立著一支手機，上頭是與陳亞衣、林君育、許保強等人的視訊會議。

「喂喂喂，酒鬼，你到底有沒有在聽我講話？」陳亞衣不悅地點名田啓法。

「啊？妳叫我？」田啓法提著葫蘆對著手機晃了晃，說：「我不是說過了，這不是酒，喝不醉的。」

「我看你就一副喝茫了的樣子。」陳亞衣急問：「你們到底就定位了沒有啊？」

「渡船頭啊。」田啓法拿起手機，拍攝四周。「我從下午窩到剛剛，完全沒有動靜……」

「魔王艦隊剛剛才出發啊！」陳亞衣又問：「君育、小強，你們呢？就定位了沒？」

「我中午就來啦！」許保強捏著拳頭，對著鏡頭嚷嚷：「整條老街被我從頭吃到尾啦，那些冥船到底什麼時候來啊？」

「我剛剛已經說啦！魔王艦隊剛剛出發，大概還要幾十分鐘，才會飛到烏來瀑布吧。」

「我也差不多下午就到妳說的河濱公園待命了……」林君育坐在新店一處河濱公園長椅上，懶洋洋地持著手機，問：「妳呢？」

「我人在陰間，坐小歸的直升機，已經飛到新店了，現在準備找地方降落了。」

「喂，亞衣姊，我問一下，我們等下要打的到底是誰啊？」許保強埋怨：「妳早上傳給我的計畫表，上面寫得好複雜，我看不懂。」

「什麼？我明明寫得很清楚吧！」陳亞衣嘖嘖說：「好，我再從頭到尾說明一次，你們應該知道那個一直找韓大哥麻煩的老師吧？」

「知道。」許保強點點頭，視訊會議上的林君育和田啓法，也都同時應聲。「知道啊。」

「這個老師呢——」陳亞衣說：「他現在人就在死魔長壽的艦隊上，飛往烏來瀑布，準備進攻毒魔大本營，但是老師眞正的合作對象，其實不是長壽，而是毒魔——毒魔的大本營根本不在烏來瀑布，老師今晚的計畫，就是把長壽艦隊從烏來瀑布騙進市區、開上陽世、製造混亂，趁天庭派兵馬討伐長壽，打得天昏地暗的時候，自己偷偷跑去搶長壽的藏寶庫。」

「等等！我有問題！」許保強立時插口。「死魔長壽是笨蛋嗎？他好不容易造出一支艦隊，這麼簡單被老師騙上陽世搗亂，跟神明硬幹？他不是要一統陰間嗎？」

「他當然不是笨蛋。」陳亞衣說：「是那毒魔派了臥底進陰間酒商工作，在長壽定期購買的愛酒裡下了藥，讓魔王惡鬼喝下之後開始發酒瘋；另一方面，老師還是個駭客，他有參與長壽冥船艦隊控制系統的設計，在艦隊系統裡偷偷開了後門，可以隨意控制長壽冥船的鬼門開關，等長壽跟手下大將開始發酒瘋的時候，他才偷偷控制系統，讓整支艦隊開上陽世。」

「所以——」林君育問：「我們的任務，就是配合王船隊，攔截那些跑上陽世的冥船？」

「對。」陳亞衣說：「我們的王船隊現在正開過來，會早一步部署好，那些冥船一上陽世，就會被轟爛——麻煩的是，船上載著一大堆發酒瘋的惡鬼，到時候四處搗亂，會很麻煩，所以需要我們分頭待命——到時候王船隊會盡量把魔王的冥船逼到人少的地方，例如河濱公園。」

「原來如此。」林君育點點頭。「王船打冥船，我們抓鬼。」

「可是單單我們幾個……」田啓法有些疑慮。「怎麼攔得下整支艦隊上所有酒醉鬼？」

「當然不只我們。」陳亞衣說：「現在底下一隊隊陰差也會來支援我們。」

「等等！」許保強追問：「所以魔王長壽現在已經喝完酒了？我們怎麼知道他們開始發酒瘋了沒？」

「韓大哥說長壽剛剛喝完出戰酒，進艦橋指揮了。」陳亞衣說：「但是那酒的效果不會那麼快，會慢慢生效。」

「啊？」許保強聽得更訝異了。「師父跟妳說的？他怎麼知道那魔王喝酒了沒？怎麼妳講得像是他親眼看到的一樣啊？」

「他說是太子爺告訴他的。」陳亞衣這麼說。

「太子爺說的？」許保強愕然。「那太子爺是怎麼知道的？」

「太子爺要韓大哥猜，他猜是……」陳亞衣說到這裡，突然尖叫一聲：「啊！韓大哥傳訊息來了，魔王艦隊已經開到烏來，毒魔的船現身了——」

參壹

陰間，遠方山區瀑布，洩著漆黑的水。

十數艘大小冥船自瀑布周邊山林間緩緩升空，張開紫紅色的帆，帆上是些大毒蠍、大蜘蛛的圖案。

長壽斜斜倚坐船長位子上，端著一只酒杯，望著螢幕上遠方升空的毒魔船隊，輕輕晃動酒杯，斜眼望了身旁侍者一眼。

「大王……」侍者捧著半瓶酒，神情有些猶豫。「敵軍的船來了……」

「我看見了。」長壽冷冷望了侍者一眼。

侍者連忙替長壽手中空杯斟滿了酒。

長壽一口喝乾，望著螢幕上升空迎戰的毒魔敵軍，不悅說：「怎毒魔才這幾艘船？不是說已經造出八、九十艘船準備攻我？」

「說不定是陷阱。」周晨出聲提醒。「毒魔手段之一，就是將敵軍誘進己方地盤深處，才發現四處都是她的網。」

「我不怕她的網，也不怕她的毒。」長壽得意一笑，轉頭又看侍者一眼，搖搖手中空杯。

侍者恭恭敬敬再替長壽斟滿一杯酒。

長壽又一口喝盡，望了侍者手中空瓶，說：「再開一瓶給我。」

「您先前說剩下的酒，要留著慶功用……」侍者遲疑地問。「現在要開嗎？」

「開啊。」長壽瞪大眼睛，指著螢幕，對侍者說：「你沒看見毒魔那幾艘小船，最大艘的連我護衛艦一半都不到，已經可以慶功啦——」

「是……」侍者見長壽語氣不耐，連忙捧著空瓶奔遠，換了瓶新酒過來揭開，替長壽倒滿一杯酒。

「怎麼覺得，這批戰酒比過去戰酒還要好喝呢？」長壽舉著杯望著杯中酒水，見到前方幾名參謀都轉頭望他，有些還舔著舌頭，便問：「你們也想喝？」

參謀紛紛點頭，長壽哈哈下令侍者端酒上菜，分發給整個艦橋部屬，像是想直接在艦橋裡開慶功宴。

一個參謀模樣的老傢伙舉杯和身邊夥伴碰杯，喝了一口，指著螢幕大叫：「他們是不是要開砲啦？」

「嗯？」長壽見螢幕上，數百公尺外的毒魔船隊，紛紛橫過船身，一扇扇艙門揭開，推出一座座朱紅色砲管。

長壽艦隊這方，則竄出十幾艘全船覆甲、狀似龜殼的小艇，加快速度衝到前面，船身周邊張開一道道奇異符籙，在長壽艦隊前方，立起一面巨型盾牌。

毒魔十餘艘船，紛紛開砲，轟在龜殼小艇的符籙盾牌上，炸出一團團紫紅火團。符籙盾牆後方的龜殼小艇，和更後方的艦隊，毫髮無傷。

「炸。讓她炸。」長壽端著酒杯，從座位上站起，在艦橋駕駛艙裡散起步來。「她炸過癮了，才換我們。」

又是一陣紫火轟炸，毒魔船隊一分而二，一部分船往前開，一部分船往山林裡沉。

「他們動了！」「護衛艦傳來報告，山裡藏著一艘大船。」「大船好像要逃，天上這些船是要掩護底下大船逃跑。」

船上參謀們紛紛嚷叫起來：「大王！新毒魔必定在那大船上！」「我們快追，別讓她跑了。」「我們抓那毒魔來燉湯，看看燉出來的湯會有多毒，哈哈——」

「誰說要燉湯的？」長壽哼了哼，又喝下杯酒，吃了兩口侍者挾近嘴旁的小菜，說：「我要大火快炒。」

「好！」參謀們立時附和：「大王說要大火快炒毒魔。」「就大火快炒。」「用大王的死火炒毒魔，看那毒魔身上的毒，熬不熬得過大王那手死火！」

艦橋氣氛漸漸熱絡起來，一批參謀、指揮官等全部起身離座，接過酒杯、吃著小菜，像是公司尾牙一般。

巨型螢幕上，數艘負責斷後的毒魔冥船，加速往長壽艦隊這頭衝來。

三艘長壽護衛艦領著十來艘小艇上前接戰，重砲齊發，轟隆隆將毒魔冥船炸成火球。

數艘冥船火焰很快覆滅，湧出一股股奇異濃煙。

「毒魔放毒了！」「那是毒魔一派慣用的斷尾毒——」參謀們勾肩搭背，指著螢幕大笑，當中有人舉著酒杯，扯著喉嚨下令：「放驅毒彈——」

長壽旗艦加上一批護衛艦，一齊揭開數面艙門，裡頭嘍囉向外拋出一只只大桶。一只只被拋出船的大桶，外觀像是酒桶，在半空中一陣震動，桶身竄出兩隻黑色大翼，像隻肨鳥似地飛竄進了毒霧中，跟著轟隆爆炸，瞬間驅散毒霧——長壽大軍今夜征討毒魔，不僅出發前都打了退毒針、備齊解毒劑，船艦上也準備了各式各樣的驅毒法術彈藥。

「追啊——」參謀們鼓舞歡呼，互相敬酒，扯著喉嚨下令全軍追擊。

整支艦隊加速往前，循著溪流一路往北，緊追那隱藏在山林間逃亡的毒魔大船。

長壽剛剛喝盡一杯酒，直接從侍者手中奪下整瓶酒，左顧右盼，想找周晨過來乾一杯，卻見周晨站在座位前，持著手機說話，語氣有些著急。

「妳先帶他去急診，我盡快趕回去。」周晨眉心緊蹙，剛掛上電話，見長壽無聲無息來到他身邊，苦笑說：「長壽爺，我孩子高燒不退，我得回去看看他……」

「……」長壽伸手，替周晨座前空杯斟滿了酒，淡淡說：「我正想和你聊聊，剿掉毒魔之後的下一步……」

「長壽爺。」周晨苦笑。「我去去就來，從這裡搭小艇到我兒子急診醫院，不用三十分鐘，我看他幾眼，交代我老婆些事情，回來應該還趕得上您的慶功宴。」周晨說完，拿起長壽替他斟滿的酒杯，一口喝盡。

「好吧。」長壽點點頭，望了站在周晨身旁的黃有孝和林嬌，說：「這對祖孫先留在我這好了，你忙完了再回來接他們走。」

「長壽爺。」周晨說：「我準備用來火燒他們的祭壇，離我那醫院不遠，不如我順路帶著祖孫過去，將他們綁上祭壇，放火燒人，吸引天庭目光、轉移注意力；而你這頭大戰告捷，南下慶功，再趁著天庭追究太子爺責任產生的空窗期，一口氣接收幾個魔王旗下全部版圖呀。」

「嗯。」長壽默然不語，似乎有些心動，但仍搖搖頭說：「我上次說了，火燒活人狀告中壇元帥這條計，我還要再想想，你把人留在我船上，忙完了回來好好討論。」

「……」周晨靜默兩秒，向長壽鞠了個躬。「長壽爺，那我先上小艇了。」他說完，立時轉身，準備搭乘長壽爲他準備的私人冥船小艇。

「別讓他離開，他一上船會立刻打電話給毒魔。」

一個怪異說話聲音，在長壽身旁響起。

「什麼？」長壽呃了一聲，瞪大眼睛，左右張望半晌，跟著，將目光放到了身旁的林嬌身上。「是妳在說話？妳說誰打電話給毒魔？」

周晨停下腳步，回頭，愕然望著林嬌。

一路上昏昏沉沉、沒說幾句話的林嬌，此時兩隻眼睛炯炯有神。

「我說——」林嬌嘿嘿一笑，抬起手，指著周晨，說：「他一上船，就會打電話向毒魔報告呀。」

「黃家阿嬤呀，妳怎麼醒來了？妳作夢了？妳夢見我打電話給毒魔？」周晨笑呵呵地走回林嬌面前，揚手往她額心指去。

長壽端著高腳酒杯那手，飛快停在周晨手前，用杯底按著周晨雙指，一股灰色氣息，籠罩住周晨整隻手，令他無法施法蠱惑林嬌心智。

「長壽爺……」周晨苦笑說：「你信這老太婆說的夢話？」

「讓她把話說完。」長壽面無表情，兩隻眼瞳時而銳利、時而渾濁，他說到這裡，喝盡整杯酒，隨手將酒杯扔了，跟著直接拿起酒瓶往口裡灌。

「死魔長壽呀。」林嬌呵呵笑著說：「你過去喝過無數次戰前酒，可有一次像現在這般怎麼喝也喝不夠？越喝越覺得口乾舌燥、心浮氣躁？」

「因爲……」長壽舉起酒瓶，望著瓶中美麗酒水。「這酒好喝啊。」

「難喝的酒，又怎麼騙你喝下肚呢？」林嬌說：「周老師上你冥船，就是想等你喝醉之後，入侵你船上電腦系統啊。」

周晨聽林嬌這麼說，一語不發，臉上仍保持笑容，但笑容有些僵硬。

「入侵我船上系統？」長壽乾笑兩聲，問：「他怎麼入侵？」

「你整支艦隊上的電腦系統，他都有參與設計對吧，他暗中在你這艦隊系統裡開了後門——後門呀！這是電腦術語，老傢伙你懂不懂？他是個駭客，電腦駭客。」

「……」長壽雙眼骨碌亂轉。「然後呢？」

「然後……」林嬌說：「他只要用手機，就能控制你艦隊上的鬼門裝置，讓你整支艦隊開上陽世。再然後，你耗費大半財產打造出來的冥船艦隊，就等著被陽世王船隊圍剿殲滅——現在天庭在你艦隊路線上，已經部署了幾十艘王船等你，閻羅殿也出動大隊陰差上陽世待命，你的船只要一上陽世，天庭地府就會對你展開全面通緝。」

長壽轉頭，微笑望著周晨，問：「是這樣嗎？」

周晨搖頭苦笑，說：「長壽爺，這老太婆說夢話呢，不如我幫你看看她大腦，看她到底玩什麼花樣？」

周晨剛說完，臉上仍掛著微笑，但笑容陡然有些呆滯僵硬。

同一瞬間，林嬌右手飛快擋住額心，五指向外，像是抓著什麼。

「嗯？」長壽皺起眉頭，仔細瞧了瞧林嬌右手，隱約見到林嬌手上，抓著個東西。

「就連死魔長壽也瞧不見的生魂，當眞厲害。」林嬌嘿嘿笑地鼓嘴巴，朝手掌吹出一口銀白光風。

她虛抓著的手掌前，隱隱浮現出一個人形。

周晨。

「嘿嘿，我向天庭研究室『借』來的這些銀符，當眞有用吶，咬進嘴裡吹口氣，都能吹出你生魂胎光的樣子。」林嬌抓著周晨生魂胎光，往前走出兩步，往周晨肉身一按，將那離體生魂又按回周晨身體裡，拍拍他的臉，仰頭瞅著他冷笑。「終於逮到你啦……」

「不可能……」周晨肉身微微發顫。「這些冥船，都有遮天法術……祖孫倆的身，也被我施下了遮天術，你不可能……」

「哼哼。」林嬌舉起手向周晨展示手腕上那圈閃閃發亮的金符，說：「我令韓杰施在這祖孫手腕上的金符，除了藏著我那圈圈之外，還夾帶著兩道臨時降乩令，讓我隨時能夠降駕在他們身上，當晚我從黃有孝身上揪出假魂送上天之後，轉眼又降駕在林嬌身上了，我曉得你花招多。你真當我蠢蛋，揪了個假魂都不知道？我為了瞧清你究竟玩什麼把戲，可是耐足性子，觀察你好多天吶。」

林嬌邊說，飛快伸手，從周晨口袋抓出一只手機，嘻嘻笑地檢視起周晨手機內容。「這樣一來，你就沒辦法入侵長壽艦隊上的系統啦。」

「不……不可能……」周晨愕然說：「如果你那時就已降駕，我不可能察覺不出來——」

「降駕？」長壽聽周晨與林嬌對話，一時難以反應過來，他呆愣望著林嬌問：「你究竟何方神聖？是天上哪位神明？」

「嘿哈！」林嬌瞅了長壽一眼，咧嘴大笑對周晨說：「你這不知死活的小子，你自己看，連陰間魔王都嗅不出我氣味，我一直隱著氣息啊！如果是那摩羅，說不定能聞出我，就憑你這毛頭小子——」

林嬌這麼說時，兩隻眼睛閃閃發光，周身金光爆射，雄渾神力海嘯般四面震出。

「喝！你是……」長壽感受到林嬌身上爆發出的雄渾神力，酒意登時褪了大半，一連後退數步，駭然說：「中壇元帥……太子爺？」

附在林嬌身中的太子爺，聽長壽這麼說，哈哈一笑，對長壽說：「如果你沒喝那些酒，說不定能嗅出我，真可惜呢——只不過毒魔準備那批酒，本來就是為了讓你喝下之後變得蠢笨遲鈍，嘻嘻。」他說到這裡，指著周晨，對長壽說：「不過你別怕，我其實是來抓這臭小子的，至於你，我給你一個機會，你現在立刻退兵，帶著你這艦隊滾回老巢，之後你想怎麼搶地盤，都是之後的事，如何？」

「……」長壽繼續後退，連同一批被太子爺突然現身給嚇傻了的參謀、助手、侍者、保鏢等等，全退到這艦橋艙廂牆邊，彼此左顧右盼。

「大王，是那周晨出賣你？」「那周晨和天庭勾結，當臥底來著？」「不，周晨和毒魔勾結……中壇元帥是來抓他的……」「我們眞要退兵？」

「……」長壽惡狠狠地盯著林嬌，雙眼一下精銳、一下渾濁，快速交錯變化，全身發顫之餘，也流溢出雄渾魔氣。

「死魔。」太子爺威嚇說：「你眞醉瘋啦？本元帥令你退兵吶！你不服氣嗎？」

周晨見太子爺注意力不在自己身上，悄悄後退幾步，再次試著生魂離竅，但這次生魂卻怎麼也離不了身，同時感到眼前金光閃耀，額頭臉頰熱烘烘的——太子爺將他生魂按回體內時，在他額頭上抓出了個五指金印，又在他臉頰上也拍下一個金色掌印，封住了他生魂能力。

「爲什麼？怎麼不靈了？我的臉怎麼了？」周晨伸手抹臉，兩隻手腕倏地被額前金光捲上，猶如被上了手銬般，雙手被牢牢鎖在額頭前，動彈不得。

下一刻，那金光循著他手腕繞下，先綑他雙膝，再綑他雙踝，倏地緊縮，讓周晨咚地跪倒在地。

周晨感到雙膝撞地劇痛，全身被金光繩子鎖得無法動彈，此時的他，雙手被鎖在額前，雙膝跪地，姿勢猶如向太子爺祈禱膜拜般。

「乖孫，醒醒。」太子爺附在林嬌身上，拍拍黃有孝的臉。

「唔……」黃有孝被太子爺施法喚醒，見自己身處奇異場景，四周是魔王惡鬼，一時嚇得不知所措，見到林嬌就在身旁，急忙問：「阿嬤、阿嬤！這裡是哪裡啊？」

「我是太子爺吶！我降駕在你阿嬤身上，帶著你降妖伏魔呀！」林嬌雙眼發光說。

「什麼！降妖伏魔？」黃有孝瞪大眼睛，驚慌想問，還沒開口，便被林嬌揪到周晨身旁。

太子爺附著林嬌，掐掐周晨後頸，掐出一道金光，塞在黃有孝手上。

黃有孝望著手中金光，像是一條繩子，連至周晨頸子，不解問：「這是什麼？」

「這是狗鏈，鎖畜生用的。」太子爺指著周晨，說：「這就是盜你黃家榕樹的狗賊，被我抓到了，你給我好好牽著，別讓他跑啦。」

「什麼！」黃有孝聽太子爺這麼說，驚慌望著周晨，雙手緊緊抓著金繩，一刻也不敢鬆懈。

太子爺吩咐完，見遠處長壽依舊沒有反應，惱火催促：「死魔，我最後問你一次，你退還是不退？」

「我……我……」長壽雙眼交錯閃爍，不時輕拍額頭，像是理智和情緒對抗起來，他又拍了幾下額頭，搖搖晃晃走到船長座位前，在控制台上按下幾個鍵，喃喃說：「我好像眞是醉啦……中壇元帥太子爺大駕光臨……我怎麼敢……怠慢呀……」

他按下向護衛艦施令的擴音鍵，沉沉說：「所有人聽好，別追了，我們退兵——」

他剛說完，十艘大型護衛艦同時傳來回應——

「大王？爲什麼退兵？」

「我們就要追到毒魔大船啦。」

「毒魔大船砲轟我們！」

「我正要攻船了——」

長壽摀著額頭，兩隻眼睛閃爍得更加激烈，全身魔氣難以自抑地流溢出來，不時回頭，怨恨地瞪視周晨和太子爺。「我說……退兵……」

「哼。」太子爺望著長壽，冷笑說：「你不甘心也沒辦法，誰教你笨吶！被騙得團團轉——」

艦橋擴音設備，轟隆隆響著一艘艘護衛艦回傳的聲音。

「大王！收回你的命令！我們就要逮到毒魔了。」

「我好火大啊——」

「喂，其他九將，你們先退，讓我上船揪了毒魔，宰了她燉湯！」

「爲什麼我們退，你要退自己退，我來宰毒魔。」

「不，讓我來——」

「大王，我不退！」

十艘護衛艦上死魔十將，誰也不讓誰，沒有一個聽從長壽退兵命令。

「唉呀……」太子爺呆了呆，喃喃自語：「我忘了其他嘍囉道行不如死魔，現在已經開始發酒瘋啦。」他低頭問那跪地周晨：「這瘋酒怎麼解？」

「沒……沒辦法解……」周晨漲紅了臉，像是十分痛苦——太子爺施在他身上的金繩法術，不僅令他無法生魂離體，且綑得極緊，令他如同雕像般無法動彈分毫，他乖乖回答：「只能等他們自己酒醒……」

「這樣啊，那沒辦法啦……」太子爺哼了哼，扠著手走向長壽，冷冷說：「開砲吧。」

「開砲？」長壽問：「什麼意思。」

「你這艘大船裝著一堆違規火砲吧。」太子爺嘿嘿笑說：「我要你開砲，把那些不聽你命令回頭的船，全給我擊沉了。」

「什麼！」長壽及身邊手下聽太子爺這麼說，可都不敢置信，群情激憤，有些傢伙忍不住朝太子爺咆哮起來：「你要咱家大王下令砲擊自己手下冥船？」「這裡可是陰間吶，你管過頭了吧。」「你逮著你要逮的人，還不回天上邀功，死賴在我家大王船上做什麼？」「天規不下陰間，你無權要求我家大王聽你號令。」

「中壇元帥啊……」長壽一雙眼睛變得灰白死寂渾濁，他雖然語氣平淡，但身上溢出的魔氣，卻愈加旺盛激昂，像是接近沸騰邊緣。「老夫已經很給你面子了，過去我家出了叛徒，我一定親自懲治，今天這小子既然你要，我就讓你帶走，至於這艘船有無違規、我有無犯法，你可以另外向地府檢舉，現在，離開我的船吧——」

「你這艘船是用了王船寶艂造出來的，對吧？」太子爺來到長壽面前，跺跺地板、敲敲座椅，回頭望了周晨一眼，冷笑說：「現在想想，肯定也是臭小子嫁禍你的手段呀……」他望回長壽，說：「不管怎樣，算你倒楣吧，你這魔王在底下怎麼搶地盤是地府的事，但你偷盜王船寶艂造船，就是我的事了，你現在有兩個選擇——立刻開砲轟那些不聽話的護衛艦，想辦法把你那些嘍囉全給召回老巢，最後把這艘船上繳天庭；或是被我痛宰一頓，揪上天庭。」

「我有點想瞧瞧……」長壽往前走了兩步，全身魔氣狂捲。「中壇元帥那柄鼎鼎大名的火尖槍吶……」

「眞不巧，你沒眼福。」太子爺冷笑兩聲，抖了抖腳，在林嬌雙腳下抖出一雙風火輪，跟著甩甩手，甩出兩只乾坤圈抓在手上，對長壽說：「我火尖槍沒帶在身上，就用這圈圈跟你打吧。」

「你沒帶火尖槍？」長壽雙手往前一伸，手下浮現一柄漆黑手杖，他雙手按上手杖、拄著地板，背後竄出一條條灰霧觸手，觸手前端化爲刀槍劍戟——十八條觸手，同時也是十八柄武器。

「哈哈哈哈！你這是在扮孔雀？」太子爺附著林嬌，左腳踏著風火輪在地上滾動，將風火輪催得轟隆作響，舉著兩只乾坤圈噹噹互敲，笑說：「收拾你這隻老孔雀，用不著火尖槍，用我這兩個圈圈就行了。」

「是嗎？」長壽雙手拄著漆黑手杖，哼了一聲，背後十八條武器觸手倏倏竄起，刀槍劍戟、戈矛棍鎚，一記一記地往林嬌身上招呼。

太子爺揚起乾坤圈，格開幾條武器觸手，腳下風火輪炸開金火，倏地四處亂竄，一下子橫踩上牆、一下子在大螢幕踏過兩道火痕、一下子頭下腳上在天花板跑，跟著一眨眼，落回黃有孝身旁，踢翻兩個想趁機偷襲黃有孝的嘍囉。

長壽拄著手杖緩緩往前，背後十餘條武器觸手飛梭打去，卻不是打太子爺，而是打黃有孝——他知道太子爺那風火輪快絕無匹，便故意打黃有孝，太子爺若躲，黃有孝便要遭殃，太子爺若不躲硬扛，腳下風火輪便無用武之處——

太子爺左手一攤，乾坤圈浮在他掌心上方，瞬間竄大再縮小，噹啷一聲將九條打到他面前、穿過乾坤圈的武器觸手箍成了一束。

太子爺嘿嘿一笑，棄了乾坤圈向後躍開。

緊箍著長壽九條武器觸手的乾坤圈沉沉落在地上，咚地將地板砸出一個凹坑，像是有萬斤重。

長壽本要追擊，但見太子爺自己躍遠，身後的黃有孝和周晨卻一齊不見影蹤，先是一驚，隨後發現太子爺背後多了個褐色大包袱——豹皮囊，這才知道太子爺躍起之時，用豹皮囊將黃有孝和周晨都裝進了囊中，揹在背上，如此一來，他腳下那風火輪，便又有用了。

長壽甩動剩餘九條武器觸手，一齊打向太子爺。

太子爺故技重施，抛起第二只乾坤圈，又將九條武器觸手箍住、落地、砸凹一個坑。

艦橋艙廂裡一干長壽手下，即便飲過戰酒，焦怒毛躁，但被太子爺神光一映，又被長壽魔風一吹，都驚駭得渾身發顫，貼著牆站成一排，連替自家大王助威都忘了。

「你眞沒帶火尖槍？」長壽拄著手杖，盯著前方地板兩只金光閃閃的乾坤圈。「你還有什麼法寶？怎不拿出來？就剩腳上那風火輪？」

「我不怕告訴你，我將火尖槍、九龍神火罩和混天綾，都借給我御用乩身韓杰了。」太子爺附在林嬌身上，揹著只大豹皮囊，笑著對長壽說：「風火輪在我腳下、豹皮囊在我背上、兩個乾坤圈落在地上……現在我只剩下這個。」太子爺說到這裡，翻手一托，托起一塊金磚。

「但你也只剩支拐杖。」

「我可不只這柄杖。」長壽咧嘴笑了，後背倏地又竄出十八條灰霧觸手，化成十八柄武器。「你卻只有塊磚。」

「夠用了。」太子爺微笑拋玩著手上金磚。

「我吃下啖罪一部分魔身，現在的我，比當年摩羅更強！」長壽咆哮一聲，周身魔風亂捲，背後十八條武器觸手一齊往太子爺打去。

「你差遠了。」太子爺哼的一聲，操使林嬌一雙老邁細腿，踩著風火輪，踢得風急火快，先踢開幾條來襲觸手，跟著接連踩下幾條觸手，右手順勢沾沾金磚，對著被踩在輪下的觸手畫下金咒——被畫上金咒的觸手，像是被釘在地板上般，動彈不得。

長壽起初見太子爺只剩下一塊金磚，覺得自己佔了上風，但是疾打一陣之後，卻見十八條觸手之中，有幾條被太子爺施咒釘在地上，餘下觸手，被太子爺接二連三畫上金咒，不是崩裂炸了，就是燒起金火，一轉眼，新生而出的十八條武器觸手，全沒了。

他再次鼓動魔風，蹦出第三批觸手。

太子爺已經竄到了他面前，輕輕往他臉上搧了記巴掌。

這記巴掌不重，但是掌上有道金咒，印上長壽臉龐，頓時燒起金火。

「喝——」長壽驚駭之餘，鼓氣往後飛蹦，亟欲逃離太子爺攻擊範圍，但他僅蹦不到兩公尺，便突然落地，他這才驚覺兩枚乾坤圈仍鎖著他第一批十八條觸手，一左一右嵌在地板上，等同鎖住了他的身子。

太子爺再次竄到長壽面前，用林嬌那雙老手，扣住長壽雙腕，一腳將長壽那柄漆黑手杖踹成兩截。

長壽兩眼陡然變得墨黑一片，眼耳口鼻都炸出黑氣，鼓嘴朝著林嬌頭臉吹出一團漆黑火焰，將林嬌燒成一團人形火球。

「大王吐死火了！」眾參謀、助理、侍者見長壽這口黑火越燒越旺，紛紛歡呼起來。「就算是中壇元帥，被大王死火燒著，也要焦啦！」「大王死火天下無雙。」

長壽雙眼墨黑一片，嘴巴鼓得如同青蛙一般，這口黑火吹得又長又久，足足吹了兩分鐘，終於停下。

長壽停止吹火的同一刻。

林嬌身上的黑火也隨即沒了，全身金光閃耀，毫髮無傷。

「摩羅當眞比你厲害多了。」太子爺說完，也鼓起嘴巴。

「喝——」長壽驚愕之餘，迅速鼓脹雙頰，對著林嬌吐出第二波死火。

但長壽這第二口死火剛出口，轉眼被迎面而來的金火撲蓋覆滅。

太子爺三昧眞火雖然慢了一拍才吐出，但轉眼蓋過長壽漆黑死火，籠罩住長壽上半身。

「吼——」長壽嘶吼催動魔氣想逃，但是他背後觸手被乾坤圈鎖著、雙腕也被太子爺牢牢抓著，足足挨了好一陣子火，終於動也不動，身子一癱，跪倒下地。

「喝！」一干死魔嘍囉見到死魔跪地，紛紛驚恐大叫——長壽胸口以上，竟讓三昧眞火直接燒沒了。

太子爺望著眼前那無頭長壽身軀，靜默幾秒，翻手取下豹皮囊，抖開袋口，倒出黃有孝和周晨，再將長壽兩隻斷手連同無頭身軀吞入袋中，綁緊袋口再次扛上背。

豹皮囊在林嬌後背上，再次掙動起來，隱隱透出長壽慘吟聲。

「裝死可沒用呀。」太子爺揹著豹皮囊，拿著金磚在黃有孝和周晨身邊，畫出一個金色圈圈，令黃有孝看著周晨，自個兒抓著金磚，四處追打起長壽嘍囉，打得一干嘍囉鬼哭亂號、抱頭鼠竄。

黃有孝抓著金繩、望著周晨，像是作了場夢般。

周晨呆愣愣地呢喃自語，似乎也一副大夢初醒的神情。「我不懂……為什麼會這樣……一切不是很順利嗎？」

他抬起頭，發現太子爺附著林嬌，又站回到他面前。

「見面不如聞名呀，臭小子。」太子爺用林嬌的手拍拍周晨的臉，令他舉在額前的雙手垂下，盯著他雙眼，問：「你真是之前那個三番兩次找韓杰麻煩的『老師』？你沒我想像中厲害呀。你那間混沌工作室確實安排得巧妙、你整幾個魔王的計謀也挺刁鑽、你那生魂出竅的技巧也確實厲害，但我暗暗看你數日，看來看去，總覺得你少了股氣。」

「少了股……氣？」周晨仰頭，愣愣望著林嬌，不明白太子爺這麼說的意思。

「你口口聲聲以摩羅為目標，想要取而代之，但聽你多講幾次，越聽越覺得你像是孩童發夢，像個傀儡。」太子爺哼哼地說：「你能令生魂胎光單獨離體，厲害是厲害，但你其他法術卻普普通通，你施在祖孫身上的迷魂術也時常失效，對照之下，你那胎光離體的厲害法術，像是向人『借』來的，不像是自己練成的。你老實說，你背後到底還有誰？」

「借來的……我向誰借？誰能借我這種力量？」周晨茫然望著太子爺。「我背後……還有誰？」

「……」太子爺望著周晨，正想繼續逼問，突然感到船身微微震動。

四周氣息陡然變化，巨型螢幕上的景象也有所不同。

巨大冥船已經不在陰間，而是穿過鬼門，航進了陽世。

「啊？」太子爺啊呀一聲，瞪著周晨，喝問：「你手機不是被我拿下了？你還有其他方法入侵船隊鬼門系統，將冥船開進陽世？」

「不、不對啊……」周晨神情訝然，說：「除了我帶在身上的手機以外，能夠控制艦隊系統的，就只剩我混沌工作室裡的電腦啦，現在有人在我工作室裡？」

「嘖……」太子爺提起周晨、托著黃有孝，倏地奔出艦橋、奔上甲板，也不理甲板上亂竄的小鬼小怪，一直奔到船首，只見遠方市區天際上方，冥船、王船早已戰成一團。

參貳

陽世，碧潭渡船頭。

本來窩在三輪車喝酒看星星，不時對手機視訊會議插兩句話的田啓法，突然挺直了背，葫蘆口還端在嘴邊，卻沒喝。

他雙眼盯著遠方天際，只覺得有幾顆星模樣有些古怪——先是發出異光，跟著異光扭轉成漩渦狀，揭開一處漆黑破口。

一艘古代帆船，自破口中竄出。

「啊！」田啓法立時拿起手機，急急叫嚷：「媽祖婆乩身，我們今晚要打的冥船，是不是有帆？長得像是電影裡的海盜船啊？」

「不一定啊，冥船什麼造型都有……」陳亞衣隨口問，突然尖叫一聲，疾聲下令：「大家注意，冥船進陽世了——」

「啊？」田啓法雙眼一直盯著那艘破空航出的冥船，聽見陳亞衣急叫，本能望向手機，卻見陳亞衣和林君育離開會議，似乎已經出動，只剩許保強還掛在線上。

「喂！所以我現在該去哪啊？」田啓法拿著手機、提著葫蘆奔下三輪車，奔到坡堤空曠處仰望天空，只見整艘黑帆冥船在天上胡轉亂飛，當眞像是醉了一般。

田啓法手機那端，許保強興奮地東張西望，嚷嚷回答：「你看哪邊有鬼，就去哪邊啊。」

「哪邊、哪邊……」田啓法抬頭只見整片天際漩渦黑洞越來越多，一艘艘冥船破天衝出。

「哇！滿天都是啊！」

「滿天都是？」許保強急問：「怎麼我這邊還沒動靜？可惡，早知道就跟你換！」

田啓法見一艘艘冥船小艇掠過上空，一時也不知道自己究竟該上哪兒協防，正猶豫間，突然感到後方隱隱透來一股溫暖氣息，回頭，只見天際另一端橙光閃耀，是自南部北上的王船隊過來攔截這些冥船了。

「是王船，王船來了！」田啓法興奮大叫，突然又見到前方天上出現幾艘冥船，彼此追逐交戰——一艘紫紅色冥船被數艘漆黑冥船包抄追擊。

紫紅色冥船陡然在空中打橫，對著追兵開砲。

黑色冥船紛紛散開，跟著開砲還擊。

兩邊一陣互轟，紫紅色冥船船身挨砲起火，往渡船頭這一端山林墜下。

幾艘黑色冥船緊咬不放，沉入山林追擊。

田啓法提著葫蘆，往那方山林趕去，還沒奔出多遠，前方上空陡然破開一處漩渦黑洞，一艘小艇飛梭竄出，掠過田啓法身邊，斜斜墜進水裡，然後又向上竄出，打水漂似地竄進新店市區。

田啓法被那艘突然竄出的冥船小艇嚇得跌倒在地，急忙掙扎起身，撿回葫蘆和手機，對著手機那端的許保強叫嚷提醒：「小心吶，有一艘船往你那兒飛去啦！」

「收到！」許保強收去手機，奔在深夜無人的老街上，從背後球棒袋裡抽出他那柄遍布補釘的鬼王刀，興奮揮舞。「開打囉、開打囉！」

在他前方數百公尺外，一艘冥船小艇無頭蒼蠅般撞進了民宅，怪異地嵌在民宅樓中。

陳亞衣事前吩咐過，陰間冥船的船身，甚至船上火砲武裝，並不會對陽世活物、實體造成破壞，真正對陽世有威脅的，是船裡那群發著酒瘋的惡鬼。

許保強衝到那民宅前，只見嵌在樓房裡的冥船艙門揭開，湧出一隻隻惡鬼——都是死魔長壽手下嘍囉。

惡鬼們有些踩著樓宇牆面、有些飛在空中，像是想將這冥船，硬從陽世樓宇中拉出般。也有幾隻惡鬼，搖搖晃晃踏著醉步，見到自己身處陽世，顯得十分興奮，蹦跳叫嚷。

其中一隻惡鬼，見到往這兒奔來的許保強，指著他吼叫起來。「那人手裡是不是拿著法器？」「是啊！」「是敵人？」「誰知道。」「抓回去獻給大王吧。」「好呀！」

七、八隻長壽嘍囉醉醺醺地躍下，露出猙獰面目、張牙舞爪地擁向許保強。

「開幹啦——」許保強見惡鬼們主動衝來，興奮地從口袋摸出幾枚驅鬼鹽米糰子，唰地擲向惡鬼，炸得惡鬼們吱嘎怪叫，跟著掄著鬼王刀，殺進惡鬼隊中，一陣亂打。

一艘艘漆黑冥船駛過許保強頭頂上方，往市區深入，四周王船隊逼近攔截，紛紛向冥船開砲。

王船上裝載著紙紮士兵，挺著紙紮槍、推著紙紮砲，這些紙紮槍砲經上天加持，火力不下真實火砲，轟隆隆擊燬一艘艘小艇。

好幾艘著火小艇墜落進市鎮街道各處，衝出一隻隻惡鬼嘍囉，大吼大叫著到處亂竄，甚至附上凡人身子作亂。

一間便利商店大夜班店員，本來畏畏縮縮地對著一個刺龍畫鳳的客人不住點頭道歉，被竄入商店的惡鬼附體，一拳打在那流氓客人鼻子上，大吼大叫地撲過櫃台，壓在那客人身上，發狠咬他流血鼻子。

那流氓客人驚恐推開店員，罵了幾聲粗口，見那店員模樣恐怖，兩眼發光，登時氣焰盡失，回頭拉著女伴想逃，卻見女伴兩隻眼睛也閃爍青光，還沒反應過來，又被女伴撲倒在地上狠咬鼻子。

「幹你們老師咧——」一聲爆罵自外響起。

牛頭張曉武捲著西裝袖子，氣呼呼地踏入商店。

被惡鬼附體的女伴和店員蹦跳起身，見是陰差來了，怪叫一聲，倏地離體，一個跳到貨架上、一個攀伏在櫃台，一齊朝著張曉武齜牙咧嘴。

流氓客人摀著被咬裂一半的鼻子，連滾帶爬地穿過張曉武，竄逃出店。原本的店員不知所措地癱倒在地，流氓女伴則抹著嘴角鮮血，嚇得嚎啕大哭，聽見流氓發動引擎聲，趕忙跌跌撞撞地追了出去。

兩隻惡鬼先後撲向張曉武，被張曉武一拳一個擊倒在地。

「眞的在發酒瘋啊，騷擾活人，還打陰差！」張曉武取出兩只骨銬，將兩隻惡鬼上了銬，拖著他們往店外走，見兩隻醉鬼還不停反抗，便咚咚咚地往他們肚子攢拳。

「曉武哥！」馬面顏芯愛遠遠奔來，身後還跟著一輛陰差公務車，車裡塞滿了惡鬼。

張曉武提著兩隻惡鬼來到車旁，也沒開車門，直接將惡鬼從車窗塞入，見一個惡鬼腦袋還露在窗外，便掄起拳頭，打地樁似地將那惡鬼腦袋打進窗裡。

「這輛車塞不下啦！」張曉武哼哼地拍拍窗，對著前方駕駛座兩人說。「去換輛新車過來。」

「曉武哥。」顏芯愛拿著陰差專用ＰＤＡ，指著上頭一團紅點，再指向斜前方。「那邊還有好多鬼。」

「幹咧！」張曉武哼的一聲，抖開甩棍，帶著顏芯愛急急趕去，遠遠見到一條十字路口，有輛陽世汽車來回亂衝、不時甩尾轉彎，一群惡鬼圍在車前歡呼叫囂。

被鬼附身的駕駛像是在回味過往飆車人生般，在十字路口繞來竄去，急轉甩尾，將輪胎磨出一陣灰煙。

「陰差！」「是陰差，陰差來啦——」「快逃啊！」

幾隻惡鬼們拔聲尖叫，被附身的駕駛急忙開門下車，連同幾隻惡鬼，一同往小巷逃去。

「幹，站住！」張曉武和顏芯愛追進小巷，只見前方巷口竄出一人，攔下那被附身駕駛——是馬大岳。

馬大岳此時兩眼精光閃耀，一記劍指指在那駕駛眉心上，將附體惡鬼倏地打出體外，跟著俐落托住昏厥駕駛身子，扶著他坐倒在地，望了追來的張曉武和顏芯愛一眼，伸手指了指兩側牆壁。

張曉武和顏芯愛立時會意，分頭穿牆，去追那些遁牆亂竄的惡鬼。

張曉武一口氣追出幾間房，揪著兩隻惡鬼，再竄出牆來，和顏芯愛會合，顏芯愛也揪著一隻惡鬼。

廖小年兩眼發光，拖著五隻五花大綁的惡鬼奔過街道，交給張曉武和顏芯愛。

「給我幹嘛……」張曉武左手兩隻惡鬼、右手五隻惡鬼，左顧右盼，也不見陰差公務車過來接鬼，連連嚷著：「芯愛，快叫車過來。」

顏芯愛一面請求支援，一面悄聲問張曉武：「曉武哥，剛剛那是……天上的千里眼？」

「我哪知。」張曉武望著那奔去對街的廖小年，沒入巷弄，哼哼地說：「天庭怎麼不派幾輛車下來裝鬼？」

「有喔有喔！」陳亞衣從張曉武和顏芯愛身後巷弄奔出，聽張曉武說話，立時奔來，指著一個方向，說：「有兩艘王船下來載鬼，你們的車不夠，就把鬼送去那邊囉。」

「啊！是媽祖婆乩身啊。」顏芯愛好奇問：「媽祖婆沒降駕嗎？」

苗姑自陳亞衣手上奏板飄出，說：「媽祖婆在天上眼觀大局呀，這些嘍囉小鬼，我們抓就行啦……」

苗姑還沒說完，眾人只見一艘大冥船，挨著王船砲火，撞上一棟賣場，斜斜嵌進那賣場樓中。

「外婆，我們過去看看！」陳亞衣急急領著苗姑往那賣場奔去。

張曉武和顏芯愛也趕忙奔去，遠遠便見到整間賣場周遭燃起了鬼火——這些鬼火雖然燒不著陽世建築、活人，但幾個泡在鬼火裡的客人和店員似乎多少受到了影響，顯得疲累鬱悶。

奔在前方的陳亞衣晃著奏板，向媽祖婆借下了白面神力，周身泛起螢白光芒，奔入賣場。

「曉武哥，樓頂有大尾的傢伙——」顏芯愛將陰差ＰＤＡ遞到張曉武面前。

張曉武湊去一看，只見一堆紅點重疊在賣場位置上，紅點之中，有枚紅點被特別標上一只骷髏標記。

顏芯愛點開標記，上頭是那紅點資料——

代號：大牙

身分：死魔十將之一

狀態：通緝中

犯行：共一〇七件……（點入查看詳情）

「哇靠！」張曉武也懶得點擊細看這大牙犯行細節，立時領著顏芯愛，直接飛身踩牆，一口氣奔上賣場頂樓。

只見死魔十將那「大牙」，領著一群惡鬼，圍著一個陽世活人。

陽世活人兩隻前臂上依附著一對油壓大剪。

是媽祖婆和大道公共用乩身林君育。

「給我拿下——」大牙雙眼通紅，嘴裡四顆犬齒長長勾在嘴外，左手拿著一瓶戰酒，右手抓著一柄鋸齒大刀，吆喝下令。

惡鬼擁向林君育。

林君育揮動兩柄油壓剪，噹噹敲倒來襲惡鬼，見到大牙一刀劈來，雙手交叉一架，用一雙油壓剪硬扛大牙刀劈。

「呀哈哈哈哈——」大牙尖聲大笑，手中彎刀唰唰變形，鋸齒突出，「咬住」林君育那雙油壓剪，跟著左拳磅磅地往林君育肚子狠摜數拳，打得林君育捧腹跪地，神情痛苦。

「別動！」顏芯愛舉著電擊槍，奔向鬼群，指著大牙威嚇：「你們被捕了，快放下陽世活人——」

「是陰差！」「大哥，陰差來了。」惡鬼嘍囉拔聲嚷嚷，卻不後退，反而往顏芯愛圍來，一個個眼泛紅光、口噴凶氣。「是個馬面小妞兒！」「我們把她逮回去，一起燉湯怎麼樣啊？」「好呀，毒魔燉馬面小妞，這鍋湯一定好喝！」

顏芯愛見一個惡鬼說要抓她燉湯，還伸手往她馬面鬃毛抓來，氣得扣住那鬼手腕，一腳踹在他膝蓋彎上，將他翻摔在地，跟著一腳踏在這惡鬼臉上。「我燉你媽個頭！」

「這小妞好兇啊——」惡鬼們紛紛撲來。

再一一飛出。

張曉武此時戴著一只熊頭造型的全罩頭盔、身覆重甲，擋在顏芯愛身前，舉著一雙熊爪手套，磅唧唧地擊飛來襲惡鬼——

這是他向小歸買的動力裝甲，終生保固，因此他每次出勤，逮到機會就要穿上威風一番。

「曉武哥，你忘記俊毅要你低調，不要動不動就穿這裝甲，這是違禁品耶！」顏芯愛這麼說。

「囉唆。」張曉武哼哼走向大牙。「妳忘了俊毅也說眞到了緊急時刻，他會睜一隻眼閉一隻眼嗎？」

「現在是緊急時刻嗎？」顏芯愛舉著電擊槍跟上張曉武。

「不然咧！」張曉武走向大牙，朝他招招手，說：「放下活人，跟我單挑。」

「好啊！」大牙揚手一抖，收回彎刀鋸齒，拋下林君育，走向張曉武。

但沒走出兩步，立時被林君育自後撲上、勒住頸子。

「臭小子——」大牙惱火反手要抓林君育腦袋，身子挨著顏芯愛擊發的電擊彈，麻痺一陣，正想還擊，張曉武已經奔到大牙眼前，二話不說舉著熊爪手套往大牙胸腹頭臉連續毆擊。

「喝——」大牙暴怒，左甩右甩，也甩不掉勒他頸子的林君育，又被張曉武揍了十幾拳，暴怒大喝：「王八蛋，你不是說單挑嗎？」

「是嗎？我有說嗎？你聽錯了吧？」張曉武點點頭，熊爪一翻，開啓電擊模式，一拳摜在大牙肚子上，放電。

「啊……」林君育也被這記近距離放電電得鬆手落地。

大牙暴怒，一拳擊在張曉武熊頭頭盔上，將張曉武那頭盔透明面罩打裂一片，跟著一腳將他踹飛好遠。

「曉武哥，你小心啊。」顏芯愛舉槍指著大牙，急忙提醒。「他是魔王長壽手下排行第三的大將耶，沒那麼好對付。」

「噢幹——」張曉武搗腹站起，惱火說：「老子還需要妳提醒……」

「什麼？排行第三？」大牙怒瞪顏芯愛。「妳說什麼？我是長壽大王手下頭號大將！」

「不是，你不是。」顏芯愛舉著ＰＤＡ，點開死魔長壽手下資料，對大牙說：「你排第三——這是閻羅殿整理的資料。」

「放屁！長壽爺手下，誰有資格排在我前面？」大牙暴怒，怒喝手下。「你們還看戲，還不一起上，給我宰了他們！」

「是。」大批嘍囉一齊衝向顏芯愛，卻被顏芯愛腳下襲來的一波黑色震波震倒滿地。

陳亞衣黑頭黑臉地自安全門殺出，奔到顏芯愛身旁，舉著奏板，朝著眾鬼大喝：「何方惡鬼膽敢上陽世作孽，還不退下——」

陳亞衣怒吼同時，前腳重重一踏，再次踏出一片震波，海嘯般再次捲倒一票惡鬼嘍囉。

大牙踏在漆黑震波裡，像是踩過海灘淺浪一般，一點也不懼怕陳亞衣黑面神力，他仰頭喝乾了戰酒，拋下酒瓶，醉醺醺地走向陳亞衣，哼哼說：「通通一起上啊！」

陳亞衣還沒上前迎戰，張曉武反而搶在前頭，挺起一雙熊爪，衝上去要打大牙。「死魔手下老三，過來跟老子單挑！」

「喝！」大牙聽張曉武叫他「老三」，怒不可抑，一刀劈向張曉武。

張曉武閃過大牙刀劈，掄著熊爪磅磅朝大牙胸腹猛擊，第三拳被大牙左手接下。

大牙左手化出如同虎豹一般的凶猛獸爪，牢牢掐著張曉武的拳頭，像是想要將張曉武右拳整個捏碎扭爛一般。

張曉武被大牙捏得單膝跪地，右拳劇痛欲裂，急忙透過語音，調整重甲功能，啓動裝甲全部動力，雙手抵著大牙一手，這才勉強支撐住大牙蠻力。

「我在長壽爺手下，排行第一！」大牙兩隻眼睛血紅一片，右手彎刀一扔，五指一張，也彈出大爪，惡狠狠地對張曉武說：「你這傢伙戴著個熊頭、熊爪手套，眞以爲自己變成一頭熊啦？你這熊爪很凶？有我虎爪凶嗎？」

「你的虎爪，有俺虎爪凶嗎？」

大牙身後，響起一聲粗野沙啞的說話聲音，湧現一股剽悍氣息。

大牙駭然鬆手轉身，只見林君育一雙眼睛精銳發亮，好似虎目，張揚著的雙手上，浮現一雙巨大虎爪，身後還隱隱有條虎尾，來回抽甩。

「你……你是……」大牙見林君育雙爪探來，連忙伸手去接，與林君育對爪互抓，轉眼便後悔了──林君育這雙大虎爪的力量，比剛剛那油壓剪可要大上太多太多。

「嗯？你這也叫虎爪？是幼虎小爪？」林君育嘴巴未動，喉間滾動著沙啞聲音，硬生生將大牙雙爪捏碎扭曲變形。

「哇──」大牙發出慘嚎，膝蓋彎又被張曉武發狠一踹，跪倒在地，驚恐望著林君育。

「你……你到底是誰？」

林君育還沒回答，苗姑已經飛到大牙頭頂上方，抖開她那紅袍，蒙住大牙腦袋，唸起退魔咒語，搶著說：「我是媽祖婆分靈苗姑，媽祖婆令我來降妖伏魔啦──」

「哼。」林君育一雙虎目精光閃閃地瞪著苗姑，喉間沙啞鳴響。「老太婆，老是想搶功勞。」

「大老虎。」苗姑哼哼地說：「我搶功勞？是你偷懶吧，剛剛見阿育被打吐了都不現身，見這傢伙露出爪子，才搶著出來跟他比爪子。」

「俺這是伺機而動。」黑爺哼哼說。

「哇——」大牙被苗姑蒙著頭唸咒好半晌，終於哀號求饒。

賣場上空，又飛來一艘護衛艦。

大牙手下嘍囉們見到天空那艘護衛艦，紛紛叫嚷求救：「快來支援！」「我們有麻煩啦——」

巨大冥船護衛艦開始下沉，想來支援大牙，但前後立時包來兩艘王船，轟隆隆地對這冥船展開砲轟。

這冥船也開砲還擊，兩邊互轟一陣，冥船陡然唰地不見。

「啊？」陳亞衣望著上空，見那冥船突然消失，有些困惑，啊呀嚷嚷說：「對了，這些冥船裝著鬼門裝置，隨時能撤回陰間！」

她這麼說時，只見天上大隊冥船漸漸不敵陽世王船，一艘艘消失在上空，又一艘艘竄回陽世，仗著陽世王船無法下陰間，神出鬼沒地和陽世王船玩起貓捉老鼠。

參參

陰間上空航行著一艘巨大王船。

沿途吸引了所有遊魂野鬼們的目光，大夥兒都好奇交談著：「那是冥船？」「氣味不太對呀……」「怎麼看起來像是陽世王船？」「陽世王船怎地開進陰間來啦？」

二十餘分鐘前，一隊受天庭聘僱的陰間人員，在那王船大廟陰間對應位置，開啓鬼門，將載有小姜等人的大王船拖至空地一處事先建好的火化壇，在陰間火化這艘王船。

這艘火化成形的特製王船，比火化前大上許多，全長近三十公尺，且經過特製，能夠乘載活人航行，方便小姜小范登船指揮紙紮士兵、操使攻防紙術。

王船甲板上站著大隊紙紮士兵，持著各式機槍、榴彈槍和火箭筒——都是韓杰劫得的那批軍火；除此之外，甲板上一只只大箱裡，也裝著小姜等紙紮師傅們各家壓箱寶。

小姜站在船首，持著望遠鏡，遠遠見到前方市鎮上空，那時而現身、時而隱沒的冥船。

陽世王船巡狩人間，受神力加持、船堅砲利，不怕和冥船互轟，但這些裝有違禁鬼門裝置的冥船，一旦隨意穿梭陰陽兩界，神出鬼沒，那麼王船便要吃虧了。

小姜小范這艘船，就是部分神明因應這點所想出的應急之道，讓王船在陰間火化成形，甚至加裝上陰間武裝，直接在陰間截擊那些游竄冥船。

「大家準備，前面好多冥船，應該就是魔王艦隊，真的要開打啦——」小姜透過身上的無線電對講機，向其他師傅喊話。儘管過去他沉迷那些旁門左道紙紮術法，但就像是某些模型槍枝收藏家，頂多帶著漆彈打打生存遊戲，可從未想過有朝一日，自己會登上戰場最前線，帶著親手造出的紙兵紙獸，與陰間魔王艦隊作戰。

小范守在船尾，蹲伏在兩排持槍紙紮兵間，在一只燭台上點了火，然後揭開身前兩只大皮箱，裡頭整齊擺著幾大疊扁平紙獸。

他取出一張張扁平紙獸，翻摺成立體狀，捏在手上，施法唸咒。

「姓范的！」小姜蹲在船首紙紮兵後，緊張得渾身發顫、滿頭大汗，抓著對講機嚷嚷：「你他媽給我守好船尾，最好別出差錯……」

「顧好你自己吧。」小范冷哼一聲，繼續摺紙。

另外四個王船師傅，一人駐守艦橋，指揮紙紮王船大爺掌舵，另三人分別帶著一組紙紮工匠小隊，看守船艙、鍋爐和帆桅等處，隨時修補王船船身。

大王船距離前方天際穿來竄去、時隱時現的冥船群越來越近，小姜放下望遠鏡，轉身也揭開幾只皮箱，從中抓出自己造的紙獸，突然發現雙手汗濕一片，將紙獸都沾濕了，連忙往衣服上抹，然後摸摸找找，又發現自己忘了帶上打火機，急得用對講機求救。「喂，你們誰有打火機？火柴……或是可以點火的東西都行！我沒帶打火機啊！」

「嘖！扯後腿的廢物……」小范在船尾聽見小姜求救，哼了一聲，從皮箱裡摸出一盒特製火柴、兩支蠟燭，令一隻小紙獸轉交給小姜。

小紙獸剛走，所有師傅對講機中，立時響起小姜驚駭喊聲。

「敵軍發現我們了，有些船過來了，大家準備好了沒？還有拜託哪個人行行好，給我送支打火機過來啊——」

「閉嘴！」小范忍無可忍，對著對講機唾罵：「我派紙獸送火柴去船頭了，你要是眞害怕，就躲進船艙，別吵人、別扯後腿！」

小范說完，從皮箱中抓出一疊紙獸，也懶得一隻隻摺回立體狀，直接一疊攤成扇形，湊近燭台，燒成一片，呢喃唸咒。

整疊紙獸燒出青色光芒，小范揚手一拋，拋出了漫天青火。

十餘隻燃火紙獸，在空中燒成一隊青鳥，振翅往前疾飛。

「喂喂喂——」駐守船頭的小姜聽小范這麼發號施令，氣急敗壞地抗議。「姓范的，你有沒有搞錯？不是說好我在船頭負責進攻，你在船尾負責防守，你放鳥幹啥？大家開會開假的是不是？」

「閉嘴，我放鳥就是防守！」小范怒斥：「你火柴到底拿到沒？你先把火點好了再說廢話可以嗎？」

「火柴、火柴……」小姜左顧右盼，見到小紙獸遠遠奔來，連忙接過火柴蠟燭、點火燃燭，捏著紙獸去引燭火，只聽見遠空響起一陣炮竹炸聲，抬頭一看，只見小范放去的那隊青鳥，在一艘冥船周圍炸開，炸成一團青煙，裹住了冥船大半船身。

那團青煙黏稠濃密，隨著冥船前進而前進，且不受陰間暴風吹襲影響，彷如一團甩不掉的口香糖般，緊緊黏著那艘冥船。

「啊！」小姜見小范放出的這隊青煙鳥，氣得破口大罵：「姓范的，你當我的面抄襲我的招啊！要不要臉？」

「放屁，這是我范家祖傳招式！」小范惱火怒罵。

四周越來越多冥船往大王船聚來，小姜小范你一言我一語吵個不停，幾個王船師傅紛紛出聲勸阻。「你們造船時吵就算了，現在上了戰場，還吵個沒完？」「你們兩家不是師出同門嗎？當然會有一樣的招式啊！」

「對面有些船打橫啦，看起來要開砲啦。」艦橋裡，那協助紙紮王船大爺掌舵的師傅，突然高喊：「我們也開砲！快——」

大王船前後左右幾座紙紮砲，轟隆隆地開了砲，卻不是轟擊敵艦，而是轟出一面面巨大金黃八卦，彷如一張張盾牌。

下一刻，幾艘冥船開始向王船開火，射來一枚枚五顏六色的砲彈，轟在一張張八卦盾上，炸開一團又一團鬼火。

陽世紙紮師傅打造紙紮火砲，威力不如陰間軍火，硬碰硬佔不著便宜，因此眾師傅決定專注打造防禦工事，這艘大王船上十來尊紙紮砲，作用並非轟擊敵艦，而是用來發射防禦符彈。

十來艘冥船小艇載著大批長壽鬼卒駛近大王船，繞過巨大八卦符盾，想強行登船，卻被船上的紙紮兵開槍射退；有些鬼卒縱身飛到大王船底，企圖從底部破壞王船，立時被小范指揮紙紮鳥咬落。

小姜一聲令下，一隊紙鷹振翅升空，每隻紙鷹都抓著一只提籃，籃裡裝著小紙猴，坐在一堆手榴彈上，飛到冥船上方，小紙猴們吱吱嘎嘎地從提籃中捧出手榴彈，拉去保險往下扔。

這些手榴彈，有些是韓杰劫回的陰間軍火，有些是小姜小范造出的紙紮彈，紙紮彈落在冥船甲板上，唰地變化出一隻隻紙蝙蝠，四處撲撞長壽嘍囉，這些紙蝙蝠攻擊力不高，但撞在嘍囉們臉上，會炸開嗆辣黏液，糊嘍囉滿臉，讓嘍囉摀著眼睛喊疼，一時之間什麼也看不見。

更多惡鬼嘍囉飛攀上大王船，都被小范指揮著數隻巨大紙章魚捲起扔下船。

小姜派出第二批紙鷹，這些紙鷹爪下揪著大紙猴，大紙猴們扛著火箭筒，被紙鷹抓近冥船，近距離朝著冥船艦橋發射火箭，轟隆隆地將這艘冥船艦橋轟成一片火海。

小姜小范儘管不合，嘴上吵得不可開交，但一手紙紮技藝倒是有模有樣，成功牽制住這些遁逃回陰間的冥船。

有些冥船見砲擊不穿大王船前的八卦符盾，便試圖用船身硬撞大王船，但不知怎地，有幾艘冥船剛衝近大王船，卻莫名其妙又開了鬼門，撞進了陽世。

小姜等人與幾艘冥船近距離交火，聽見冥船上嘍囉錯愕尖叫、彼此爭吵，這才知道這些冥船上的鬼門裝置，似乎正處於失控狀態，就連嘍囉自己，都不知道下一刻會上陽世還是回陰間。

儘管如此，還是有些冥船轟隆撞上大王船，惡鬼嘍囉們接二連三撲衝上王船，和王船上的紙兵紙獸短兵交戰起來。

小姜小范見鬼兵攻上了大王船，不得不退回艦橋駕駛艙中，緊閉艙門，指揮甲板上的紙兵死守。

小姜急急忙忙撥了通電話給韓杰，大聲質問：「喂！太子爺乩身，你人在哪啊？說好的援兵怎麼還沒來？我們在陰間只有一艘船，現在一大堆鬼攻上船了，我們的彈藥跟紙兵都快用完啦！」

「我看到你們了。」韓杰簡單回答，隨即切斷電話。

「什麼？」小姜啊呀一聲，正惱怒韓杰隨意掛他電話，只聽見大王船外，惡鬼嘍囉們紛紛驚駭尖叫起來。

幾個王船師傅們貼近艦橋窗戶往外看，只見艦橋外頭閃耀亮眼，嘩啦一陣金火噴下，燒倒一片惡鬼嘍囉，卻未傷著船身甲板分毫。

小姜等人擠近艦橋窗子往外看，除了惡鬼們被金火燒成的飛灰外，什麼也沒有看見。

大王船前方不遠處，陡然出現一個怪異漩渦，一艘冥船歪歪斜斜地迎面撞來，協助掌舵的師傅驚慌大叫，眼看大王船就要與冥船相撞，突然幾條金色火龍流星般竄下，轟隆隆撞歪那冥船航向。

喀啦——喀啦——

小姜等呆然望著艦橋外頭，那與大王船船身擦身磨過的冥船護衛艦上，燃燒起熊熊金火，船上一隻隻惡鬼嘍囉抱頭鼠竄。

一個像是將領般的傢伙，舉著大斧，站在金火中奮力吆喝指揮。

下一刻，一條火龍自空掠下，喀嚓一口，連頭帶胸咬去那傢伙上半邊身子。

「那是太子爺乩身的火龍？」小姜興奮揭開艙門，出去看個仔細。「太子爺乩身來了？」

他奔到王船欄杆旁，只見那與大王船擦身沉下的冥船護衛艦，已經陷入一片火海，斜斜地往下墜。

四周轟隆隆地響著砲聲，空中一群小艇彼此追逐開火，其中一艘模樣古怪的「小艇」，速度快過其他小艇數倍，在空中飛來竄去，本來被長壽小艇包抄追逐，一個加速迴轉，轉眼便繞到幾艘長壽小艇後方，再加速往前，反過來追擊那些長壽小艇。

幾艘長壽小艇急忙迴轉，才轉一半，便讓奇異小艇追上，近距離開火，接二連三地起火爆炸。

那奇異小艇船身如同方天畫戟的戟頭，兩側月牙和前端槍頭上，分別挺著三個三頭六臂的怪異大漢，十八隻手上抓著各種機槍、火箭砲，橫眉豎目地凶猛開火；船身中央那駕駛座，形狀則猶如一輛重型機車，整艘小艇，儼然是一艘怪模怪樣的巨大水上重機。

而這怪異水上重機駕駛，正是韓杰。

韓杰跨在怪異水上重機上，催動油門，追擊其他長壽冥船艦艇。

九條金光閃耀的火龍隨著韓杰飛天，追上小艇就咬、撞上大艦就探頭往艦橋噴火，不出幾分鐘，整片天上的長壽冥船所剩無幾。

韓杰駕駛著那怪異水上重機在空中甩尾，竄到大王船甲板上方，緩緩落下，直接停在王船甲板上，還壓倒了幾座紙紮砲。

小姜小范等人興奮奔去，朝著韓杰那水上重機探頭探腦，問：「你這艘船這麼厲害，怎不早點開來？」

「我也想快點趕來，但是我這冥船有兩個部位，分開製造，武裝甲板在我那三合院裡造；重機駕駛座在小歸北部工廠製造，剛剛才送來南部三合院組裝。我已經盡快加速了，還是慢了點，不好意思啊……」韓杰一面解釋，一面用腳蹬蹬踏板，座下那重機造型的駕駛座艙緩緩飛升，竟真成了一輛重型機車，這艘重機造型的小冥船，前後兩只車輪，並非慣見車輪，而是兩個大小相近的火焰圈圈。

他說到這裡，另外補充說：「這船好玩是好玩，其實威力沒那麼強，轟爛一堆魔王冥船的，是太子爺借我的正版火龍。」

韓杰吹口哨召回九條火龍，變回黃金尪仔標，收進口袋，催了催油門，準備離去。

「咦？」小姜等人見韓杰只稍稍解釋了遲到原因便要離開，還讓重機與武裝甲板分離，且將武裝甲板留在王船上，連忙問：「你要走？」

「是啊。」韓杰說：「太子爺還給我另個任務，我得立刻趕去。」

「那……」幾個師傅們都指著韓杰留在船頭上那武裝甲板，嚷嚷說：「你把這個怪東西留在船上幹嘛？」「啊，又有冥船出現了！你走了，我們怎麼辦？」

韓杰望著小姜，說：「你不是說彈藥不夠？我那武裝甲板軍火箱裡還有很多彈藥，自己拿。」他催動油門，將這重機下方風火輪催得烈焰飛旋、轟隆作響。「另外，閻羅殿直升機正往這邊過來，沒事的。」

韓杰說完，不等小姜再問，轟隆一聲重催油門，飛速駛遠。

「呃……」小姜等人見韓杰二話不說就騎遠了，先是傻眼半晌，見遠方天際，又旋開兩處漩渦，航出長壽冥船，急忙奔至那武裝甲板旁翻找彈藥。

大王船後方隱隱響起一陣螺旋槳聲，大夥兒回頭望去，見到大隊直升機隊緩緩開來，這才彷彿吃下定心丸般，燒紙整兵，分發彈藥，全力備戰。

參肆

碧潭渡船頭鄰近山林，一群長壽嘍囉攀上那艘墜落的紫紅色冥船，四處搜索，但見這紫紅色冥船各處船艙門窗全都緊閉上鎖。嘍囉們毛躁破門，一面彼此吆喝，都說這艘船是被自己所屬冥船擊落，要對方別搶功。

山林上空，飄浮著三艘護衛艦及數艘小艇。

三艘護衛艦裡，分別躍出兩女一男，都是死魔十將。

三將落在紫紅色冥船上，其中兩女將比肩而站，男將站得較遠，四周爭吵叫嚷的嘍囉們，也大致分爲兩派，比例約莫也是二比一，顯然這三將中兩女交情較好，且都與另一男有些不睦。

兩個女將身形高䠷，一個長髮、一個短髮；男將身形矮胖，身覆奇異古代戰甲。

矮男將一語不發，來到艦橋艙門前，雙手化成一雙大石拳，轟隆隆地砸門。

兩女將則是冷冰冰地瞅著矮胖男將，閒聊起來，十句有九句是講另外八將的閒話，也包括眼前那矮胖男將。

「嘖嘖……」矮胖男將回頭瞅了兩女將一眼，繼續砸門，低聲呢喃：「兩個婊子不出力，只出一張嘴……」

「那蟾蜍在說我們壞話?」「好像是啊。」兩女將沒有直接搭理矮胖男將，反而妳一句我一句講相聲般地講起矮胖男將壞話。

「他怎不撒泡尿照照自己樣子?」

「就是說嘛，長那德行好意思罵女人婊子?」

「聽說他生前老婆和人跑了，他拿刀殺妻殺子啊。」

「沒錯沒錯，他死後本來被判下十八層地獄，剛好囚車上載著長壽爺心腹，長壽爺派人劫囚，順便把他一起劫了，他才順勢投靠長壽爺。」

「他過去專拍大龍馬屁，等大龍戰死，接替大龍當上十將，走狗屎運了他。」

「就是說嘛，這蟾蜍真好意思和我們平起平坐呀，真是一點羞恥心也沒有……」

矮胖男將高舉著石拳僵在空中，忍無可忍，回頭怒瞪兩個女將，兩隻眼瞳豎直窄細、透射異光。

兩個女將皺起眉頭，對矮胖男將指指點點。

「妳看他的眼睛，像不像蛇?」

「對呀對呀，還會發光，好醜好噁心呀!」

「難怪老婆跟人跑了，連兒子都不認他當老爸。」

「就是說嘛，我要是有這種老爸，寧可讓他一刀殺了，或是一刀殺了他，也不要喊他一聲老爸，噁心死了。」

「妳們兩個婊子有完沒完?」矮胖男將像是怒火暴漲至極點，整張臉由青轉紅，正欲發作，卻聽見嘍囉一陣騷動，紛紛抬頭望天——

三艘護衛艦一下子消失兩艘，另一艘相隔數秒之後，也陡然消失。

「哇！怎麼回事？」兩個女將訝異尖叫。「怎麼船沒了？」「聽說是鬼門裝置故障了？」「故障？怎麼可能全部故障，不是長壽爺派我們上陽世追毒魔嗎？」

另一端，又有批嘍囉騷動起來，指著山林一角，尖聲叫嚷：「那邊有人——」

「有人？」三將同時往嘍囉所指方向望去。

田啓法縮在距離紫紅色冥船十來公尺的樹叢裡，摀著嘴不敢吭聲——他自正式代替陳阿車接任濟公乩身之後，至今不過八、九個月，處理過成堆小事、清掃過數十間凶宅鬼屋，對今夜大戰這等規模的任務，沒有太多經驗，剛剛看到這頭有船墜落，想也不想趕來瞧瞧，來到船邊眞瞧見遍地惡鬼，卻又不知該如何應對。

「眞的有人！是毒魔手下？」嘍囉們蜂擁而來，將田啓法藏身樹叢團團包圍。

矮胖男將大喝一聲，舉起一雙石拳咆哮躍來，像是想將剛剛的怒氣，全發洩在這「毒魔手下」身上。

但兩個女將速度更快，搶在矮胖男將前，倏地竄入草叢，拎出田啓法，提在矮胖男將面前展示，繼續調侃他。

「妳看蟾蜍不但又矮又胖又醜，而且跑得好慢喔。」

「對呀對呀，因爲他腿短。」

矮胖男將臉色由紅轉褐，恨恨地瞪著兩個女將，「妳們兩個婊子……今晚……話怎麼這麼多……」

「我們平常話就很多啊，今晚話比平常還多？那大概是喝了長壽爺的戰酒吧。」

「對呀對呀，長壽爺的戰酒太好喝了，我現在好開心、好興奮，好想趕快找個人，痛快打一架喔！」

兩個女將說到這裡，哈哈一笑，繼續調侃眼前矮胖男將。

「那蟾蜍又叫我們婊子，是不是想找我們打架？」

「有可能喔，但是他打不過我們，噗嗤……」

「妳看他，臉一下子紅、一下子黑，眼睛像是要噴火，是不是生氣啦？」

「是啊是啊，他……」短髮女將笑嘻嘻地答腔，還沒說完，提在手上的田啓法突然挺直身子，插嘴說：「妳們這樣講他，他當然生氣吶。」

「啊？」兩個女將一呆，一齊轉頭望向田啓法。

矮胖男將本來就要爆發，此時也停下腳步，愕然望著田啓法。

田啓法雙眼閃閃發光，喀喀賊笑幾聲，提起葫蘆痛飲一口。

兩女將聽見田啓法喉間響起的老邁笑聲，和身上透出的氣息，陡然鬆手要逃，但田啓法雙手速度更快，拋起葫蘆，雙手分別扣住兩女將手腕。

葫蘆墜落，被田啓法像是踢毽子般高高踢上天。

兩女將嘶吼一聲，露出窮凶面貌，長髮女將五指化成利爪、短髮女將手握尖刀，左右插向田啓法胸腹。

「一個出刀一個出布。」田啓法放開兩女將手腕，轉而抓住她們來襲雙手，順勢一拉，讓短髮女將尖刀貫穿長髮女將手掌，再按著長髮女將五指銳甲插進短髮女將握刀拳頭上。

田啓法右手按著兩女將穿插成一團的拳頭，左手向上高舉，接著了葫蘆，仰頭痛飲數口，然後望定了眼前那矮胖男將，嘿嘿笑說：「你一定出石頭了。」

「噫——」矮胖男將本來勢如火山爆發一般的怒氣，一下子消失無蹤，二話不說，轉身就逃，但才剛逃出幾步，便感到一股雄渾神力瞬間衝到他背後，不得不轉身迎戰。

他才剛轉身，便讓田啓法一腳踹倒。

田啓法抓著兩女將串在一起的拳頭，騎坐上矮胖男將肚子。

矮胖男將本能揮拳往田啓法打去，田啓法笑咪咪地托起葫蘆相接。

磅咚一聲，矮胖男沉重石拳擊中葫蘆，像是打在堅岩鐵壁上般。

葫蘆沒事，石拳裂了。

田啓法再次拋高葫蘆，一把抓著矮胖男將石拳，往另一手兩女疊合在一起的拳頭上那柄尖刀撞去。

「呀——」兩女一男同聲慘叫。

田啓法攤著左掌，掌上金光牢牢綑著被利甲、尖刀串在一塊兒的三隻手。

「他是、他是……」三將驚恐叫嚷、奮力掙扎，怎麼也拉不回自己的手。「是降龍羅漢濟公降乩啦……」

「答對了，不過我們玩的不是猜謎，是划拳啊。」濟公嘿嘿笑著，操使田啓法右手接回葫蘆，高舉在頭頂，望著三將。「一個出刀、一個出布、一個出石頭——那我就出葫蘆吧。」

說完，田啓法右手葫蘆，砸向左掌上交纏三手，氣勢如同隕石墜地。

「哇——」四周惡鬼嘍囉見到濟公這樣划拳，聽見己方頭目淒厲慘嚎，無一不嚇得魂飛魄散。

參伍

韓杰騎著飛天重機，來到陰間市區一排公寓上空，翻身下車，落在公寓加蓋鐵皮屋頂上，攀著鐵皮屋頂，盪進公寓頂樓，來到頂樓門前，從口袋捏出一撮金粉，在門上畫了道咒。開門，返回陽世。

他往下走至二樓，見到土地神老獼猴和幾隻山魅，在那一戶人家門前坐成一圈。老獼猴等一見韓杰下樓，全蹦了起來，老獼猴皺眉抱怨：「太子爺乩身，你好慢吶，我酒都喝完了……」

「收工買幾瓶給你……」韓杰按著樓梯扶手往下瞧瞧、往上看看，像是在確認樓層，跟著來到那戶人家前，連續按了幾下電鈴。

數分鐘後，一個身穿睡袍的女人，睡眼惺忪地揭開木門，透過鐵門欄杆，狐疑望著韓杰。「你是……」

「請問一下。」韓杰望著女人，說：「妳老公叫周晨？是高中資訊老師？」

「啊？」女人呆了呆，點點頭。「是啊……怎麼了嗎？」

「嗯……」韓杰回想著太子爺給他的最後一道籤令——

你跑一趟老師家搜搜，那兒應當還有處混沌，先前咬罪的手、喜樂的腳，應當都藏在那兒。

「我是他朋友，有事找他。」韓杰這麼說。

「他平常日在宿舍，假日才回家……」女人有些害怕地問：「你這麼晚找他什麼事？要不要我替你打電話聯絡他？」

「這樣啊……」韓杰微笑幾秒，轉頭向老獼猴肩上的小傢伙使眼色。

「對喔。」老獼猴啊呀一聲，抖抖肩說：「小傢伙，該你上場啦，迷倒這女人，幫太子爺乩身開門啊。」

「喔、喔喔！」小傢伙總算想起自己的任務，穿門進屋，爬上女人肩頭，對著女人呢喃耳語。

女人眼睛瞇起、身子一晃，替韓杰開了門，昏昏沉沉地呢喃：「請進……」

「謝謝。」韓杰進屋關門，打量客廳四周。

是個平凡無奇的居家公寓。

「媽媽……」一個約莫兩歲的小男孩，揉著眼睛自房間走出，見到韓杰，登時一臉困惑。

「快！」韓杰立時朝小傢伙使眼色，小傢伙撲向老獼猴，老獼猴接著小傢伙，往小男孩一拋。

小傢伙抱在小男孩身上，也對他耳語呢喃，哄他入睡。

韓杰令老獼猴等攙著女人小孩回房，上床蓋被，讓他們繼續睡覺，自個兒則在屋內搜找那混沌施法處。

這三房兩廳，扣除女人小孩睡覺主臥之外，還有一間書房和一間更衣室。

更衣室裡除了兩座衣櫃之外，還擺著一張可以調整高度的小書桌和單人床，顯然準備留作小孩長大之後的個人房間。

韓杰在書房裡仔細搜索許久，拉開書桌書櫃每一只抽屜、每一個層格，只見這書房東西不少，但全與符籙術法、陰間勢力絲毫無關。

他開始敲牆敲窗，甚至搬桌挪櫃，像狗一般四處聞嗅，卻聞不著任何奇異氣息。

他走出書房，領著老獼猴等，地毯式搜索主臥室以外整間屋子。

最後，他借用老師家廁所撒了泡尿，洗了手，臭著臉來到主臥房外，暗暗埋怨自己爲何不一開始便上主臥搜索——他本來判斷這老師倘若在家中開混沌藏東西，必然會選擇自己書房，而不是妻兒起居的主臥室。

倘若連主臥室裡也找不出混沌入口。

那便是太子爺猜測有誤了。

他開門，望向臥室床上——

女人坐在床沿，扠手抱胸、蹺著腿，身上睡袍大大敞開，露出胸罩內褲，瞅著韓杰冷笑。

「啊呀！」老獼猴等在門外見到女人醒著，驚訝嚷嚷。「怎麼小傢伙的迷魂術沒用吶？」

「妳……」韓杰愣然之餘，警覺地問：「該不會……妳才是『老師』！」

「老師？」女人嗯了一聲，搖搖頭，舉手指指自己腦袋，說：「她不是跟你說過了？周老師人在宿舍，她——是周老師的老婆。」

「什麼……」韓杰聽女人用「她」來形容自己，急問：「那你他媽到底是誰？」

「我是誰？」女人哈哈一笑，緩緩站起。「你要不要猜猜看？」

「操……怎麼每個人都要我猜謎？」韓杰伸手進口袋，捏著太子爺那三張黃金尪仔標。

「我懶得猜。」

「我不說，你不猜。」女人繞到床另一側，對韓杰說：「那就這樣囉。」

她說完，探手揪著床上小男孩右腳，一個轉身，像是孩童提玩偶般，將小男孩隨手拖下床。

韓杰聽見那小男孩腦袋撞地的聲音，連忙衝進房裡，同時捏揉手中黃金尪仔標，飛快抓出太子爺那正版火尖槍。

「哦——」女人盯著韓杰手中那把火尖槍，雙眼閃閃發亮，說：「你手上那傢伙好厲害啊，那是眞的火尖槍？中壇元帥用的那把？」

「你試試看就知道了。」韓杰哼哼說。

「那我不想知道了。」女人哈哈一笑，提著小男孩轉身就走——

本來距離她不足一公尺的牆面，隨著女人抬步，飛快往前推進，整間主臥室向前延伸出好遠，彷如成了一條隧道。

女人回頭見韓杰衝進房、跳上床，便朝他咧齒一笑，雙眼異光閃動、口鼻瀰漫紅煙、肌膚泛出紫黑色筋脈，倒提著小男孩，飛快往前奔竄，一下子奔出老遠。

「喝！」韓杰提著火尖槍追進這奇異臥室隧道，奔出一小段，回頭只見原本的房門已經消失，知道自己進入混沌空間，又見前方女人越奔越遠，連忙摸出尪仔標往地上砸出一片光，踏過那陣光，腳上已經附上一雙風火輪，卯足全力往前追去。

他奔追好半晌，轉過幾處彎道，還不時奔下樓梯，若按陽世樓層計算，他奔下樓梯的階數和高度，足以讓他深入地下數層樓。

此時前方甬道越來越窄，兩側壁面已經變成奇異磚造，牆上貼滿古舊符籙，瀰漫著淡淡屍臭氣味，和本來居家臥室截然不同。

韓杰追了好半晌，又轉進一條彎道，只見前方不遠處，有一扇門。

女人奔到門前，停下腳步，望了他一眼，走進門。

數秒之後，韓杰踩著風火輪，也追進那扇門。

門外四周霧茫茫一片，抬頭同樣也是大霧濛濛，韓杰一時搞不清楚自己究竟身處室內還是室外。

那女人站在距離韓杰二、三十公尺外的濃霧中，倒提著小男孩，呵呵笑個不停。

「從頭到尾，都是你在搞鬼？你到底是誰？」韓杰感到這女人身上透出的魔氣濃厚駭人，甚至比起過去交手過的欲妃、悅彼、見從等準魔頭，都還要強上一截。

除此之外，這股駭人魔氣之中，還有種令他不安的熟悉氣息。

他想起一個除非必要，否則不願回想的傢伙。

「你覺得呢？」女人笑嘻嘻地說。

「……」韓杰伸手進口袋裡，又掏出一張黃金尪仔標，牢牢握緊。

炙熱的金紅火焰自他握實的指縫溢出，纏繞上他肩頸和雙臂，是太子爺暫借他的正版混天綾。

此時韓杰如臨大敵，全神貫注地盯著前方霧裡女人的一舉一動，問：「你跟第六天魔王，是什麼關係？」

「喔！」女人聽見了關鍵字眼，哈哈一笑。「嗯！眞讓你猜著啦。你覺得我跟他是什麼關係？」

「你身上的魔氣，聞起來有點像他……」韓杰說：「據說他生了一堆孩子，你是他其中一個孩子？」

女人雙眼精光暴射，放聲大笑，說：「我排行老三，我叫百鬪，你聽過我嗎？」

「沒聽過。」韓杰搖搖頭。「所以……老師的眞實身分就是你？還是第六天魔王本尊？那個姓周的又是什麼玩意兒？」

「周老師就是周老師，不是我，也不是我父親。」女人笑呵呵地說：「我們只不過每晚在他夢裡和他說些話，借他點力量，讓他相信自己天賦異稟，讓他相信自己有朝一日，會成爲一方之霸。」

「所以他生魂離體的怪招，是你們教的。」韓杰哼哼地問：「你們讓他去蒐集魔王的手手腳腳，是爲了替被太子爺斬去半邊身體的第六天魔王修補魔體？」

「算是我們目的之一。」

「我記得他老是說他想超越第六天魔王。」韓杰冷笑說：「你爸不介意？」

「我們就是欣賞他這一點。」女人哈哈笑說：「周老師自負又聰明，我們每晚在夢裡、在他腦袋裡，刻下一些蛛絲馬跡，他醒來之後，總會進一步深入研究、擬訂計畫，然後付諸實行，周老師比起我父親曾經教導過的陳七殺、吳天機，都要優秀得多。」

「這倒是……」韓杰哼哼地說：「陳七殺敗給我兩次，吳天機比陳七殺奸詐點，但功力差陳七殺太多。至於這個周老師，單槍匹馬騙倒一堆魔王，還得勞煩太子爺親自出馬才逮到他。」韓杰說到這裡，嘿嘿笑說：「你還沒收到消息嗎？這位第六天魔王得意弟子，現在應該已經被太子爺拿下了。」

「我收到啦。」女人也笑：「他在陰間請了一隊私人助手，其實就是我們的人，現在正在他混沌工作室裡，代他控制死魔艦隊鬼門裝置。」

「操……」韓杰唾罵一聲。「我就覺得奇怪，太子爺說過他會盡量阻止艦隊上陽世搗蛋，結果那些船還是上了陽世，兩邊亂跑！」

「說來感慨。」女人嘆了口氣，微笑說：「周老師自始至終，都不知道原來我們離他這麼近、不知道自己想要超越的對象，正是賜予他這個目標的人。」

「他以為自己在下一盤棋。」韓杰補充：「沒有發現自己才是棋盤上的棋子。」

「沒錯。」女人點點頭。

「現在這枚棋子，被太子爺吃下了。」韓杰說：「第六天魔王棋盤上還有誰？你嗎？」

「不，我只不過偶爾上來替父親擺擺棋子而已。」女人搖頭笑說：「至於周老師，作為一顆棋子，在棋盤上替父親衝鋒陷陣兩年，弄倒一堆父親過去的手下敗將，現在更要替父親，換回另一枚價值連城的棋子了。」

「另一枚價值連城的棋子？」韓杰哼哼地說：「在說我？」

「除了你，還有誰？」女人點點頭。

「……」韓杰靜默半晌，說：「所以我也是你們計畫裡的目標之一？」

「沒錯，用周老師，換你這顆棋子，確實也是我們目的之一。」

「你們的目的沒辦法實現了。」韓杰又捏出幾枚尪仔標，笑說：「算我走運吧，如果我身上只帶著普通尪仔標，說不定真要被換掉了，偏偏太子爺借我三張黃金的，不帶副作用，這表示我還能多用幾張尪仔標——」

他這麼說時，摸出金屬菸盒，揭開瞧瞧，裡頭不但還有不少尪仔標，且還有第四張黃金尪仔標，是他的另一道保命符。

「小朋友。」韓杰倒提著火尖槍，搖搖菸盒。「起床玩遊戲囉——」

他剛說完，一道紅火立時捲出菸盒，燒上他全身，在他肩頸上方凝聚成形——正是那第四張黃金尪仔標裡的紅孩兒。

「我沒有睡覺。」紅孩兒這麼說，雙肩一抖，肩上脅下竄出四臂，六隻手虛空一抓，抓出六柄赤火短槍。

「很好。」韓杰點點頭，將火尖槍往前一擺，任其浮空豎立，跟著在菸盒中挑挑揀揀，像是在思索該用哪枚尪仔標——

近三年前，他與太子爺換約之初，天庭對他尪仔標用法尚未做出太多限制，那時他能夠一口氣砸上成堆尪仔標，無限制地疊加力量，再靠吃蓮子壓抑副作用。

後來天庭顧忌讓凡人擁有匹敵神魔的力量，便針對這點，重新修改了尪仔標規則，讓他同時最多僅能使用四至五片尪仔標。

此時他已握著火尖槍和混天綾這兩樣不會產生副作用的正版法寶，腳下還踏著尪仔標風火輪，這意即他除了第三樣正版法寶之外，還能再砸上三至四片尪仔標來對付眼前這女人——第六天魔王第三子，百鬪。

「火尖槍！我要火尖槍！」紅孩兒見韓杰豎在眼前那柄正版火尖槍金黃閃耀，氣勢非凡，儘管手裡抓著自己的赤火短槍，依舊嚷嚷不休，吵著要用自己的短槍和韓杰換火尖槍。

這麼一來，反倒給了韓杰靈感，自菸盒挑出兩枚尪仔標，往地上一砸，說：「我拿一把，你拿兩把。」

「兩把火尖槍！」紅孩兒過去隨韓杰出戰幾次，每次都吵著要拿火尖槍，這次不但成真，且一次就拿下兩柄。他歡呼一聲，撤去兩支短槍，騰出手接下兩柄尪仔標火尖槍，開心揮耍，樂不可支。「我有兩把火尖槍了——」

「這個、這個跟……這個。」韓杰從菸盒裡挑出幾片備用尪仔標收進口袋，笑著對眼前女人說：「老兄……百鬪，我叫你老兄沒叫錯吧？你不是說要換棋子？用老師換我？來來來，我讓你換、我看你怎麼換。」

「真威風吶……」女人一雙眼睛在韓杰身上飄來掃去，打量他一身法寶，讚歎說：「混天綾、風火輪，還一次拿著三把火尖槍……咦？你肩上那隻火小孩又是什麼玩意兒？他的火好像很凶吶，我看不輸給父親愛寵欲妃的地獄火啊……」

「沒錯。」韓杰挑挑眉，往頭頂瞅了瞅，說：「紅孩兒的火眞的厲害。」

「原來叫紅孩兒啊，還能變化六臂，眞有趣啊……」女人微微伏低身子，散溢出凶惡魔氣。「陪我玩玩啊。」

參陸

韓杰見魔子百鬪終於要與他正面交戰，立時全神貫注，挺起正版火尖槍，指揮火龍準備迎戰。

魔氣在女人周身流竄，一身睡袍飄揚亂捲，彷彿成了披風一般，她右手一翻，握出一把紅色大弓，左手提著老師兩歲兒子一腳，笑嘻嘻地往韓杰走來。

「喂！」韓杰見這百鬪仍拖著老師兒子，連忙說：「你要提著個小孩跟我打？」

「是啊。」女人嘻嘻一笑，點點頭，提著小孩腳踝，將他高高舉起，說：「你那隻小山魅嘍囉的迷魂術眞有用，這小鬼睡得像死了一樣，隨我怎麼耍弄，也不醒不吵鬧，活像把人槌，嘻嘻。」

「人槌？」韓杰冷冷說：「我看你是想拿活人小孩當人質吧。」

「對呀。」女人點點頭，輕輕晃動小男孩，盯著韓杰手中火尖槍，說：「太子爺的火尖槍好凶吶……我有點害怕，拿著個小人槌防身不過分吧。」

「……」韓杰盯著被女人倒提在手中的小男孩，雖說是老師兒子，但終究無辜，且才兩歲，此時被魔子百鬪附著母親，提在手上，腦袋離地數十公分，搖來晃去，要是百鬪眞將這小孩當成「人槌」砸他，他若閃開，小孩恐怕腦門著地，若是不閃，就得接著小孩，同時硬扛百鬪後續追擊，這令韓杰不免有些爲難——

過去他面對欲妃、悅彼、血羅刹這等凶悍強敵，甚至是陰間各大魔王，總是仗著自己有副蓮藕身死纏爛打，苦等太子爺降駕。

但這等程度的強敵，卻提著個兩歲小孩當作「人槌」，這樣的作戰經驗，韓杰可也是第一次經歷。

他知道無論如何，得先將那小男孩從百鬪手中搶下才行。

「紅孩兒，看見前面女人小孩了嗎？」韓杰悄聲問。

「看見了。」紅孩兒答。

「那小孩年紀比你死前還小，女人是他媽媽，兩個都是陽世活人。」韓杰繼續說：「你的火是陰間妖火，會燒著凡人，沒有我的命令，別亂扔火槍，知道嗎？」

「……」紅孩兒癟著嘴沒有答，似乎覺得韓杰這指示十分彆扭，他過去打架，從未顧慮注意四周是否會被他妖火波及，此時敵手直接提個兩歲小孩在手上，大大限制了他那飛投擲短槍、狂轟濫炸的打法。

「總之我叫你丟你再丟，聽到沒有？」韓杰重複強調。

「……」紅孩兒不甘願地點點頭。「聽到了。」

「乖。」韓杰長長吁了口氣，心中似乎已經有了主意，他自口袋摸出幾片尪仔標，捏在手上暗暗挑選。

女人又走近幾步，持弓右手陡然指向韓杰，右肩與脅下唰地竄出兩隻紅影幻手，下手搭箭、上手拉弦，唰地朝韓杰射出一箭。

噹——

紅孩兒眼明手快，舉著火尖槍一掃，撥落飛箭。

那飛箭落在地上，燃起鬼火、冒出青煙，最後化為飛灰。

「哼哼。」韓杰舉著火尖槍，擺開架勢，說：「我就說你拿著小孩，怎麼射弓，原來你也能變出手。」

「韓杰，你叫韓杰對吧，你和群魔打交道這麼久，應該知道，三頭六臂是基本，你肩上那小孩，也是六臂。」女人得意笑說：「我叫百鬪，能化百臂，我這張弓，一弓能射三百箭。」

「一張弓射三百箭？」韓杰哈哈一笑。「你吹牛啊？」

女人哈哈笑，立時再挺弓，肩背飛快竄出一隻隻紅影幻手，飛快搭箭拉弓放弦。

韓杰儘管嘴上嘲諷，但知百鬪既是魔子，身手道行肯定不簡單，心中早有準備，見對方舉弓，瞬間反應，催動風火輪閃過連環數箭。

女人肩背上紅影幻手飛梭閃耀，數手一齊搭箭，輪流拉弓，每放一弦就射出三、五箭。

韓杰踩風踏火四面竄閃，女人從容轉身，追射韓杰，每次射出的箭越來越多，紅影幻手一次能搭上八、九支箭，每箭射出，又會在空中分化出八、九支箭，當眞逼近百鬪先前誇口一弓三百箭。

此時女人追射韓杰的樣子，儼然像是一座方陣快砲，鎖定戰鬥機追打一般。

「我可以丟他了嗎？」紅孩兒挺著兩柄火尖槍，持著四支赤火短槍，不停替韓杰打落近身飛箭，也不停催促發問。

「不行。」韓杰這麼回答，繼續繞著女人竄，像是在尋找時機。

女人射法開始出現變化，不再是追著韓杰身影射，而是忽前忽後、上下左右亂掃，想用大面積箭雨讓韓杰逃無可逃。

韓杰索性不逃，胳臂一抖，讓混天綾捲上火尖槍，在槍頭處唰地盤旋成一面巨大圓盾，像是橫舉著一柄大傘，擋著箭雨前進。

女人集火猛射，卻見韓杰挺著的那把「火傘」火力驚人，飛箭一射上混天綾，便讓混天綾上的三昧眞火燒成灰燼，沒有一支箭能穿透火傘，傷著後頭韓杰。

「我可以丟他了嗎？」紅孩兒又問。

「還不行。」韓杰搖頭，然後高高拋起一張九龍神火罩尪仔標，竄出九條火龍，在女人頭頂上方飛舞盤旋，不時張口噴火、吼叫長嘯。

女人收去笑容，神情不再如剛剛那樣悠哉，與韓杰距離拉近之後，明顯感受到眼前那柄貫穿無數凶魔惡煞的正版火尖槍威力驚人，不得不專注應戰。

「現在可以丟他嗎？」

「不行。」

韓杰腳下風火輪飛旋濺火，仗著火尖槍上那面混天綾圓盾滴水不漏，漸漸開始反守爲攻。

這下換女人開始游竄閃避，不僅躲避韓杰追擊，也不時抬頭留意天上火龍。

嘎——

一聲奇異嘶吼，女人猛然低頭，只見腳邊不知何時，冒出一隻家貓大小的幼豹。

幼豹突然蹦起，身子在空中變化成一只大袋，將小男孩整個身子，連同女人手腕，全裝進袋裡，然後袋口一束，綑住女人手腕，還鼓脹成一顆大球。

原來韓杰拋出九龍神火罩之後，又悄悄揉爛一片豹皮囊，化出小豹，一路緊跟在他屁股後頭。

他後續追擊、指揮火龍包抄威嚇，爲的是吸引百鬪注意力，卻暗中令小豹繞至女人身後突襲。

「我想丟他！」

「不行！」韓杰見豹皮囊成功裹住小孩，一面喝止紅孩兒動手，一面挺起火尖槍，催動風火輪，全速竄向女人，同時也令天上火龍一齊衝下，四面八方同時展開圍攻。

「噫！」女人見韓杰突然發動猛攻，反應也快，右手一翻，弓化成劍，噹噹啷啷格開韓杰一輪猛刺，同時不停飛身後躍，接連避過火龍撲擊。

女人飛退好遠，見火龍不再追來，這才穩住身子，陡然又感到被豹皮囊包裹的左手炙熱劇痛，連忙一劍挑破那鼓脹脹的豹皮囊大球。

登時金光暴射。

九條金光閃閃的正版火龍自豹皮囊炸出，捲上女人全身，將女人裹成一顆大龍球。

「哼！」韓杰腳下風火輪再次全速催動，唰地竄到大龍球前，正中一槍，穿過條條龍身、貫穿女人前胸後背。

女人雙眼翻白，身子癱軟倒地。

韓杰眼明手快，早一步矮身托住小孩腦袋，跟著扛著火尖槍，蹲在女人身邊，檢視女人情況——不論是他的尪仔標法寶，還是太子爺正版法寶，並不會傷及陽世活人，因此女人胸口完好如初，依舊沉沉睡著。

「啊！」紅孩兒見女人倒地，氣得哭鬧起來。「你借我火尖槍，又不讓我打！你把他打死了，我沒有東西可以打了！」

「……」韓杰沒有理會紅孩兒，左手抱著小孩，右手提著火尖槍，令九金九紅共十八條火龍環繞護衛，一面揚聲問：「躲著不吭聲？我明明沒刺著你，怎麼還不出來，你嚇傻啦？」

「嘻嘻、呵呵……」百鬪的笑聲自韓杰身後響起。

韓杰回頭，見一個剽悍青年，身著戰甲，後背、腰際、腿側佩掛著滿滿兵刃，背後還斜斜掛著一張大弓，正是魔子百鬪。

「差一點，眞的就差一點……」百鬪猶自吁著氣，連連搖頭。「我若再慢那麼一丁點，眞會被火龍咬著脫不了身，然後被你一槍穿胸——要是被那柄槍插著胸口，別說我了，就算是我父親，應當都要魂飛魄散了吧……」

「不急，先是你，然後才輪到你老爸。」韓杰冷笑說：「話說回來，你老爸這段時間過得好嗎？」

「不太好。」百鬪右手取弓，左手持劍。「你當時也親眼看著，他被關帝爺的青龍刀斬過，少了大半邊身子，這能過得好嗎？」

「你回去告訴他，太子爺會找出他另外半邊身子來的……」韓杰笑說：「不過你應該回不去了。」

「是嗎？」百鬪嘿嘿兩聲，右臂一抖，又抖出大批紅影幻手，搭箭拉弓，再次瞄準韓杰，連射飛箭。

韓杰挺槍擊落幾發飛箭，抖抖肩，對紅孩兒說：「你可以打他了。」

「呀——」紅孩兒兩隻眼睛瞪得又圓又大，高聲尖叫，朝著百鬪飛快扔擲赤火短槍。

百鬪左躍右閃，閃避紅孩兒擲來的短槍，同時射箭還擊。

「一起上！」韓杰挺槍往前，令金紅十八條火龍一齊衝向百鬪，想要一鼓作氣宰了百鬪。

下一刻，他左臂發出劇痛。

本來窩睡在他臂彎裡的小男孩，此時睜著一雙大眼睛，抱著他左臂，狠咬不放。

「喝！」韓杰感到一陣頭暈目眩，雙腿一軟，跪倒在地，他見懷中小孩雙眼青森閃耀，儘管不明白爲何自己察覺不出這小孩也被附體，但仍本能拋下火尖槍，掐住小孩額頭，全力施咒驅鬼。

他施唸咒術半晌，絲毫無效。

那頭，百鬪鼓足全力與十八條火龍纏鬥。

「啊？呀？」紅孩兒騎在韓杰肩上，對百鬪扔槍，但見韓杰跪地，低頭又見那小孩張口咬韓杰，一時也不知發生什麼事。

「爲什麼……」韓杰發現自己使盡全力，也無法驅出小孩身中傢伙——

他甚至到了此時，仍然嗅不出小孩身上有絲毫鬼氣。

但小孩狠咬著他不放的一口牙，顯然藏有窮凶邪術，韓杰只覺得被咬著的胳臂劇痛至極，有股奇異力量侵蝕進他整條胳臂，鑽入他血肉和骨骼。

「臭小鬼，鬆口，我叫你鬆口！」韓杰仰頭咆哮，倒轉火尖槍，揪著火尖槍槍頭刺入小孩後背，想藉此逼出小孩身中魔物。

小孩一動不動，持續狠咬。

韓杰鼓動混天綾，纏繞小孩全身，緊勒他脖子。

小孩還是不鬆口。

「我操——」韓杰暴怒之餘，握緊拳頭要揍那小孩腦袋，但千鈞一刻之際，仍然意識到對方是個兩歲活人小孩，因此拳頭改成巴掌，一連賞了那小孩好幾個巴掌，仍無法逼他鬆口。

又過幾秒，小孩終於鬆了口，自韓杰懷中躍下，揮手拍頭撲臉。

原來是紅孩兒放妖火燒他。

「喂，喂！」紅孩兒依舊騎在韓杰肩上，拍著韓杰腦袋。「你站起來啊。」

韓杰摀著左臂，感到全身發軟，頭暈目眩，彷如中毒一般，哇地吐了起來。

他身子激烈顫抖，感到胳臂裡那股奇異力量並未隨著小孩鬆口而消失，反而飛快增長，自左臂往他五臟六腑擴散蔓延。

「回來！」韓杰猛吼一聲，將追擊百鬪的十八條火龍召回，張口吞下所有火龍，想藉火龍之力，壓制身中怪毒。

「呼——」百鬪氣喘吁吁，提著弓和劍，笑著說：「二哥，你要是再晚一點咬他，我就要被火龍燒死了……」

「……」兩歲小男孩終於抹滅了臉上妖火，回頭望向朝他走來的百鬪，說：「成功了。」

「是啊。」百鬪來到小男孩身旁，長長吁了口氣。「爲了咬他一口，可是花了好大工夫啊……」

「唔、唔唔……」韓杰吞下十八條金紅火龍，總算壓制體內怪毒，他蒼白著臉，不停冒著冷汗，拄著火尖槍，掙站起身，喘著氣問那兩歲小孩：「你……你……又是誰？」

兩歲小孩面無表情，答：「摩羅次子，惡口。」

「惡……口……」韓杰氣喘吁吁地說：「你是第六天魔王次子？是射箭男二哥？」

「是。」惡口點點頭。

「好樣的，兄弟倆聯手了……」韓杰挺起火尖槍，想要再戰，但只覺得渾身發軟，光是站著舉槍，就讓他感到十分吃力。

他腦袋一陣暈眩，再次單膝跪下，抬頭望著百鬪和那小孩，恨恨地罵那小孩：「王八蛋，你贏啦，我連站起來的力氣都沒了……你還不現身，還附著小孩當人質，你們這麼怕我？」

惡口聽韓杰這麼說，緩緩搖頭。「我就是惡口。」

「哈哈。」百鬪在一旁補充：「『人槌』是我編來騙你的，就是爲了讓你搶我二哥，好讓我二哥逮著機會咬你。」

「你胡說八道什麼……」韓杰惱火指著小孩。「媽的，快滾出來！用眞身跟我說話！」

「你還不懂嗎？」百鬪說：「這小孩，就是我二哥惡口。」

「什麼？」韓杰愕然。「他明明是陽世活人……啊！擬人針？你打了擬人針，變成小孩騙我？」

「擬人針……」惡口皺眉，不屑地說：「我們這等計畫，怎麼會用那不入流的東西，要是用那種東西，應該也騙不到你。」

「韓杰。」百鬪在一旁補充說：「我二哥爲了咬你一口，不惜犧牲七成道行，投胎轉世成人，現在的他，確實是陽世活人。」他說到這裡，揚手指著韓杰身後那昏厥女人，說：「確確實實，是那女人和周老師的兩歲兒子。」

「什麼……」韓杰瞪大眼睛，儘管仍不明白百鬪和惡口整個計畫前因始末，但光是這幾句話，便令他震驚至極，瞪著惡口，問：「你爲了咬我一口，投胎轉世成人，但爲什麼……你能記得自己魔子身分，還能留下三成道行？」

「這一招，正是我二哥修煉多年的獨門絕活啊！」百鬪答：「再加上——他沒去閻羅殿、沒喝孟婆湯、沒上大輪迴盤；我們千挑萬選，選出了周老師夫妻，再讓我二哥自行投胎，轉世成人……」

兩歲孩童模樣的惡口，不等百鬪說完，抬步走向韓杰。

他雙眼透著奇異魔氣，越走越快，雙手十指發黑，咧開嘴巴，一口牙也是墨黑一片。

他像隻獸高高躍起，躍上韓杰胸口，當面一爪，在韓杰臉上扒出幾道抓痕。

韓杰本來已經抓好了時機要揪住惡口，但他此時不但身體跟不上腦子反應，甚至連腦子也漸漸遲鈍起來。

惡口在他身邊竄跑，逮到機會就扒他一爪。

「韓杰、韓杰！」紅孩兒騎在韓杰肩上，舉著兩柄火尖槍和四柄赤火短槍，不停轉頭，牢牢盯著惡口——沒有韓杰命令，他不敢隨意發動攻擊，但此時韓杰似乎連下達命令的力氣都漸漸消失，他急急地問：「我能不能打他？我要打他囉，我真的要打囉——」

惡口唰地蹦到韓杰頭頂高度，一口黑汁，迎面噴在韓杰臉上。

這口黑色汁液，快速滲入韓杰雙眼和口鼻。

韓杰兩隻眼睛和口唇，立時冒出腐臭焦煙。

「臭小鬼！」紅孩兒暴怒咆哮——惡口這口黑汁，濺著了他雙腿。他四柄赤火短槍一齊扔向惡口，穿透惡口胸膛，釘在地板上，燒開一片妖火。

惡口身上也燃燒起妖火，發出一陣痛苦呻吟。

「唔……」紅孩兒又抓出四柄短槍，探頭望著妖火裡的惡口，見他模樣痛苦，不敢再扔他槍，心虛地說：「是你先打我的……」

「……」百鬪在後頭見惡口全身燃火，不但沒來救援，反倒瞪大眼睛問：「二哥、二哥！行不行？你死了沒？」

「還沒……」惡口全身燃著妖火，癱坐在地，不停嘔著黑血。「有點難受啊，幫我一把呀老弟。」

「好！」百鬪舉弓，右臂紅影幻手快速搭箭，拉弓，朝著韓杰這頭射來一片箭雨。

「噫——」紅孩兒將兩柄火尖槍掄得密不透風，擋下好多飛箭。

但韓杰雙腿露在那槍圈之外，被射成刺蝟一般。

韓杰整個人坐倒在地，僅能艱難抬手，虛握著眼前那柄浮空豎地的正版火尖槍。

「起來，你起來啊……」紅孩兒拍著韓杰腦袋，只見眼前惡口也身中數十箭，倒臥在火中，似乎已經死去。

「二哥。」百鬪哈哈笑著，往韓杰走來，視線望向韓杰背後，說：「歡迎回家。」

「老弟，好久不見。」一個奇異聲音，自韓杰背後響起。

紅孩兒急忙轉頭，只見後方站著一個奇異男人，男人赤著身子，通體發青，口唇卻是墨黑色——

惡口。

「二哥！」百鬪見惡口魂魄現身，哈哈笑著說：「我以爲你死了變鬼，會是這小孩樣子，結果還是原來的樣子啊！」

「我事先修煉過魂形。」惡口朝掌上吐了口黑色口水，唰地炸出一團黑煙，往身上抹抹，赤裸身子立時套上了一襲黑袍。「我不喜歡當這小孩。」

「哈哈。」百鬪哈哈大笑。「我們整個計畫，最辛苦、最難熬的部分，就是當周老師小孩吧。」

「當然。」惡口扠著腰，望著前方坐地韓杰，喃喃唸著：「這小孩三餐飲食、說話行事、作息起居、衣服玩具，沒有一樣是我喜歡的，除了……」

他說到這裡，回頭望著昏厥躺地的女人。

「怎麼？」百鬪好奇問：「你還認那女人是媽媽？」

「……」惡口沉默不語，指著韓杰。「先處理這韓杰，其他回家再聊。」

「你想怎麼處理？你不是已經咬著他了？」百鬪好奇問：「還是你想現在就將他帶下去給父親？但要是他身上的毒不夠深，就怕……」

「毒不夠深。」惡口咧開嘴，露出一口黑牙。「就多補幾口。」

「小心他肩上那小孩。」百鬪指著紅孩兒。

「我知道。」惡口這麼說，雙手一抖，十指竄出漆黑指甲，彷如十支利刃，朝紅孩兒走來。

「噫！」紅孩兒不時回頭，看著百鬪、惡口一齊走向他，急得不停拍韓杰腦袋。「他們來了，你快起來啊！我能不能打他們？我要打囉！要打囉！」

惡口飛快矮身竄來，一手豎直往前，直直插向紅孩兒後背。

紅孩兒身子一扭，側轉身子，挺起尪仔標火尖槍，逼退惡口。

另一頭，百鬪也竄來，和惡口一個順時鐘、一個逆時鐘，不停繞著韓杰，圍打紅孩兒。

「不要轉圈圈，你們不要轉圈圈！」紅孩兒不停扭身，六手抓著二長四短六把槍，激昂掄舞，大戰百鬪惡口。「好好站著跟我打啊！」

「這把槍好礙事啊！」百鬪在韓杰身旁繞圈，每一圈，都會刻意避開豎在韓杰面前那柄正版火尖槍。

「他不是說，這是太子爺慣用的那把槍嗎？」惡口說：「一齊帶下去給父親，他一定喜歡。」

「怎麼帶啊？」百鬪說：「這麼燙手，拿不住啊……」

「先宰這小孩，再叫弟弟妹妹帶工具上來幫忙。」惡口這麼說，雙手像是殭屍般往前一插，十支墨黑利甲扭曲竄長，飛快捲向紅孩兒，牢牢捲住紅孩兒六隻手腕。

「可惡耶！」紅孩兒氣罵，四柄赤火短槍化成小火蛇，也循著惡口十隻扭曲黑指甲，捲上惡口手腕，燃起妖火，燒他全身。

「這小孩好凶吶……」惡口全力鼓動魔風與妖火抗衡，見紅孩兒朝他鼓嘴要吐火，也立時咧開一張黑色大口準備吹風。

紅孩兒吹出凶猛妖火，惡口隨即呼出駭人黑風。

下一刻，紅孩兒哇的一聲，吹不出妖火了。

因爲百鬪挺著長劍，一劍刺進他後背，自他前胸穿出。

「可……惡……」紅孩兒中劍，六臂漸漸垂軟，仍鼓著嘴巴想要吹火，卻被惡口呼著滿臉黑風，不甘心地連連嗆咳。

惡口喘著氣，仍然不敢大意，牢牢用利甲扣著紅孩兒六腕，對百鬪說：「換我差一點……被這小孩妖火給燒死了……」

「他的火眞那麼厲害？」百鬪探頭瞧瞧紅孩兒，問：「那我是不是該收手，別殺死他，帶回去給父親？」

「現在打電話叫弟弟妹妹帶齊工具，上來搬太子爺火尖槍和這火小孩。」惡口這麼說，又朝紅孩兒吹出幾口黑風，熏得紅孩兒眼冒金星、怒罵嗆咳啜泣。

「好。」百鬪取出手機撥號，卻見韓杰突然睜開眼睛，仰頭望著他，跟著轉頭望著惡口——韓杰本來被黑汁蝕爛的雙眼，此時金光閃耀。

「嗯？」百鬪和惡口見狀，都驚駭飛退老遠。

百鬪右手持弓，對準韓杰，左手召出一柄大斧，拖在地上；惡口十指銳甲變得更加銳長，兩人都警戒望著韓杰。

百鬪忍不住問：「太子爺降駕了？」

惡口點點頭：「好像是……」

「現在怎麼辦？」百鬪問。

「先看看情況。」惡口仔細觀察韓杰狀況，喃喃說：「看看我忍耐兩年，咬著的這一口，到底有沒有效……」

韓杰緩緩站起，伸手在被黑汁焦爛的臉上摸摸抹抹，跟著仰頭瞧瞧虛軟無力的紅孩兒一眼，將紅孩兒提下背，拔出他身上長劍，施法拍拍他傷口，將他收回第四張黃金尪仔標裡。

跟著，韓杰拿起火尖槍，仔細瞧瞧槍頭、拂拂槍纓，像是檢查這些時日被照料得如何，有無刮傷損壞。

又跟著，韓杰左右看看站在他兩側的百鬪和惡口，終於開口：「你們——是摩羅兒子？」

「你……」百鬪答：「你是中壇元帥？你降駕啦？」

「除了我，還有誰會降駕在他身上？」太子爺沉沉地答，像是壓抑著滿腔怒火，望著百鬪。「所以周晨背後的人就是你們？原來一切又是那摩羅在搞鬼？」

「……」百鬪乾笑兩聲，說：「我剛剛已經跟韓杰說了，你自己問他吧，我不想再說一遍。」

「他暈了。」太子爺附著韓杰，蹬蹬腳，踢去腳上那尪仔標風火輪，換上自己的正版風火輪，跟著輕咳兩聲，擤擤鼻子，驅出韓杰藏在身中的十八條火龍，撤了尪仔標火龍、令金龍盤回火尖槍柄。「你們兩個小子，要開口？還是要挨槍？」

「都不要。」百鬪這麼說，陡然拔聲喝唸咒語。

地板先是劇烈震動，跟著崩裂，下方是一處大潭，潭水螢亮發紫，水中隱約可見潛著一條條奇異巨獸。

百鬪和惡口在地板崩裂時，向上一蹦，一齊變化出大翅飛天。

但下一刻，一股雄渾神力追竄到百鬪背後，逼得百鬪不得不回頭，朝踩著火龍追來的韓杰放箭。

太子爺附在韓杰身上，抖甩混天綾擋下飛箭，轉眼追到百鬪身後，唰地一槍刺斷百鬪一片大翼。

百鬪棄了弓和斧，召出兩柄長劍，在空中和太子爺對上數十劍，大腿肩頭接連中槍。

惡口竄來救援，也中三槍，卻呼了口黑風在韓杰臉上。

太子爺似乎被惡口黑風嗆著難受，直直落下，墜進潭裡。

「二哥，我覺得你的毒生效了！」百鬪喘著氣，盯著底下那紫潭。「太子爺的動作沒有想像中俐落啊……」

「是啊……」惡口檢視身上三處槍傷。「不然我可能不只中三槍，要中幾十槍了……」

「二哥……」百鬪見到底下紫潭水面激烈起伏，似乎是太子爺與水中惡獸開始搏鬥。「要是我們直接連太子爺一齊拿下，帶回去給父親，父親肯定樂瘋了吧。」

「你覺得有可能嗎？」惡口望著百鬪，似乎也有些心動。

「說不定可以……」百鬪還沒說完，只見下方紫潭，陡然變得金黃刺眼。

一隻隻巨大怪魚被轟出水面。

有些怪魚被金色火龍咬著竄出水面，有些怪魚炸出水面時，早已肢殘體缺。

「還是先走吧。」「嗯。」惡口和百鬪相視一眼，倏地飛遠，不敢再打韓杰和太子爺的主意。

太子爺一聲咆哮，舉火尖槍挑著一條數十公尺長的巨大鱷魚竄出水面，在空中將那巨大鱷魚刺炸成數段。

九條火龍盤旋在潭水上，當成了太子爺臨時落腳之處，太子爺踩著火龍，惱火仰望上空，依舊是霧茫茫一片，百鬪和惡口早已不見影蹤。

參柒

數週後的一個深夜，天氣極冷，但天上無雲，坐在黃家三合院內埕空地上，抬頭便能看見漫天星星。

韓杰和黃有孝蹲在一處石堆旁，生火烤著地瓜。

屋內客廳長椅上，林嬌和黃吉魂魄並肩而坐，林嬌腦袋倚著黃吉的肩，黃吉的身影偶爾閃爍幾下、透著淡淡微光，像是訊號不良的老電視影像——經過數週調養，黃吉的魂魄總算醒了。

由於此時他魂身尚有些虛弱，不宜注射擬人針，因此韓杰替林嬌和黃有孝開了眼，讓林嬌和黃有孝能夠在與黃吉道別這晚，同桌吃頓飯。

白天韓杰來訪時，林嬌泣不成聲，問韓杰爲什麼終於治好了黃吉魂魄，卻又要帶他走。

韓杰苦笑，說人鬼終究殊途，除非天賦異稟、身懷異能，否則長期與鬼靈相伴，可會危害到健康心神；加上他來接黃吉，並非要帶黃吉下陰間，而是要徵召黃吉上天——

冥船大戰過後，太子爺見長壽那艘冥船旗艦寬敞奢華、裝備先進，想要納爲己用，不願上繳銷毀。

天庭看在太子爺降駕埋伏多日，成功識破老師陰謀，加上親自出馬降伏魔王長壽分上，決定順著太子爺心意，派出幾批工匠，從裡至外仔細檢查搜索那艘旗艦，拆去所有陰間火砲武裝、鬼門裝置以及各種違禁設施之後，整艘船任太子爺隨意處置。

太子爺將船交予小歸拖進船廠保管，準備親自籌組一批工匠團，對這艘旗艦進行全面翻修，作爲日後征討第六天魔王的重要軍備。

也因此，太子爺看中魂魄與那旗艦船體材料氣息相連的黃吉，加上黃吉過去本便是支援建造王船的木匠，從翻新改裝到日後維修，都派得上用場，因此令韓杰前來正式徵召黃吉上天，加入工匠團，在天庭領有正式職階。

林嬌聽韓杰解釋，這才知道，黃吉竟眞要上天做仙了，可是破涕爲笑，說要用那些失而復得的黃金，替黃吉造尊金身，每日燒香膜拜。

韓杰說不必這麼麻煩，說自己已經向桃園劉媽訂製一只木蓮花，要林嬌挑張黃吉的照片裱好了框，擺在蓮花後，偶爾燒炷香即可——他擔心林嬌嫌木蓮花不夠氣派，哪天心血來潮眞拿黃金去造金身，便稍稍誇大了劉媽一家能耐，還將那木蓮花說成黃吉未來偶爾下陽世時暫居的小行宮。

林嬌對韓杰說的任何話，自然是服服貼貼、毫無質疑，反倒令韓杰感到有些不自在，他覺得儘管自己爲了這祖孫好，但終究還是講了幾句假話，他打從心底不想和禪善大師、神龍太子這類雜碎騙徒相提並論，因此決定在帶走黃吉之前，施術令黃吉現身，陪林嬌和黃有孝用餐敘舊，讓林嬌親眼瞧見貨眞價實的黃吉，和神棍那些縹緲虛無的鬼話，確然是不一樣的。

這頓晚餐，從太陽未落，吃到月起星升。

林嬌從見了黃吉之後激動嚎哭，到拉著黃有孝向黃吉述說這孫子這些年多苦多難，再到牽著黃吉的手講起年輕時兩人相遇的那天午後。

在距離天差正式前來接人的一小時前，韓杰帶著黃有孝上內埕烤地瓜，讓林嬌和黃吉在屋中獨處。

林嬌和黃吉坐在那張數十年未換的長椅上，並著肩牽著手。

幾十年的思念和祖孫倆相依爲命的歲月風霜，要在幾小時內說完，自然太難了，林嬌時常講著講著又哭了，說天差就要下來了，她又要和他分開了，她還有好多話好多事還沒有講，她甚至記不起來自己要講什麼了。

黃吉起初只淡淡笑著替她拭淚，見她哭了又笑，笑了又哭，這才要她別急別急。

別急著把所有話都說完。

別急著當下。

將來有的是時間。

林嬌聽黃吉這麼說，才恍然大悟，心中所有擔憂、不捨，一下子煙消雲散，只叮囑黃吉，要黃吉在天上記得保佑有孝這苦命孩子身體健康、一生順遂，她老了，沒辦法看著他一輩子，有一天他會剩下自己一個人。

黃吉說到了那時候，會帶著她，一起看著有孝。

「哇，韓杰哥，你看——」黃有孝吃著地瓜，見到天上出現奇異彩雲。

韓杰和王小明抬頭望去，只見那片彩雲往三合院飄來，一艘華美王船破雲而出，緩緩往三合院開來。

天差來接人了——

本來接個工匠，自然無須動用如此排場，但或許是太子爺降駕在林嬙身中，與這對祖孫相處多日，見祖孫親切善良，加上他全盤計謀的關鍵，便是將這對祖孫作爲誘餌，引誘周晨上門，因此這次特別挑了艘漂亮王船下來迎接黃吉，給足黃吉面子，讓林嬙安心且與有榮焉。

王船開到了三合院外地瓜田上空，放下一艘小舟，舟上有一名天差掌槳，緩緩划入三合院。

韓杰站起身，朝小舟上的天差點頭示意，轉身要去叫黃吉，卻見林嬙已經牽著黃吉走上內埕。

兩老雙手互牽，默默相望好半晌，都沒說話。

林嬙放開手，讓黃吉轉身上船，獨自走來牽著黃有孝，一同目送黃吉乘著小舟，飛向王船，準備航向天河，上天庭報到了。

陰間三合院外，王小明騎著韓杰那台重機冥船，手握龍頭，忽左忽右地傾擺身子——這艘重機冥船沒有前後輪胎，卻離地飄浮，任憑王小明如何擺動身子，也僅左右傾斜，並不會翻倒。

王小明嘴裡模仿著重機引擎呼嘯聲，直到腦袋被韓杰重重一拍，回頭見韓杰瞪他，這才縱身飛起。

韓杰跨上車，掏出一枚風火輪尪仔標，投入重機油箱部位上一處投幣孔，前後車輪處這才唰地旋起兩只火焰圈圈，粗細大小，都和重機輪胎相近。

「你自己有車不開，玩我的車？」韓杰望著飄在天上的王小明，揚手指指身後那台紅色玩具小跑車。

「哼。」王小明嘟著嘴飄回他那台玩具小跑車，挪動身子，擠進駕駛座，心不甘情不願地發動引擎。

「幹嘛？」韓杰哼哼說：「小歸不是已經替你這輛車加裝上冥船引擎？現在你這台車也算是冥船了，可以飛了，還不滿意？」

「不夠帥啊……」王小明拉動方向盤，令小跑車飄浮升空。「我們是拍檔，就不能給我一台跟韓大哥你這台一樣帥的車嗎？」

「可能小歸覺得你人已經夠帥了，要是車也帥，加起來會太帥，我在你旁邊會自卑，沒心情抓鬼了。」韓杰這麼說，也拉動龍頭，令重機冥船駛上空中。

「屁啦——」王小明重踩油門，一下子竄到韓杰重機冥船前方。

韓杰也催動油門，唰地往前，追到王小明車旁，說：「你這台車已經夠好了，小歸還替你在車上裝了武器，你在陰間特許單位當我助手，才有資格開這台車，普通鬼可開不了這種好車。」

「哼……」王小明儘管不服，卻也無法否認韓杰這說法，他這輛玩具小跑車性能確實優異，能用手機遙控、隨傳隨到，加裝上冥船引擎之後，還能在天上飛，甚至還在引擎蓋下安裝了機砲，除了外型迷你、看起來像是玩具之外，當眞無可挑剔。

「韓大哥，你剛剛說，你這台車……不，是這艘冥船，叫作小風號？」

「是啊，太子爺取的。」

「爲啥啊？有什麼含義嗎？」

「好像是因爲他先替死魔長壽那艘船，取了『大風號』這個名字，所以連帶我這艘重機冥船，就叫小風號了。」

「這麼隨興……」

「是啊。」

兩人隨口閒聊，筆直往北飛，不到二十分鐘，便回到北部。

韓杰放慢速度，領著王小明往一處陽世醫院對應位置飛去，聽見一陣警笛鳴響，只見底下好多陰差座車，緊追著一輛跑車。

那跑車性能優異，在大街上飛梭竄行，甩開一輛輛陰差座車，甚至整輛車爬上了牆，橫地駛進狹窄防火巷裡。

一輛加裝陰差警燈的骷髏造型重機，轟隆隆地也追進小巷。

「……」韓杰見狀，隨即轉向追去。

「韓大哥，怎麼了？」王小明見韓杰突然轉彎，立時也跟在後頭，嚷嚷地問：「你要幫陰差抓賊？」

「舉手之勞嘛。」韓杰嘿嘿一笑，陡然加速往前飛竄，一下子就竄到那狹長防火巷上空，只見底下那跑車依舊駛在牆上，撞翻成堆雜物，轟隆竄出巷口，又繞上大街。

底下騎著重機追車的牛頭，爆罵一連串粗口，追駛出小巷，一個急轉彎催足了油門，緊追不捨。

是張曉武。

韓杰前壓龍頭，令小風號下沉，駛到張曉武身旁，和他並肩齊行，問：「你抓賊啊？」

「幹你老師咧嚇我一跳！」張曉武見韓杰悄悄落在他身旁，驚嚇怒罵一陣，跟著不時轉頭打量他的小風號，說：「幹！你買新車？」

「不是買的。」韓杰搖搖頭。「太子爺發給我的公務車。」

「幹你有夠好命！」張曉武一面緊追前方跑車，一面怒聲抱怨。「太子爺對你太好了吧？

給你住凶宅、讓你開凶車，現在還送你最先進的冥船喔！」

「是啊。」韓杰指指前方跑車，問：「要不要我幫你追？」

「不用！」張曉武大聲說：「你炫耀完了，爽了喔，可以滾了，別妨礙老子辦案！」

「我這台小風號，平時就停在我家陰間辦事處。」韓杰這麼說。

「你跟我講幹嘛？」張曉武瞪大眼睛，惱火喝問。「誰管你停哪，你停水溝裡也不關我的事！」

「我只是想提醒你。」韓杰說：「那邊是太子爺陰間辦事處，不要偷我的車，會被天差抓喔。」

「幹你老師咧，誰要偷你車……」張曉武暴怒大罵：「老子現在在辦案，你專程來跟我搗亂？」

「對不起喔，我幫你一把，算是補償你。」韓杰這麼說，拉動龍頭，令小風號飛起，一連飛過好幾台車，落在逃亡跑車左側，壓車左傾，讓小風號兩只火輪，摩擦跑車左輪。

啪啪兩聲炸響，跑車左側兩輪燒爆，整台車失控，轟隆撞上路邊一輛卡車，車頭撞得稀爛，嵌進卡車車斗下。

「我幹——」張曉武加速騎近那稀爛跑車旁，甩尾停下，一面朝著停在遠處的韓杰叫罵，一面跳下車，抽出甩棍，拉開跑車車門，將裡頭幾個鬧事混混鬼揪出抽打。「我幹你們老師咧！跑啊、再跑啊！」他邊打，邊望著韓杰，說：「謝謝你喔幹！我改變主意了，哪天我辭職不幹，一定去你家偷車！」

「我等你。」韓杰點點頭，拉起龍頭飛起，與王小明在空中會合，掉頭往陽世醫院對應位置飛。

數分鐘後，兩人飛抵那陽世醫院陰間位置，周遭幾棟陽世醫院建築，在陰間都被當作地府辦公單位。

韓杰帶著王小明踏入醫院建築，對照著手機上的病房號碼，四處閒晃亂找。

「韓大哥……」王小明見韓杰自剛剛下車之後，便不時輕搗胳臂，神情有異，問：「你被咬到的地方還會痛？」

「……」韓杰沒有回答，從口袋取出一只小盒，倒出兩枚蓮子丟入口嚼咬——自從前一次修改尪仔標規則，對他尪仔標使用數量定下明確界線之後，他平時已很少須要吃蓮子壓制尪仔標副作用，但從兩、三週前開始，他又將蓮子當作隨身配備了——

當夜王船大戰，他被惡口咬著胳臂，神智漸漸渙散。

清醒時，人已躺在自家床上，他左臂三頭肌上，留著兩排小小的、清晰的黑色齒痕印記。

王書語說，他昏睡了數天數夜，那數天裡，每晚都有大神降駕乩身，帶著天庭醫療團隊，前來探望他情況。

他醒後不久，阿福連夜趕抵他家。

太子爺降駕在阿福身上，與他徹夜長談。

太子爺說韓杰在昏睡幾日裡，天庭醫官團隊救醒了一個毒魔心腹。

那毒魔心腹本泡在長壽旗艦廚房一只大鍋裡，魂身受損嚴重，血肉幾乎被刨空，僅剩下部分內臟、骨骼和腦袋，但被長壽施下強心壯魂的法術，因此儘管模樣慘烈至極，仍未魂飛魄散。

那心腹，是魔女見從的妹妹。

她曾是毒魔閨密好友之一，被毒魔交予老師，施法洗腦、置入虛假記憶，再刻意製造巧合，讓長壽手下大將逮著她，交予長壽刑求拷問，向長壽供出虛假據點、兵力、船隻部署，令長壽信以爲眞，率領大軍襲擊毒魔據點，也是當夜王船大戰由來。

由於老師周晨就在他那宿舍混沌據點裡施法替那心腹洗腦，其時太子爺便藏在林嬌身中，而周晨對半夢半醒的林嬌和黃有孝，始終毫無防備，因此太子爺親眼目睹周晨完整施法經過，知悉他一切施法細節、訣竅、手法。

天庭醫官團隊根據太子爺說詞，沒花上太久時間，便破解那心腹腦中洗腦法術，還原了心腹記憶，醫治她重傷魂身，將她轉爲污點證人，從她口中，得知許多關鍵情報——

這毒魔叫作莬兒。

是前任老毒魔的愛徒之一，幾年之前，老毒魔死後，接任毒魔位子。

那老毒魔過去與第六天魔王交情一般，沒有太多往來。

但是莬兒和第六天魔王次子惡口卻關係匪淺。

是惡口聯合幾個兄弟，暗中替莬兒除去了老毒魔。

莬兒則獻出老毒魔珍藏奇毒，供惡口進一步修煉他那張口。

兩年前，第六天魔王被關帝爺青龍斬去半邊身子，逃亡失勢之後，可從未喪志，專注修補魔身，圖謀復出。

次子惡口為了討父親歡心，自告奮勇施展他那獨門奇法，投入老師周晨懷孕妻子腹中，轉世成為周晨兒子，每晚夜裡，對著周晨耳語，日日夜夜，將原本平凡無奇的高中資訊老師，洗腦成一個異想天開的野心家。

周晨那神奇的生魂法術，是惡口及其他兄弟，暗中借力給周晨，且透過每晚夢境授他用法，卻總在他清醒之前，洗去他夢境記憶，讓他以為自己天賦異稟，是億萬中選一的不世之才。

除此之外，第六天魔王還安排了幾組人，暗中支援周晨在陰陽兩界一切行動，讓他一路走來，無往不利，信心一天天膨脹，讓他相信自己確實有本事與陰間諸魔平起平坐，甚至能壓倒群雄，成為有如當年第六天魔王一般的霸主。

自信心沸騰的周晨，不停興風作浪，成功吸引了韓杰和太子爺的目光，讓太子爺與韓杰，忽略那曾經的死對頭正一步一步密謀復出。

在惡口等魔子協助下，周晨接連整垮陰間魔王，替第六天魔王剷除未來可能的威脅——儘管這些老魔王，過去本便都是第六天魔王手下敗將。

惡口計畫的最後一步，是製造機會，讓轉世成兩歲孩子的惡口，在太子爺乩身韓杰身上，咬上一口。

惡口修煉許多年的那張口，本便藏著窮凶奇毒，轉世兩年間，每夜嚼食百鬬等兄弟帶上陽世給他的點心。

那些點心，全是莨兒親手做的。

裡頭藏著毒魔莨兒精心調配的毒。

是專門針對韓杰、針對太子爺客製設計的毒。

目的是破壞韓杰的蓮藕身，讓太子爺再也無法降駕於韓杰身上。

這是惡口爲了替父親報仇，而想出來的辦法——惡口知道憑自己與一干弟弟的能耐，想戰勝天庭戰神中壇元帥，那是不自量力，但針對一個凡人乩身，想盡辦法咬他一口，似乎可行。

他成功了。

藉著韓杰將一切心力都鎖定在老師周晨身上、藉著自身兩歲孩童的模樣、藉著弟弟百鬪出面掩護下，成功用他那一口毒牙，咬了韓杰一口。

□

單人病房裡，韓杰默默望著病床上那無知無覺的周晨。

這是他清醒至今，第一次探視周晨。

過去兩年，他無數次賭咒，若逮著這傢伙，非要朝他鼻子揍上十幾二十拳——

他舉起拳頭，湊近周晨臉上，輕輕敲了兩拳，嘆了口氣，轉頭向窗邊守衛天差點點頭，帶著王小明進入廁所，開鬼門回陰間。

王船大戰之後，周晨的魂魄被拘提上天，天庭盼能像還原毒魔心腹記憶般，還原更多周晨在夢境裡被惡口和一干弟弟聯合洗腦授課的記憶，從中找出更多相關線索。

但困難之處在於，那毒魔心腹的洗腦法術，是周晨施下的。

但周晨夢境記憶遭到抹除，卻出於惡口等魔子之手。

兩方道行天差地別，要還原周晨腦袋裡的夢境記憶，難度高出太多。

只能盡力爲之。

即便還原了周晨夢境記憶，天庭還會另依周晨這兩年來所作所爲，決定他魂魄扣留在天牢中的時間，在他魂魄回歸身體之前，躺在病床上的這副肉身，等同一具活死人。

韓杰與王小明步出陰間醫院建築，乘上小風號和玩具車，飛抵自宅。

韓杰的小風號僅能在陰間使用，便停在陰間自宅外停車場中，他返回陽世地下室，上樓。

深夜這時，書房的燈仍亮著，王書語伏在一堆案件公文上睡著，她聽到聲響，連忙抬起頭，見到是韓杰，像是鬆了口氣，擠出笑容，撥撥凌亂頭髮，說：「你回來了。」

「嗯，我回來了……」韓杰微笑望著王書語，腦中再次浮現起太子爺的叮囑——

天庭爲了你，特別組織了一個專屬醫療團隊，大道公、媽祖婆都在團隊裡，全力替你煉藥。

這段期間裡，我無法再降駕在你身上，你身上的毒，是毒魔萸兒針對你的蓮藕身和我的神力專門煉成的毒。

除非你眞正痊癒，否則我每次降駕在你身上，都會加重你身上毒害，嚴重到一定程度，你肉身會腐爛、魂魄會消散。

你做好心理準備，倘若天庭煉藥計畫失敗，你就退休，專心經營拳館，我會再找新乩身接任你的位子。

「今天沒碰到麻煩的事吧？」王書語擁著韓杰，將頭埋在他胸口。

「沒有。」韓杰說：「今天的工作，只是去黃家三合院接黃吉上船——回來的時候，順路去醫院看看老師……半路在陰間，倒是碰到張曉武追犯人，我幫他一把，他很謝謝我。」

「那就好……」王書語說：「平安順利就好……」

「……」韓杰沉默半晌，說：「我覺得對不起妳……妳要不要，再考慮一下？」

「考慮什麼？」

「考慮是不是要繼續跟我在一起。」

「爲什麼這麼說？」王書語皺眉望著韓杰。

「我剛剛看見妳醒來時，看見我的眼神……」韓杰苦笑。「讓妳每天這樣擔心我、等我回家，我覺得過意不去……」

「我媽媽以前，也是這樣等我爸爸的。」王書語說：「後來我當上律師，一開始脾氣又臭又硬，一個人跟大建商作對，加上劍霆也立志要當警察，還想當專門攻堅的特勤——我媽媽一個人要擔心三個人，跟她比起來，一點也不算什麼。」

「我在想，或許退休，也不是壞事……」韓杰喃喃地說：「當個普通人，過普通的生活，好像也不錯……」

「不管你是普通人還是神明乩身，只要你還是你，就行了。」王書語說：「對了，我忘了說，我晚上接到媽媽的電話，她說，茶樹開花了。」

「王仔……」韓杰望著王書語，心情不禁有些激動——

兩年前，王智漢遇害之後，王書語母親許淑美，一人搬到鄉下獨居，還在院子裡種下一株茶樹苗，那不是普通的茶樹苗，而是經過奇術培養的特殊樹苗，生長速度快過尋常茶樹數倍。

韓杰將王智漢受邪術侵害的魂魄，養在那茶樹苗裡。

王書語和韓杰約定，等茶樹開花時，兩人就結婚，讓王智漢見證他倆婚事。

「我和媽媽約好時間回去看她，你要一起來嗎？」

「當然。」

《乩身：冥船》完

後記

不知不覺，「乩身」這系列已經寫完了九本，純以字數來算，已經超過我過去幾部大長篇的規模。

本來我想將「乩身」系列經營得像倪匡「衛斯理」系列那樣，一百幾十本，一字排開，極其壯觀。

但漸漸地，我對這樣的規劃開始產生動搖，因爲《乩身》每本故事埋設的伏筆越來越多，前後相連的情節開始讓這部「系列故事」變得更接近「長篇故事」，倘若集數持續增加，便會拉高新讀者的入門門檻，甚至讓人不知該從哪本下手，再從哪本接續。

因此我決定稍稍改動原本對於「乩身」系列的規劃——

接下來的第十本和第十一本《乩身》，我會替韓杰和第六天魔王的故事，做一個收尾。

然後休息一段時間，寫些新的故事，科幻、愛情，以及也經營一段時間的「詭語怪談」系列，包括裡頭的符紙婆婆、方先生、史秋等。

以及一篇我醞釀好久，好想要寫的故事。

然後，我會再回來寫《乩身》。

星子

2020.12.15 於新北中和南勢角

國家圖書館出版品預行編目資料

乩身：冥船／星子 著.——初版. ——
台北市： 蓋亞文化，2021.01
冊； 公分. ——（星子故事書房；TS028）
ISBN 978-986-319-535-1（第9冊：平裝）

863.57　109021591

星子故事書房 TS028

乩身〔冥船〕

作　　者 星子（teensy）
封面插畫 程威誌
封面裝幀 莊謹銘
總 編 輯 沈育如
發 行 人 陳常智
出 版 社 蓋亞文化有限公司
地址：台北市103大同區承德路二段75巷35號
電話：02-2558-5438　傳真：02-2558-5439
電子信箱：gaea@gaeabooks.com.tw
投稿信箱：editor@gaeabooks.com.tw
蓋亞讀樂網：www.gaeabooks.com.tw
郵撥帳號 19769541　戶名：蓋亞文化有限公司
法律顧問 宇達經貿法律事務所
總 經 銷 聯合發行股份有限公司
地址：新北市新店區寶橋路二三五巷六弄六號二樓
電話：02-2917-8022　傳真：02-2915-6275
港澳地區 一代匯集
地址：九龍旺角塘尾道64號龍駒企業大廈10樓B&D室
電話：+852-2783-8102　傳真：+852-2396-0050
初版三刷 2023年11月
定　　價 新台幣270元
Published and printed in Taiwan

ISBN／978-986-319-535-1

Gaea

GAEA

Gaea

Gaea